Marie Sophie Schwarz

Novellen und Erzählungen

Marie Sophie Schwarz

Novellen und Erzählungen

ISBN/EAN: 9783741113802

Manufactured in Europe, USA, Canada, Australia, Japa

Cover: Foto ©Andreas Hilbeck / pixelio.de

Manufactured and distributed by brebook publishing software
(www.brebook.com)

Marie Sophie Schwarz

Novellen und Erzählungen

Alma.

I.

In der großen und prachtvollen Wohnung der verwittweten Gräfin Ribberhjerta war man eifrig mit Zurüstungen zu dem Feste beschäftigt, welches die Gräfin am Abend zur Feier von dem Geburtstage ihres Sohnes geben wollte. Während die Dienerschaft in den Salons sich herumtrieb, befanden sich die Gräfin und ihr Sohn, Graf Jvar Ribberhjerta, in einem Kabinet und waren in einem sehr lebhaften Gespräche begriffen. Ehe wir von dem Inhalt desselben Rechenschaft geben, wollen wir mit einigen Worten die äußere Stellung der Gräfin beschreiben.

Noch in jungen Jahren durch den Tod ihres Gemahls, der einen sehr hohen Posten im Staate bekleidet hatte, zur Wittwe gemacht, erhielt sie nach dem letzten Willen desselben die ausschließliche Verfügung über das vorhandene Vermögen und die alleinige Vormundschaft über ihren Sohn. Diese höchst unbesonnene Verordnung des Ehemanns ließ sich nur aus seiner grenzenlosen Liebe zu der Gattin erklären, welche, um dreißig Jahre jünger als er

während der kurzen Zeit ihrer Ehe ihn völlig be=
herrscht hatte, da er sie von ganzem Herzen anbetete
und noch im Tode seiner Zärtlichkeit getreu blieb.

Die Gräfin, eine stolze, prachtliebende und eitle
Dame mit stark ausgeprägter aristokratischer Denkart,
betrachtete es als eine ihrem Range schuldige Pflicht,
ein glänzendes Leben zu führen. Ihren Begriffen
zufolge konnte sie, die Gräfin Ribberhjerta, nicht
anders als mit einem Pompe auftreten, der zu dem
Alter ihrer hohen Ahnen stimmte, welchen sie die
gebührende Achtung dadurch zu erweisen glaubte, daß
sie es andern Leuten in der Kunst, das Geld zu
verschwenden, zuvorthat. Die Folge davon war, daß
man auf die gräflichen Besitzungen, so lang es sich
thun ließ, Anlehen aufnahm; und als dieß nicht mehr
anging, verkaufte man dieselben und behielt nur das
eigentliche Familiengut bei. Dieses war aber auch zu
Anfang unserer Erzählung so mit Pfandschulden be=
lastet, daß die Einkünfte davon nicht einmal zur Be=
zahlung der Zinsen ausreichten. Kurz, die Gräfin
war ruinirt. Sie hatte nicht allein ihr eigenes, son=
dern auch ihres Sohnes Vermögen durchgebracht und
vor beiden eröffnete sich nunmehr die traurige Per=
spektive der — Armuth.

Wenn die Armuth schon an und für sich für
den, welcher davon betroffen wird, etwas Furchtbares
hat, so muß sie für Personen von der Stellung der
Gräfin Ribberhjerta zu einem wahren Schreckgespenst
werden. Durch Geburt den höhern Gesellschaftskreisen
angehörig, durch Gewohnheit sich über Arbeiten erha=
ben dünkend und den Reichthum als ein ihnen zu=
kommendes, von deren Rang und Lebensstellung unzer=

trennliches Privilegium betrachtend, mußte der Verlust
davon für solche Personen entsetzlicher seyn, als der
Tod selbst. Wie sie ohne Vermögen leben sollte, war
Etwas, das die Gräfin nicht zu begreifen vermochte;
und nicht minder schwer hielt es für ihren Sohn, sich
nur eine Vorstellung davon zu machen, wie er sich,
zur Armuth verurtheilt, überhaupt ausnehmen könnte.
Die Kundwerdung ihres Ruins ließ ihm keine andere
Wahl, als sich entweder eine Kugel vor den Kopf zu
schießen — oder nach Geld zu heirathen.

Ein Gedanke jedoch, wie der, daß sie ruinirt seyen,
war bis zum oben erwähnten Tag dem jungen Grafen
Ivar gar nicht in den Sinn gekommen. Er lebte in
der festen Ueberzeugung, daß das Besitzthum unbe-
lastet sey, und fand es im höchsten Grade lächerlich,
wenn die Frau Mama ihm hin und wieder andeutete,
er sollte sich unter den hochgebornen Mädchen umsehen
und sich eines der reichsten zur Gattin wählen.

Auf eine solche Ermahnung pflegte Graf Ivar
nur zu antworten:

„Ich bin wohl reich genug, um mich ohne Rücksicht auf Vermögen zu vermählen."

Die Gräfin schwieg und seufzte, und der Sohn
sah sich nach einem für sein Herz liebenswerthen Gegenstand um und machte bald die Entdeckung, daß er
in seine Cousine, Fräulein Konstanze Kronfeldt, eine
Schwestertochter der Gräfin, ohne Vermögen, welche
seit dem Tode ihrer Eltern von ihrer Tante sammt
Ivar erzogen worden war, leidenschaftlich verliebt sey.

Konstanze war ihrem Aeußern nach mehr klein,
als groß, von plastischem Wuchs und ungewöhnlicher
Schönheit. Lebendig, graziös und launenhaft, war sie

ganz dazu geschaffen, einen jungen Schwärmer, wie
Ivar Ribberhjerta, wahnsinnig in sich verliebt zu
machen.

So standen die Dinge, als die Gräfin sich eifrig
angelegen seyn ließ, eine Bruderstochter von ihrem
verstorbenen Mann, die Gräfin Alma Stern, seit zwei
Jahren Wittwe, jung und unermeßlich reich, in ihr
Haus einzuladen.

Die junge Wittwe schien an ihrem Cousin großes
Gefallen zu finden, und dieß bewirkte, daß der Um-
gang in der letztern Zeit, wenn nicht vertraulich —
Etwas, das bei der stolzen und zurückhaltenden Alma
eine Unmöglichkeit war — so doch sehr lebhaft sich
gestaltete, obwohl Ivar für seine reiche Cousine kein
besonderes Interesse an den Tag legte, sondern sich
gegen sie, wie gegen alle andern Damen benahm,
artig und zuvorkommend, aber nichts weiter.

Nach dieser Auseinandersetzung kehren wir zu
der Gräfin Ribberhjerta und ihrem Sohn zurück, um
zu vernehmen, wie deren Unterredung lautete.

Die Gräfin war eine Dame von fünfzig Jahren,
mit durchaus aristokratischem Aeußern, stolzer Haltung
und noblem Gesichtsausdruck.

Graf Ivar Ribberhjerta, Lieutenant bei der Garde
zu Pferd, war ein junger Mann von fünf- bis sechs-
undzwanzig Jahren. Er hatte mittlere Größe, schöne
Figur, leichte und angenehme Bewegungen und eine
wirklich edle Haltung. Er trug den schönen Kopf
hoch aufrecht, aber es lag gleichwohl nichts von Uebermuth oder Insolenz darin, sondern man glaubte, er
müsse ihn eben so und nicht anders tragen. Seine
Stirne war hoch und von hellbraunem, lockigem Haar

umgeben; seine Nase leicht und fein gebogen, das Auge klar und lichtblau, mit einem mehr lebhaften als energischen Ausdruck. Der Mund war von einem hellen Schnurrbart beschattet; das Kinn trug einen ähnlichen Schmuck; Zähne, gleich und blendend weiß, vollendeten seine vortheilhafte äußere Erscheinung.

Die Gräfin saß auf einem Sopha, den Arm auf den Tisch gestützt. Jvar hatte sich in einen Fauteuil zurückgeworfen. Seine sonst so klare Stirne erschien jetzt düster und umwölkt, die Augenbraunen waren hinaufgezogen, und das Gedrückte im Gesichtsausdruck bewies, daß sein Inneres von lautern bittern Gefühlen erfüllt war.

Die Gräfin sagte:

„Auf diese Erklärung hin, mein lieber Jvar, findest Du, daß wir ruinirt sind."

„Ja, und das so gründlich, daß ich nichts als Armuth und Schmach vor mir sehe."

„Das hängt von dir selbst ab! Noch kann Alles anders werden."

„Wirklich! Und auf welche Weise? Wahrhaftig, Mutter, es scheint mir, daß uns beiden kein anderes Rettungsmittel bleibt, als uns beiden einen Reisepaß in die Ewigkeit zu verschaffen. Oder glaubst Du, es gehe für die Gräfin und den Grafen Ribberhjerta, von der Gnade ihrer Verwandten zu leben? Ach, Mutter, Du hättest dieß bedenken sollen!"

„Ich glaube wirklich, Jvar, Du willst mir Vorwürfe machen? Bin ich nicht schon zum voraus unglücklich genug?"

„Verzeihung!" rief Jvar aufstehend und trat

zu seiner Mutter; dann setzte er in traurigem Tone hinzu:

„Gott ist mein Zeuge, daß dieß nicht meine Absicht war; aber der Schlag kam so unerwartet. Noch vor einer Stunde sah ich mich für einen reichen Edelmann an, und jetzt ...."

„Kannst Du, so Du nur willst, es wieder werden," fiel die Gräfin ein und reichte ihm die Hand. „Du kannst unser zusammengeschmolzenes Vermögen wieder herstellen, deine eigene und deiner Mutter Zukunft sichern und unsern Namen in seinem ursprünglichen Glanze erhalten."

„Und auf welche Art?"

„Durch eine Heirath."

„Eine Geldheirath!" rief Ivar mit einer Miene unbeschreiblicher Verachtung.

„Ja," antwortete die Mutter in festem Ton. „Unsere Zeit ist nicht romantisch, sie ist praktisch: und Du wärest kein Mann, wenn Du dich nicht von der Vernunft leiten ließest, um deine Ehre und das Ansehen deiner Familie zu retten, wenn es durch eine kluge und verständige That geschehen kann."

„Und diese kluge und ehrliche That soll darin bestehen, daß ich ohne Liebe, um schlechten Gewinns willen, mich mit einer Frau verheirathe, der ich mein Herz nicht schenken kann?"

„Ivar," sagte die Gräfin mit einer Mischung von Betrübniß und Würde," habe ich dir jemals Lehren gegeben, welche mit deiner Ehre und dem Recht in Widerstreit standen?"

„Nein, Mutter, das hast Du nicht gethan."

„Hat meine Erziehung ein anderes Ziel gehabt, als dich zum **Edelmann** heranzubilden?"

„Nein."

„Und dennoch verletzest Du deine Mutter durch ebenso bittere als höhnische Worte. Ist diese Mutter, welche dich über Alles in der Welt liebt, nicht schon zum Voraus in Folge des ökonomischen Mißgeschicks, welches sie betraf, unglücklich genug, ohne daß Du, ihr einziges Kind, durch deine Bitterkeit ihr Leiden noch vergrößerst? Glaubst Du wirklich, deine Sprache und dein Benehmen stehen mit Pflicht und Gewissen in Uebereinstimmung?"

„Vergib mir jedes bittere Wort und vergiß die= selben; sie waren nicht darauf berechnet, dich zu verletzen, Mutter; aber der Augenblick ist namenlos qualvoll; denn die Umstände haben mir nur die Alternative gelassen, entweder durch einen Bankerott öffentliche Schmach auf mich zu laden, oder durch eine Heirath des Eigen= nutzes mich vor meinem eigenen Herzen zu erniedrigen."

„Aber wenn es eine Frau gäbe, jung, reich und unabhängig, welche dir bereits ihr Herz geschenkt hat und nach keinem höhern Glück strebt, als deine Gattin zu werden; dann, Ivar, würdest Du sie glücklich ma= chen, denn Ehre und Dankbarkeit würden dich nöthigen, ein guter Mann zu werden; — und Du selbst fän= dest durch sie Rettung aus ökonomischem Untergang, und deine Mutter dürfte nicht mit Kummer und De= müthigung in ihr Grab niedersteigen. Sprich, wenn eine solche Partie dir sich anböte, würdest Du sie von der Hand weisen?"

„Aber ich liebe diese Frau nicht, wenn sie sich auch fände."

„Und Du, ein Graf Ribberhjerta, solltest so we=
nig Gefühl für das Ansehen deiner Familie besitzen,
daß Du um ihrer und um deiner Mutter willen nicht eine
vorübergehende Leidenschaft aufzuopfern vermöchtest? Ach,
mein Sohn, Du verläugnest das Blut deiner Väter."

„Aber, Mutter, ich liebe Konstanze."

„Ich weiß es; aber kannst Du dich jetzt mit ihr
verheirathen?"

Ivar warf sich auf einen Stuhl, stützte den Kopf
auf die Hände und schwieg.

„Begreifst Du nicht, daß deine Liebe zu ihr Et=
was ist, das Du Ehren halber und wegen ihres eigenen
Wohls opfern mußt, da Du im andern Fall ihrem
künftigen Glück ein Hinderniß in den Weg legen wür=
dest? Mein Sohn, muß ich dich noch länger bitten,
für mich und aus Achtung für den Namen, welchen
Du trägst, Etwas zu thun, wozu jeder junge Mann
schon aus eigenem Interesse sich entschließen würde?"

Die Gräfin hatte sich erhoben und ihrem Sohn
genähert. Mit einem bittenden Ausdruck in Blick und
Stimme legte sie ihre Hand auf seine Schulter und
setzte hinzu:

„Mich solltest Du nicht bitten dürfen, wenn ich,
mit welchem Opfer es auch seyn möchte, dich von Ar=
muth und Demüthigung retten könnte; aber wann
vergälte wohl ein Kind seiner Mutter die Liebe, welche
sie für dasselbe empfindet!"

„Mutter, Du brauchst mich nicht zu bitten; ich
habe meinen Entschluß gefaßt. Nenne mir die Frau,
an welche ich mich verkaufen soll."

„Ivar!"

„Nun wohl, die Frau, welche mich liebt, so daß

ich mit ihrem Geld die Ehre der Familie wieder her=
stellen kann. Ich werde, bei Gott, wohl keine andere
Wahl haben."

„Haft Du nicht errathen, wer es ist?"

„Nein, wenn man verliebt ist, sieht man blos
eine Frau; von den andern weiß man nicht, daß sie
eristiren."

„Alma Stern!"

Ivar sprang auf.

„Sie! Unmöglich. Diese kalte, stolze Frau! Mama
Du irrst dich."

„Ganz und gar nicht. Dein Onkel, Gustav
Ribberhjerta, hat es mir gesagt."

„Bah! Eine Vermuthung, welche zu seinem eige=
nen Wunsche stimmt, weiter nichts."

„Ja, weit mehr, mein lieber Ivar, denn dein
Onkel urtheilt einzig nach dem, was Alma ihm ge=
sagt hat."

„Ihm gesagt hat? Kannst Du wirklich glauben,
Mama, daß diese stolze und verschlossene Frau Jemand
ihre Empfindungen anvertrauen kann, ehe sie wüßte,
daß dieselben Erwiederung fänden?"

„Und dennoch hat sie sich gegen ihn ausgespro=
chen, der einzige Mann, welcher sie bestimmen könnte,
ihre Unabhängigkeit noch einmal mit der Ehe zu ver=
tauschen, wäre — Ivar."

„So so!"

„Uebrigens, Ivar, braucht man blos auf Alma
Acht zu geben, wenn Du gegenwärtig bist, um den
Eindruck, den Du gemacht hast, gewahr zu werden."

Hier wurde die Gräfin durch ein leichtes Pochen

an der Thüre des Kabinets unterbrochen, und eine jugendlich muntere Stimme fragte:

„Darf ich hereinkommen?"

„Konstanze," stammelte Ivar."

Die Gräfin flüsterte;

„Alma kommt diesen Abend hieher; denke an das, was ich gesagt habe, und verlaß' mich jetzt; ich wünsche mit Konstanze zu sprechen."

Ivar öffnete die Thüre des Kabinets und ließ Konstanze eintreten. Als sie an ihm vorbeiging, sah sie ihn an, als ob sie fragen wollte, was Mutter und Sohn so lang zu verhandeln gehabt hätten. Sie schien von seinem bleichen und düstern Aussehen etwas überrascht, sagte aber Nichts, und Ivar entfernte sich schweigend aus dem Zimmer.

Es liegt nicht in unserer Absicht, den Inhalt der Unterredung zwischen der Gräfin Ridderhjerta und Konstanze genau zu wiederholen. Es war ein Abriß von der ökonomischen Stellung der Gräfin und ihres Sohnes, woraus sich die Nothwendigkeit für Ivar ergab, durch eine reiche Heirath dieselbe zu verbessern.

Konstanze hatte, den Kopf auf die Hand gestützt, ihrer Tante zugehört, und während die letzte die Hauptsache, nämlich Ivars Vermählung mit einer reichen Erbin auseinandersetzte, war die letztere immer bleicher geworden. Als die Gräfin endlich schwieg, erhob Konstanze den gesenkten Kopf mit den Worten:

„Und Ivar hat eingewilligt, mit einer Heirath auf Vermögen zu spekuliren?"

„Ivar hat der Nothwendigkeit und meinen Bitten nachgegeben," erwiderte die Gräfin.

„Ich verstehe."

Konstanze's Lippen zitterten; ihre kleine Hand
ballte sich krampfhaft; aber sonst gab sich kein Zeichen
von Erregung in den bleichen Zügen zu erkennen, sondern sie fragte mit scheinbarer Ruhe:

„Und mit wem wird Jvar sich vermählen?"

„Wenn Alles geht, wie ich es ausgedacht habe,
mit unserer gemeinschaftlichen Cousine, Alma Stern."

Konstanze zuckte zusammen, warf den Kopf rück-
wärts und rief mit tiefer Erbitterung:

„Hatte sie nicht genug an den vielen Vorzügen,
die sie über mich erheben, daß sie mich noch des Einzigen, was ich voraushabe, nämlich der Liebe von
Jvar, berauben muß?"

„Konstanze, sollte ich mich so ganz in dir getäuscht haben, während ich dir Klugheit genug zu-
traute, daß ich darauf rechnete, Du werdest die Erste
von Allen seyn, welche die Nothwendigkeit des Schrittes, den Jvar thun muß, einsehe? Soll ich vielleicht
in dir diejenige finden, welche den Planen entgegen-
arbeitet, die ich zur Beförderung von meines Sohnes
Glück entworfen habe? Das wäre wahrlich ein uner-
warteter Schlag."

„Und ein Schlag, der Sie nicht treffen soll, Tante.
Jvar und ich, wir haben das traurige Vorrecht, einer
Klasse anzugehören, welche allzu hoch zu stehen glaubt,
als daß sie von Liebe und Arbeit leben könnte; darum
verkauft er sich heute an die meistbietende Frau, und
ich mich morgen an den Mann, welcher meinen Eigennutz zu befriedigen vermag. Wahrhaftig, ist das nicht
ebensogut ein Sklavenhandel, wie derjenige, welcher in
Amerika getrieben wird, nur mit dem Unterschied, daß
wir uns selbst aus elender Gewinnsucht verkaufen,

während dagegen die armen Negersklaven von Andern verkauft werden?"

Konstanze lachte höhnisch und setzte aufstehend hinzu;

„Beruhigen Sie sich, beste Tante, ich bin zu stolz, um auch nur mit einem Worte Jvar daran zu mahnen, daß er mir seine Liebe erklärt hat; nein, mag er immerhin reich werden."

„Ich danke dir, Konstanze, Du machst mich zeitlebens zu deiner Schuldnerin," entgegnete die Gräfin, indem sie dem jungen Fräulein die Hand bot. Diese aber wies sie mit den Worten zurück:

„Sie sind mir keinen Dank schuldig, Tante. Ich kann schweigend und ohne Klage mich für den Mann aufopfern, den ich geliebt habe und welcher mir die wärmste Versicherung seiner Zuneigung gegeben hat; aber ich bin nicht diejenige, welche mit sich spielen läßt, ohne daß sie sich zu rächen sucht.

„Sich zu rächen!"

„Ja. Deßwegen habe ich gesagt: mag Jvar immerhin reich werden, aber keineswegs, mag Jvar glücklich werden! Nein, er verdient es nicht anders, als daß die Ehe, welche er aus Eigennutz schließt, ihm zum Unglück seines Lebens ausschlage."

Also sprechend eilte sie aus dem Zimmer.

Zwei Stunden darauf strahlte die Wohnung der Gräfin im hellsten Glanze, und die mit Blumen besetzten Treppen wimmelten von ankommenden Gästen und Dienerschaft. Niemand konnte ahnen, daß all dieser Luxus wirkliche Armuth verbarg; und dennoch ließ sich von der Frau, welche ihn zur Schau stellte, sagen, daß ihr nicht der Stuhl gehörte, auf welchen sie sich setzte, denn sie war Alles schuldig und gab das ganze Fest von entlehntem Gelde.

Etwas der Art schwebte sicherlich Jvar vor, welcher in dem ersten Salon stehend mit seinem Oheim, dem General Grafen Ribberhjerta in einem eifrigen Gespräch begriffen war. Wenigstens glaubte man sich zu einer solchen Vermuthung berechtigt, wenn man sein düsteres Aussehen und seine umwölkte Stirne betrachtete. Eine völlige Veränderung schien mit ihm vorgegangen zu seyn, und man spähte vergeblich nach irgend einer Spur der gewöhnlichen Lebhaftigkeit in seinem Wesen, welche ihn zu einem so liebenswürdigen, überall wohlgelittenen und gefeierten jungen Mann machte.

In Kurzem waren beinahe alle Gäste angelangt; aber unter der ganzen Schaar junger und schöner Frauen gab es keine, welche mit Konstanze Kronfeldt sich vergleichen ließ, obwohl sie diesen Abend unge= wöhnlich bleich war. Jvars Augen folgten der schönen Cousine mit einem Ausdruck von Kummer und Leiden= schaft — etwas, das ihr durchaus nicht entging. Aber je bekümmerter sein Blick wurde, desto lebhafter und animirter geberdete sich Konstanze, welche gar nicht zu beachten schien, daß sie ein Gegenstand seiner Aufmerk= samkeit war, oder daß ihre Munterkeit die Wolke auf seiner Stirne nur noch finsterer machte.

Die Gräfin näherte sich ihrem Schwager und Sohn und fragte den ersten:

„Weißt Du gewiß, daß Alma kommt? Es ist schon ziemlich spät an der Zeit."

„Sie versprach bestimmt zu kommen," antwortete der General.

Mittlerweile begann der Ball, ohne daß die Gräfin
Stern sich sehen ließ. Der erste Walzer war eben zu
Ende, und Jvar stand neben dem Stuhle der Freiherrin
G., damit beschäftigt, an sie einige der inhaltsleeren
Phrasen zu richten, welche die Salonskonversation aus=
zeichnen, als eine gewisse Bewegung in dem äußern
Zimmer und der Laut von des Generals Stimme auf
Jvar die Wirkung ausübten, daß er die Farbe wech=
selte, während er einen hastigen Blick auf Konstanze
warf, welche mitten im Salon stehend von einer Gruppe
junger Männer umgeben war, die sich um die Wette
beeiferten, deren Aufmerksamkeit zu gewinnen. Darauf
flog sein Blick der Thüre zu, durch welche eine hoch=
gewachsene, stattliche junge Dame, begleitet von dem
General eintrat.

Sie konnte höchstens zwanzig bis zweiundzwanzig
Jahre alt seyn und ging mit schnellem Schritt durch
den Salon dahin. Sie trug das Haupt etwas zu hoch,
und diese Haltung, im Verein mit dem scharf markir=
ten Angesicht, der gebogenen Nase, den großen, her=
vorstehenden blauen Augen, der hohen Stirne und dem
zurückgestrichenen, blondlockigem Haare, gaben ihr eine
gewisse Aehnlichkeit mit dem Portrait der Königin
Christina von Schweden. — Ihr ganzes Auftreten er=
innerte an eine Königin, bis zu der beinahe herab=
lassenden Weise, wie sie ihre Tante, die Gräfin begrüßte,
und der nachlässigen Vertraulichkeit, womit sie zur Ant=
wort auf Jvars Kompliment den Kopf neigte. Ihr
Profil war königlich, aber durchaus nicht schön. Der
Gesichtsausdruck und der Zug um den Mund hatten
etwas so stolzes, daß es beinahe abstoßend wirkte, wenn
man die Augenblicke ausnahm, wo ein Lächeln die

fonſt ſtreng geſchloſſenen Lippen öffnete, und ein Reihe
der ſchönſten weißen Zähne zum Vorſchein kamen.

Die verwittwete Gräfin Alma Stern, denn ne
war es, trug ein weißes Moireekleid, ein Garnitur voſi
Brillanten und im Haare nur zwei ausgeſucht ſchöne
Kleinodien von Rubinen und Smaragden, wodurch die
blonden Locken, welche hinter den Ohren auf den Hals
niederfielen, gleichſam zuſammengehalten und getragen
wurden.

Nachdem ſie ihre Tante begrüßt hatte, flog ein
Blick zu Konſtanze hinüber. Dieſe ſtand mit dem
Rücken gegen ſie gewendet, als ob ſie Alma's Eintritt
nicht bemerkt hätte. Es lag etwas Blitzendes in dieſem
Blick, war aber nur ein paar Sekunden ſichtbar, dann
drehte ſie ſich zu der Gräfin wieder um, und im näch=
ſten Momente wurde ſie mit Aufforderungen zum Tanze
beſtürmt. Zvar war einer der Erſten, welche um das
Glück anhielten, von der Gräfin Alma mit dieſer Gunſt
ausgezeichnet zu werden.

Zu ihrem nicht geringen Verdruſſe ſah Konſtanze
die Gruppe um ihre Perſon herum ſich lichten, indem
der größere Theil der jungen Herrn ſich nunmehr be=
eilte, dem Reichthum ſein Rauchopfer anzuzünden, nach=
dem es zuvor der Schönheit dargebracht worden war.
Aber Konſtanze gehörte nicht zu benen, welche ſich ſo
leicht von Andern verdrängen laſſen.

Sie wußte, daß Alma an Anmuth weit unter
ihr ſtand; ſie wußte auch, daß Niemand unter den
Anweſenden ihr das Recht, die ſchönſte zu ſeyn, be=
ſtreiten konnte; und mit einer Miſchung von Schmerz
und Schadenfreude erkannte ſie, daß wenn Alma auch

die reichste wäre, sie bennoch niemals selbst um den
Preis aller ihrer Schätze die schönste werden könnte.

„Ich kann ebenso reich werden wie sie, aber nie=
mals kann sie ebenso schön werden wie ich," dachte
Konstanze. „Ihr Geld hat mir Jvar, den einzigen
Mann, den ich liebte, geraubt. Wohlan denn, meine
Schönheit soll sie der Zuneigung desselben berauben.
Mag sie seine Frau werden, ich werde doch diejenige
verbleiben, der sein Herz gehört."

Diese Vorstellungen beschäftigten Konstanze's Seele,
während sie in der Tour Jvar und Alma gegenüber
zu stehen kam.

Was Alma dachte, wissen wir nicht; aber sie trug
ihren Kopf noch höher als sonst, und ihr Blick wurde
noch kälter, wenn er sich auf Konstanze's regelmäßiges,
reizendes und lebhaftes Angesicht heftete.

So groß ist die Macht der äußern Anmuth, und
so schwach sind die Männer für die Gewalt der Schön=
heit, daß Konstanze in Kurzem, trotz der Gegenwart
der reichen Alma, die sogenannte Königin des Balles
wurde.

Jvar erzeigte Alma den ganzen Abend eine in
die Augen fallende Aufmerksamkeit; aber es lag etwas
Unruhiges, Zerstreutes und Schwermüthiges in seinem
ganzen Wesen, das nur allzu deutlich mit seinen ver=
bindlichen Worten und der erkünstelten Lebhaftigkeit,
womit er seiner reichen Cousine den Hof zu machen
bemüht war, kontrastirte.

Alma hatte einen allzu scharfen Blick, um nicht
den Widerspruch zu bemerken, welcher in seinen Wor=
ten und in seiner Miene lag, oder um sich entgehen
zu lassen, daß sein Auge unaufhörlich allen Bewegun=

gen von Konstanze folgte. Während er mit Alma
sprach, horchte er mit größerer Aufmerksamkeit auf das,
was Konstanze sagte, als auf die Worte, welche Alma
äußerte.

Zwischen einem der Tänze, als Jvar neben Alma's
Stuhl sich aufgepflanzt hatte und Konstanze in einiger
Entfernung davon saß, sagte die junge Gräfin plötzlich in Folge einer unzusammenhängenden Antwort,
welche Jvar wieder gab:

„Warum gehst Du nicht zu Konstanze hin und
sprichst mit ihr, da Du doch mit ganzer Seele bei ihr
bist? Ich entbinde dich von der schweren Pflicht, mir
Gesellschaft zu leisten."

Jvar erröthete, gab aber zur Antwort:

„Du irrst dich, Alma, es gibt keine Person, deren
Gesellschaft ich der deinigen vorziehe."

Alma sah ihn scharf an, zuckte die Achseln und
ging von ihm weg.

II.

Der Ball war zu Ende, die Gäste hatten sich
entfernt, und in dem noch erleuchteten Salon befanden
sich nur drei Personen, die Gräfin Ribberhjerta, Konstanze und Jvar.

In den Mienen dieser Personen waren ganz verschiedene Gefühle zu lesen. Konstanze's kleine, zarte
Gestalt schien größer geworden zu seyn, so viel Stolz lag
in deren ganzer Haltung. Sie stand vor der Gräfin,
welche in einem Fauteuil saß und ihre junge Verwandte
mit einem eigenthümlichen Ausdruck von Besorgniß und

ißvergnügen betrachtete. Jvar lehnte sich an den
[r]ies eines Kamins und heftete das Auge auf seine
[C]ousine, als ob er ihr und seinem Lebensglück mit
[ei]nen Blicken ein langes und schmerzliches Lebewohl
[sa]gen wollte.

„Du hast mit mir und Jvar einige Worte zu
[re]den gewünscht, bevor wir uns trennten, und ich
[w]arte bereits geraume Zeit darauf, daß Du uns zu wissen
[th]ust, von welcher Art der Gegenstand ist, der sich
[ni]cht bis Morgen aufschieben läßt."

Die Gräfin äußerte dieses in ziemlich scharfem Ton.

„Was ich hier mitzutheilen habe, wird Sie nicht
[la]ng aufhalten, Tante. Es dürfte immerhin so be-
schaffen seyn, daß es Ihnen zu einem ruhigeren Schlafe
[u]nd zu frohern Hoffnungen auf die Zukunft verhülft.
[S]ie halten ja Reichthum für ein durchaus nothwen-
[d]iges Supplement zu unserem Rang."

„Ja, so ist es, und dieß, Konstanze, habe ich dir
[a]uch heute gesagt, da wir von der Nothwendigkeit
[sp]rachen, daß Jvar...."

„Seine Verbindung mit mir löse und das mir
[i]n Taumel einer thörichten Leidenschaft gegebene Ver-
[sp]rechen mit Füßen trete, um sich für Reichthum zu
[ve]rkaufen und das Mädchen, welches er von den Knaben-
[ja]hren an geliebt zu haben versichert, aufzuopfern. Ja!
[di]eß alles haben Sie mir gesagt, Tante, und ich be-
[w]underte das Edle in solcher Denkart."

Konstanze lächelte bitter.

„Konstanze, noch habe ich Nichts gesagt, Nichts
[b]eschlossen," rief Jvar vorstürzend. „Dieser Abend
[h]at es mir klar gemacht, daß es leichter wäre, zu ster-
[b]en, als dir zu entsagen. Wende dich nicht ab, theuerste

Konstanze, sondern höre mich an, sage mir, daß Du
mich liebst, sage, daß Du für mich deine gegenwärtige
Stellung, dein Vaterland und deine Freunde aufopfern
willst; und wir verlassen den heimathlichen Boden, um
uns in der neuen Welt eine stille, friedliche Hütte zu
bauen. — Konstanze, wir sind beide jung, und wir
können durch Arbeit glücklich werden."

Jvar hatte die Hände des jungen Mädchens gefaßt und schaute ihr leidenschaftlich in's Angesicht. Eine
Weile ließ Konstanze sie in den seinigen ruhen; dann
zog sie dieselben langsam zurück, und als die Gräfin
heftig mit dem Ausrufe: „mein Sohn, Du vergissest
dich," sich erhob, erwiederte Konstanze mit eisiger Kälte:

„Beruhigen Sie sich, Tante; ich gehöre nicht zu
der Zahl derer, welche mit sich spielen lassen. Ich bin
von demselben stolzen Geschlecht, wie Sie, und habe
einen ebenso hohen Grad von Selbstgefühl trotz Jemand."

Dann wandte sich Konstanze zu Jvar:

„Noch diesen Morgen hätte ich mit einem in allen
Fibern bebenden Herzen den Worten gelauscht, welche
Du eben gegen mich äußertest; und ich hätte dir die
Hand gereicht und wäre im Drang der Noth mit dir
landesflüchtig geworden, ohne daß es mich einen einzigen Seufzer der Trauer gekostet haben würde; aber
siehst Du, zwischen Morgen und Abend liegen viele
Stunden und in ihnen kann ja so unbeschreiblich viel
geschehen. Es läßt sich in diesem Zeitraume entdecken,
daß der Mann, welcher so eben noch als ein Muster-
bild ritterlicher Tugenden vor uns stand, in der That
nur eine ganz gewöhnliche Persönlichkeit mit den ein-
geschrumpftesten Ansichten und Gefühlen ist."

„Konstanze!" rief Ivar.

„Konstanze!" fiel die Gräfin mit einem Tone
tiefen Verdrusses ein.

„Haben Sie die Güte und gestatten Sie mir aus=
zureden. Ich glaubte dich über jeden Eigennutz er=
haben; ich wurde durch die Tante aufgeklärt, daß Du
im Sinne habest, deine Liebe aufzuopfern, um dich aus
Rücksichten der Berechnung mit einer Frau zu verhei=
rathen, zu welcher Du keine Neigung hast. — Dieß
fand ich verächtlich. — Um zu Reichthum zu gelangen,
gingst Du darauf ein, mich zu verstoßen, der Du so
viele heilige Versprechungen gegeben und mit deren
Herzen Du gespielt hast — dieß fand ich erbärmlich.
Du hast wie ein niedriger Glücksritter den ganzen
Abend deine Huldigungen der reichen Alma dargebracht
und bist hiedurch in einem so kläglichen Lichte vor mir
dagestanden, daß Du jeden Funken von Liebe in meiner
Brust vollkommen ausgelöscht hast. — Wenn Du nun
noch so reich wärest und mir sagtest, Du liebest mich
höher als deiner Augen Licht und mir die Beweise
der unbegrenztesten Zuneigung gäbest, ich würde dir
doch niemals meine Hand reichen, oder meinem Herzen
zumuthen, dich zu lieben. — Das ist beschlossen, Ivar,
fest beschlossen. Du hast mich über die ganze Klein=
lichkeit deines Charakters aufgeklärt, und dieß hat jeden
Schein von Achtung vor dir von meiner Seite ertödtet.
Du bist für mich eine ganz gleichgültige Person, und
der Beweis davon ist, daß ich diesen Abend dem Ba=
ron Stjernburg die Erlaubniß gegeben habe, morgen
bei dem General Ribberhjerta, meinem Vormünder, um
meine Hand anzuhalten. Ich habe hiebei nur die
Lehren befolgt, welche die Tante mir heute kurz vor

dem Ball predigte; und da ich dieselben sehr klug be=
funden habe, besonders jetzt, wo ich dich nicht mehr
liebe, dagegen den Baron als einen in allen Stücken
rechtschaffenen Mann hochachte, so habe ich versprochen,
seine Frau zu werden. Eines Tags wird es* mir viel=
leicht gelingen, ihm auch mein Herz zu schenken, denn
auf dem Grunde wahrer Hochachtung erblüht oft eine
reine und dauernde Liebe. Mein Entschluß ist somit
gefaßt; ich verheirathe mich mit dem reichen Baron
Stjernberg, und dieß wünschte ich noch heute der Tante
und dir, Jvar, mitzutheilen."

Konstanze heftete einen langen und seltsamen Blick
auf Jvar, welcher todesbleich vor ihr stand. Als sie
ausgeredet hatte, warf er sich auf einen Stuhl, ver=
barg das Angesicht in den Händen und murmelte:

„Konstanze, Konstanze, Du hast mich namenlos
unglücklich gemacht."

„Ich? Sage lieber, Du selbst hast es gethan."

Sie legte ihre Hand auf seine Schulter und setzte
hinzu:

„Als beine Mutter mir das Herz zermalmte, da
kam nicht ein einziges Wort der Klage über meine
Lippen; — erspare Du mir das widerliche Schauspiel,
einen Mann so elend schwach zu sehen, daß er nicht
im Stande ist, das Schicksal, welches er sich selbst be=
reitet hat, zu tragen. Sei wenigstens ein Mann von
Charakterstärke, wenn Du auch ohne wirkliches Ehrge=
fühl bist."

Konstanze machte der Gräfin eine tiefe Verbeu=
gung und verließ das Zimmer.

Als sie fort war, sprang Jvar auf und rief mit
Heftigkeit:

„Ach Mutter, Du hättest beinen Sohn nicht zwingen sollen, sich als einen Mann zu benehmen, welchen jede edle Frau zu verachten das Recht hat."

„Nein," fiel die Gräfin kalt ein, „ich hätte um einer kindischen, leicht vorübergehenden Neigung willen dir gestatten sollen, beines Vaters geachteten Namen der Schmach und Verachtung preiszugeben; denn Verach= tung verdient Jeder, welcher seine Schulden nicht be= zahlen und mit seiner Person einstehen kann, sondern Andere den Verlust leiden läßt, weil sie leichtgläubig genug waren, uns Geld zu leihen, weil sie voraus= setzten, die Familie Ribberhjerta würde niemals im Stande seyn, Jemand zu betrügen. — Ich habe nicht bloß deine und die Ehre unserer Familie im Auge ge= habt, sondern ich habe auch daran gedacht, daß wir schuldig sind, rechtschaffen zu handeln und uns nicht betrügerisch gegen unsere Gläubiger zu zeigen. Meiner Ansicht nach ist es jedes Menschen Pflicht, eher sein eigenes Glück aufzuopfern, als sich zu gestatten, das Vertrauen, welches man ihm bewiesen hat, zu täuschen."

Mit diesen Worten verließ die Gräfin ihren Sohn, und er blieb allein, ein Raub der schmerzlichsten Ge= fühle, im Saale zurück.

III.

Ein paar Tage hernach ließ sich General Ribber= hjerta bei der Gräfin Stern anmelden. In einem klei= nen, höchst prachtvollen Salon saß die junge Frau in einer geschmackvollen Morgentoilette. Sie betrachtete ein vor ihr liegendes Portrait von Arthur Görgey.

Als der Diener den General anmeldete, antwortete sie:

„Der General ist willkommen."

Im nächsten Augenblick trat derselbe ein. Ohne
aufzustehen, reichte ihm Alma die Hand und sagte:

„Wem gleicht dieses Portrait?"

Sie hatte mit der andern Hand den Namen
verdeckt.

„Jvar!" erwiderte der General sogleich.

„Ja, so kommt es mir auch vor."

Alma schob das Portrait zurück mit den Worten:

„Unmöglich kann eine solche Aehnlichkeit in den
Gesichtszügen stattfinden, ohne daß auch eine gewisse
Aehnlichkeit in den Charakteren existirt. So wie Arthur Görgey's schönes und tiefsinniges Gesicht nur
eine Maske war, hinter welcher sich ein schlechter und
trügerischer Charakter verbarg, ebenso kann wohl unter
Jvars edelm und intelligentem Aussehen nur ein
schlechtes Herz und ein schwacher Charakter versteckt
liegen."

„Unmöglich. Es gibt keinen Ribberhjerta mit
schwachem Charakter oder mit schlechtem Herzen," entgegnete der General lächelnd. Ich kenne zudem Jvar
und weiß, daß er weder schwach noch bösartig ist."

„Sie können kein kompetenter Richter seyn, Onkel,
wenn es sich um Jvar handelt, da Sie in den einzigen
männlichen Repräsentanten unseres Familiennamens
allzusehr verliebt sind."

„Wirklich? Und Du trauest dir die Fähigkeit zu,
seinen Charakter besser beurtheilen zu können, Du, die
erst eine kurze Zeit in Berührung mit ihm gestanden ·

ift, während ich dagegen ihn von Kindesbeinen an
gekannt habe.

„Das behaupte ich nicht; im Gegentheil, er kommt
mir wie ein Räthfel vor, das ich durchaus nicht ver=
stehe und wahrscheinlich niemals verstehen werde."

„Und worin liegt das Unverständliche? Aller=
bings glaube ich nicht, daß Jvar einem aufgeschlagenen
Buche gleicht."

„Das Niemand lefen kann, weil es in einer
Sprache, von der Niemand Kunde hat, geschrieben ist."

„Alma, was ist es, das dich in so üble Stim=
mung gegen den armen Jungen verfetzt? Ich will
dich nur daran erinnern,. daß Du vor nicht gar langer
Zeit sich sehr günstig über ihn ausgesprochen hast."

„Habe ich das gethan? Möglich; es kann auch
ganz gleichgültig fenn, was ich von ihm benke oder
gebacht habe."

„Nicht so ganz, insofern er nämlich auf dem
Wege ist, sein Herz zu verlieren.

„Onkel!" rief Alma, den General scharf fixirend,
„Du willst doch nicht behaupten, daß er noch ein Herz
zu verlieren hat?"

„Ganz gewiß, im Fall er es dir nicht bereits
zu Füßen legte."

„Mir zu Füßen! Das ist doch allzu stark, denn
Du weißt so gut wie ich, Onkel, daß Jvar sein Herz
Konstanze Kronfelbt geschenkt hat."

Der General war ein viel zu kluger und schlauer
Mann, als daß er sich von einem so offenen und un=
verfälschten Charakter wie seines Bruderstochter plötz=
lich überrumpeln ließ. Alma hatte erwartet, ihre
Worte würden bei ihrem Oheim einige Ueberraschung

ober Verlegenheit hervorbringen, aber sie irrte sich. Er
lächelte blos und bemerkte mit einer gewissen Ironie:
„Es ist erstaunlich, wie Mißgunst auch die ver=
ständigste Frau verblenden kann."
„Mißgunst! Meint der Onkel etwa, ich sey miß=
günstig?" fragte Alma in hohem Tone. „Um was
könnte ich auch wohl Konstanze beneiden?"
„Um ihre Schönheit, liebes Kind."
Der General ließ einen halb blinzelnden, schlauen
Blick auf das stolze und kalte Angesicht der jungen
Gräfin fallen, welches nun von tiefem Purpur über=
gossen wurde.
„Onkel!"
„Einen Augenblick, und Du wirst mich verstehen.
Du siehst wohl ein, daß Konstanze an äußerer Schön=
heit weit über dir steht, und dieß kannst Du nicht
verzeihen, da nichts uns ungünstiger gegen eine Person
stimmt, als wenn dieselbe einen höhern Grad von
Schönheit oder Geist besitzt, als wir selbst haben; weil
wir mit allem unserem Geld uns doch niemals diese
Güter zu erkaufen vermögen."
„Du beleidigst mich, Onkel."
„Bah, meine liebe Alma, von wem willst Du
dir die Wahrheit sagen lassen, wenn nicht von deinem
alten Onkel? Deßhalb erkläre ich, in deinem Neid
auf Konstanze hast Du deren Vorzüge und die Macht,
welche sie über das Herz der Männer ausübt, über=
schätzt. — Zwar und sie sind als Kinder zusammen
aufgewachsen, und Du hast in der Anhänglichkeit, die
sie zu einander hegen, Symptome von Liebe gesehen;
aber Du hast dich getäuscht."
„Beweise mir das!"

„Sogleich. Konstanze's Verlobung mit dem Ba=
on Stjernburg wird nächsten Sonntag stattfinden."

„Onkel, Du scherzest," rief Alma, indem sie bei
esen Worten des Generals von ihrem Sitze auffuhr.

„Daß dem nicht so ist, davon wirst Du dich bald
urch die Einladung von deiner Tante überzeugen,
elche sicherlich noch heute hieher gelangen wird."

„Nun wohl, was beweist dieß eigentlich? Nichts
eiter, als daß Konstanze, obwohl sie von Jvar ge=
ebt wurde, seine Gefühle nicht getheilt hat."

„Höre, Alma, in der Wirklichkeit gibt es keinen
ungen Mann, der sich mit einer unglücklichen Liebe
erumträgt, sondern nur in Romanen. Uebrigens
eiß ich bestimmt, daß Jvar nichts für sie fühlt."

„So, so; aber auf dem Balle bei seiner Mutter
ah es doch wirklich aus, als ob jene Neigung, auf
velche Du vorhin deutetest, Onkel, nicht sehr stark ge=
vesen wäre; denn allen Anstrengungen zum Trotze
vurde es ihm unmöglich, die Augen von Konstanze
bzuwenden; und wahrscheinlich kam seine Bekümmer=
niß von der Gewißheit her, daß Konstanze den Baron
orzog."

„Wieder ein Irrthum, Alma. Jvar hatte von
einem Geschäftsagenten sehr peinliche Mittheilungen
rhalten; außerdem war es zu einem minder ange=
nehmen Auftritt mit seiner Mutter gekommen; und
eides erschien ganz geeignet, ihn zerstreut und düster
u stimmen."

Alma schwieg eine Weile und begann sofort von
ndern Dingen zu reden, worauf der General sich
verabschiedete.

Als Alma allein war, blieb sie geraume Zeit unbeweglich und wie in ernstes Nachdenken vertieft sitzen. Dann klingelte sie und sagte, als der Diener sich einstellte:

„Bitte den Magister Rehn, zu mir herunterzukommen."

Kurz hernach trat ein älterer Mann ein, mit schneeweißen Locken, obwohl seine Gesichtszüge noch nicht auf ein gerade hohes Alter hindeuteten. Von Körper war er sehr hoch gewachsen, und obwohl mager, hatte derselbe doch etwas Kraftvolles durch seine gerade Haltung und die Leichtigkeit, womit er sich bewegte. Der Ausdruck in den tief liegenden Augen war nachdenklich, mild und ernst. Der Mund mit den weißen, wohl erhaltenen Zähnen hatte ein gutmüthiges, oft humoristisches Lächeln und gab seinem Gesicht etwas Anziehendes.

Alma reichte ihm die Hand mit den Worten:

„Kommen Sie, rathen Sie mir; ich befinde mich in einer höchst mißlichen Stellung."

„Das lautet bedenklich; aber dann hat man wohl wieder eine Dummheit begangen, welche der alte Rehn in eine kluge und verständige Handlung verwandeln soll."

„Ach nein, die Schuld liegt dießmal ganz und gar nicht an mir, sondern es kommt mir nur vor, als ob ich in ein Spinngewebe gerathen wäre."

„Ich soll doch nicht glauben, daß es so ungemein leicht ist, die Frau Gräfin in ein solches zu locken; und ich würde meine frühere Schülerin sehr schlecht kennen, wenn ich nicht wüßte, daß gerade sie

nicht zu benjenigen gehört, welche sich so leicht über=
liften laffen. Zerreißen Sie das Netz und fliehen Sie
hinweg — sehen Sie, das ist mein Rath."

„Aber, das ist unausführbar. Nein, Sie müffen,
Herr Magister, wie immerbar, mein väterlicher Freund
seyn und mir Beiftand leiften."

„Mit Rath und That. A la bonne heure, Madame. Laffen Sie hören, um was es sich handelt."

„Der Magister nahm eine Prise aus seiner sil=
bernen Dose und ftreckte sich in einem der Fauteuils
aus, so daß er in einer ganz bequemen Lage seiner
frühern Schülerin zuhören konnte.

„Sie wiffen, Herr Magister," begann Alma,
„so gut wie ich selbft, mit welcher Freundschaft ich bei
meiner Ankunft in der Hauptstadt als Wittwe von
allen meinen Verwandten nähern oder entferntern
Grads aufgenommen wurde. Ueberall zündete man
mir Weihrauch an. Ich wurde geschmeichelt, gehätschelt,
vergöttert, und bei einem Alter von neunzehn Jahren
ist man schon geneigt, an die Wahrheit der uns be=
wiesenen Anhänglichkeit. zu glauben. Ich gab mich
nach und nach wirklich der Ueberzeugung hin, daß ich
etwas im höchsten Grade Liebenswerthes, Schönes und
Ungewöhnliches sey. — Mit kurzen Worten, das Gift
der Schmeichelei hatte mich schon recht ordentlich an=
gegriffen, als Sie, mein theurer, geliebter Lehrer, von
Ihrer Reise nach Aegypten zurückgekehrt, Ihren
Wohnsitz bei mir aufschlugen. — Sie erkannten so=
gleich, daß Ihre Schülerin, welche bei der Abreise von
Ihnen in den Eheftand getreten war und bei Ihrer
Heimkehr einsam in der Welt mit voller und unbe=
schränkter Freiheit als Wittwe daftand, auf dem Wege

sich befand, eine verzogene Närrin zu werden. Sie waren
nahe daran, mich gar nicht wieder zu erkennen. —
Ich, von meinen Eltern so einfach und streng erzogen,
war nun in Bewunderung meiner eigenen ausgezeich=
neten Eigenschaften versunken; eine Bewunderung, zu
deren Entstehen man mir früher niemals Anlaß ge=
geben hatte. Sie nahmen es auf sich, recht oft mich
daran zu erinnern, daß, wenn man mir sagte: „Ach,
wie liebenswürdig Sie sind!" — dieß nur so viel
bedeute als: „Wie kann ich in den . Besitz Ihres
Geldes gelangen?" — Redete man von meiner schönen
Stimme, so hieß es bei Ihnen: „Wenn Ihre Bewun=
derer Sie singen hören, bilden dieselben sich ein, den
Klang Ihres Goldes zu vernehmen, sonst würde es
ihnen bald bemerklich werden, daß die Frau Gräfin
sehr oft falsch singt." — Eines Tags, als meine
Tante, die Gräfin Nidderhjerta, behauptete, ich habe
ein schönes Profil und mein grünes Sammetkleid
mache mich zu einer wirklichen Schönheit, bemerkten
Sie: „Es ist wunderbar, wie einige Millionen ver=
schönern; das muß daher kommen, daß man immerdar
an dieß denkt und mit den Augen der Einbildnng
richtig zu sehen außer Stand ist; sonst könnte Ihre
Tante sich nicht die Mühe nehmen, Ihr Profil schön
zu nennen. Die Nase hat eine auffallende Aehnlichkeit
mit einem Papageischnabel, und in dem grünen
Sammetkleide wird Ihre Gesichtsfarbe grüngelb, und
diese kann wohl niemals anf den Namen von schön
Anspruch machen." — Genug, Sie sangen vor meinen .
Ohren so beharrlich dieselbe Melodie, es sey nur mein
Reichthum, welcher mir in den Augen der Welt so
großen Reiz verleihe, daß ich am Ende zu dem Glauben

gelangte, die Leute sagen mir gar nie die Wahrheit,
sondern schmeicheln mir nur, weil sie mich für dumm
genug halten, um mich dadurch täuschen zu lassen.
Ich gab auf die Menschen Acht und meinte nun auch
bald zu erkennen, daß man vor Allem nur den reichen
Fisch fangen wollte. Aber während ich Jedermann
mißtraute ...."

„Glaubten Sie doch an Ihre Tante und Ihren
Onkel?"

„Ja wohl."

„Und nun finden Sie, daß dieselben gleich allen
Andern Ihren Reichthum als Ihr größtes Verdienst
betrachten."

„Das wäre wohl das Geringste; aber ich habe
den Verdacht, daß man durch thörichte und unwahre
Vorspiegelungen mich verstricken will, um in den
Besitz von meinem Vermögen zu gelangen."

„Das glaube ich nicht."

„Nicht?"

„Nein, das glaube ich nicht, sondern bin voll=
kommen davon überzeugt, und ich habe auch eine und
die andere Warnung deßhalb fallen lassen, aber...."

Der Magister nahm wieder eine Prise.

„Aber was? — warum sprechen Sie nicht aus,
Herr Magister?" fragte Alma, ihn fixirend.

„Ich sage nie einen einzigen Buchstaben, wenn
sie nur so verhallen. Ach! was verlohnt es sich auch
der Mühe, Frau Gräfin, mit dem alten Rehn zu spie=
len, welcher doch nicht geneigt ist, so hohe Standes=
personen für ein wenig besser als andere Frauen zu
halten. Bedenken Sie wohl, daß ich mich niemals
mit der Gräfin in ein vertrauliches Gespräch einlasse,

aber dagegen immerdar derselbe getreue Freund bin, wenn ich mit meiner Schülerin Alma rede."

„Gut gesprochen, mein geliebter Lehrer! Wie ge=rührt fühle ich mich von Ihrer Freundschaft und Auf=richtigkeit. Verzeihen Sie, daß ich Ihnen zuweilen An=laß zum Mißvergnügen gebe; aber Sie kennen mich und wissen, daß ich Ihnen niemals vorsätzlich einen Grund, mich zu schelten, nahe legen will."

„Leicht gefehlt ist schnell verziehen; darum reden wir nicht mehr von der Sache."

„Sondern kommen auf Ihr bedeutungsvolles „aber" zurück, welches mir das Blut ganz warm machte."

„Und dieß darum, weil Sie erkannten, ich würde den empfindlichsten Punkt in Ihrer Seele, oder rich=tiger, eine Schwachheit berühren, welche Sie nicht gern von Andern durchschaut wissen wollten."

Die Gräfin stützte ihren Kopf auf die Hand und schwieg.

„Sie hörten nicht auf meine Warnung, als ich von Ihrer Tante und Ihrem Onkel mit Ihnen redete, weil Sie eine lebhafte und heimliche Neigung für Ivar gefaßt hatten."

Alma fuhr zusammen und sah auf. Sie war todesbleich geworden.

„Woher wissen Sie das?"

„Woher? — Muß ich das Ihnen sagen, mein Kind, oder glauben Sie, ein Mann, der von Ihrem fünften Jahre an Ihr Angesicht und Ihren Charakter studirt hat, könnte sich durch die äußerliche Kälte, hinter welcher Sie sich verschanzten, irre leiten lassen? — Nein, bei meiner Ankunft hier, da Sie bereits über

:in Jahr in der Hauptstadt waren, und von dem erften Augenblick an, da ich Sie mit dem Grafen Jvar beijammen fah, wußte ich, daß unter diefer eifigen Rinde, welche Sie zeigten, ein glühendes Feuer brannte."

Der Magifter nahm abermals eine Prife, und die Gräfin faß eine Weile fchweigend da. Endlich fagte fie mit einer Mifchung von Schmerz und Scham im Tone:

„Nun ja, es ift recht gut fo, daß Sie wiffen, wie krank ich bin; es wird Ihnen dann um fo leichter fallen, mich zu heilen."

„Hoffen Sie nicht darauf, denn es ift bei Ihnen bereits fo weit gekommen, daß Sie weder geheilt werden wollen, noch können. Sie find eigenfinnig, Alma, und die Neigung, die Sie einmal gefaßt haben, wird Ihnen durch das ganze Leben folgen."

„Möglich, daß Sie Recht haben, aber wenn ich entdecke, daß der betreffende Gegenftand weder meiner Liebe noch Achtung werth ift, glauben Sie dann auch, daß ich mit Beharrlichkeit an meiner Neigung fefthalten werde?"

„Das läßt fich nur fchwer fagen, aber ich fürchte es beinahe, weil Sie, wie alle Frauen, fich einbilden, es werde Ihnen möglich feyn, den Gegenftand Ihrer Liebe zu beffern und zu veredeln. Ich habe gefehen, wie fehr verftändige und reichbegabte Frauen zu Männern Neigung faßten, welche ihrem Charakter nach als fchlecht und tadelnswerth allgemein bekannt waren. Hätte man diefe Frauen gefragt, was fie an folche Männer gefeffelt habe, fo wäre es in erfter Linie die Einbildung gewefen, welche den unwürdigen Gegenftand mit allen möglichen guten Eigenfchaften, die ihm ab=

gingen, ausschmückte; und für's Zweite der Glaube, daß sie durch ihre Liebe den Verirrten auf den rechten Weg zurückführen können — Etwas, das bis Dato stets mißlungen ist."

„Ich meines Theils glaube, daß der Einfluß einer edeln Frau auf den Mann sehr groß ist."

„Ei ja wohl, im Fall der Mann selbst etwas Edles in seinem Charakter hat; aber fehlt ihm dieses, so wird sie niemals etwas Anderes in seiner Hand als ein Spielzeug oder eine Sclavin seyn."

„Sie wollen doch nicht behaupten, daß es sich mit Jvar also verhält?"

„Gewiß nicht; Graf Jvar ist viel besser, als seine Mutter und als sein Oheim; aber....."

„Nun, warum brechen Sie ab?"

„Weil ich nichts sagen möchte, was Ihnen Schmerz verursachen könnte."

Der Magister sah die Gräfin mit einem Blick voll natürlicher Zärtlichkeit an.

„Sie können mir Nichts sagen, was ich selbst fühle, und könnten Sie es auch, so weiß mein früherer Lehrer wohl, daß Alma nicht zu den schwachen Charakteren gehört, welche dem Schmerz unterliegen. Gott hat mir einen starken Körper und eine eben solche Seele gegeben."

„Aber auch ein sehr empfindliches und gefühlvolles Herz."

„Dieses Herz kann vor Schmerz bluten, aber wird doch nicht brechen."

„Alma, Sie sind und bleiben doch bei allen Ihren Fehlern meine geliebte, herrliche Schülerin," rief der Magister, indem er der Gräfin die Hand drückte.

„Ich danke Ihnen für diese Worte; doch wir wollen uns nun zu dem bemerkenswerthen „aber" wenden, welches zu dieser herzlichen Versicherung Anlaß gab."

„Sie haben Recht, Frau Gräfin. — Nun wohl, Graf Ivar liebt Sie nicht; und wenn er kommt und Ihre Hand begehrt, so geschieht es darum, weil er und seine Mutter — ruinirt sind."

„Sollte er wohl einer solchen Niedrigkeit fähig seyn?" rief die Gräfin mit geröteten Wangen.

„Niedrigkeit! — Mein Kind, das war ein allzu starker Ausdruck. Durch eine reiche Heirath seinen berangirten Umständen aufzuhelfen, ist ja Etwas, das heutzutage in Ihrem Stande zur Ordnung gehört. Das Vermögen des Adels ist geschmälert, so daß beinahe Nichts davon übrig geblieben. Dieß hat der Sitte den Ursprung gegeben, daß der Adel durch Heirathen in reiche Bürgerfamilien die erlittenen Verluste zu repariren sucht. Ivar Ribberhjerta würde niemals sich dazu herablassen, eine Ehe mit einem bürgerlichen Mädchen einzugehen; aber er wird es dagegen für seine Pflicht erachten, durch eine Vermählung mit Ihnen das Ansehen und Vermögen seiner Familie wieder herzustellen."

„Sie sagten, daß er mich nicht liebe, und dennoch hat der General, sowie Ivar's eigene Mutter mir alle Mühe erspart, mich zu überzeugen, daß sein Herz an meine Person gefesselt ist."

„Und dieß hat Ihnen den Anlaß zur Vergleichung mit dem Spinnengewebe gegeben?"

„Ja."

„Glauben Sie also nicht an deren Worte?"

„Nein."

„Und der Grund?"

„Daß ich zu bemerken glaubte, sein Herz hänge an einer andern."

„Nun wohl, wenn dem so ist, sehe ich nicht ein, warum Sie versicherten, Sie kommen sich wie in einem Spinnengewebe gefangen vor."

„Das will ich Ihnen sogleich erklären: mein eigenes Herz ist mein erster und größter Feind; hernach kommt das Gerede von Ivar, die ewige Wiederholung, daß er für mich ein zärtlicheres Gefühl hege; dieses Bemühen, meine Vernunft zu bethören, was zur Folge hat, daß mein Herz die erstere verwirft. Ich gleiche einem Menschen, mit dem man blinde Kuh spielt. Meine Tante und ihr Schwager legen mir die Binde um die Augen, und um so fester, je mehr ich von derselben befreit zu werden wünsche. So kam zum Beispiel heute mein Onkel und unterrichtete mich davon, daß Konstanze Kronfeldt, welche nach meiner vollkommensten Ueberzeugung Ivar liebte, sich in zwei Tagen mit Baron Stjernburg verloben werde. Zu gleicher Zeit gab er mir die Versicherung, Ivar habe für Konstanze niemals etwas Anderes als brüderliche Anhänglichkeit empfunden, habe seine süßesten Hoffnungen auf mich gebaut u. s. w., und dieß alles wurde mir in der zugleich ehrlichen und scherzhaften Weise des Generals zu erkennen gegeben. Sagen Sie mir nun, wie viel ich glauben darf?"

„Nicht viel. Sie dürfen glauben, daß Fräulein Konstanze sich verlobt, denn dieß ist eine Thatsache und stimmt noch dazu vollkommen mit ihrem Charakter überein, welcher ihr gestattet, den Einen zu lieben und

nit dem Andern sich zu verheirathen. Außerdem
dürfen Sie glauben, daß Ihre Tante und Graf Jvar
gründlich ruinirt sind und darum alle erdenklichen
Mittel anwenden, um sich aus dieser fatalen und
verzweifelten Verlegenheit herauszureißen."

„Und mich haben sie demnach zum Mittel aus=
ersehen, um sich davon zu retten?"

„Nicht so ganz und gar Graf Jvar, sondern
dessen Mutter und der General; diese haben folgen=
dermaßen raisonnirt: „Alma ist in Jvar verliebt —
ein Ziel, worauf wir eifrig hingearbeitet haben, denn
sie ist reich, gehört zu unserer Familie und ist folglich
ganz die rechte Person, um durch ihr Vermögen und
ihren Rang das Ansehen unserer Familie aufrecht zu
erhalten." Nachdem man den Plan so weit entworfen
hat, wird Graf Jvar in denselben eingeweiht, und
von seiner verzweifelten Lage getrieben, blieb ihm
Nichts übrig, als darauf einzugehen."

„Sie sind scharfsinnig und ein furchtbarer Beob=
achter, mein Lehrer," bemerkte Alma wehmüthig lä=
chelnd, „aber wie können Sie wissen, daß Jvar nicht
von Anfang an im Komplot war?"

„Weil ich nicht in ihn verliebt bin, sondern mit
den Augen des nüchternen Verstandes gesehen habe,
und so erkannte ich sonnenklar, daß er nicht im Min=
desten daran dachte, Ihnen gefallen zu wollen, sondern
mit ganzer Seele sich Konstanze zugeneigt hatte."

„Aber seine Aufmerksamkeit und Artigkeit gegen
mich, was bedeutete diese?"

„Daß der Graf ein Weltmann ist und gegen
Sie sich so benahm, wie gegen jede Dame in der Ge=
sellschaft, worin er lebt."

„Sie sind unbarmherzig," entgegnete die Gräfin mit niedergeschlagener Miene.

„Ganz und gar nicht. Will man die Wahrheit sehen, so muß man jede Draperie beseitigen, so daß dieselbe in ihrer ganzen Nacktheit vor uns steht. Ich habe stets gefunden, daß eine solche ehrliche und unerschrockene Prüfung dessen, was wahr ist, die heilsamsten Resultate mit sich bringt. — Wissen Sie, Alma, wodurch das Unglück im Leben hervorgebracht wird? Durch unsere Scheu, ein jedes Ding und jedes Verhältniß in seinem rechten Lichte zu betrachten; und auf der andern Seite durch unser feiges Bedenken, der Wirklichkeit keck in's Gesicht zu schauen, während wir in Folge einer elenden moralischen Besorgniß einen Trost in dem Irrthum suchen, welcher doch einmal früher oder später vor der Wahrheit, die er vor uns zu verbergen strebt, die Flucht ergreifen muß."

„Ach, mein geliebter Lehrer, Sie haben Recht, jetzt wie immerdar: aber zuweilen läßt Ihre unerschütterliche Lebensphilosophie tiefe Wunden im Herzen zurück. Doch, ich wollte nicht, daß es anders wäre; denn gerade Ihre spartanische Denkart und die Prinzipien, worin Sie mich erzogen, haben mich stark und fest gemacht."

„Bah, liebes Kind, diese Eigenschaften besitzen Sie von der Natur; ich habe derselben nur Uebung verschafft, so daß sie sich noch mehr entwickeln konnte, weil ich Seelenstärke und Charakterfestigkeit als zwei wesentliche Tugenden auf der Wanderung durch eine Welt betrachte, wo man so manche Kränkung und Verletzung erfährt: aber hätten Sie nicht die Anlage dazu gehabt,

wären Sie von weichlicher und empfindsamer Gemüths=
art gewesen, so würde meine Erziehung Sie ebenso
wenig stark und fest an Geist gemacht haben, als ich
einen Hasen in einen Hund verwandeln kann. — Aber
lassen Sie uns wieder auf den Grafen Jvar zurück=
kommen. Wie gedenken Sie zu handeln?"

„Ja, sehen Sie, das ist mir noch nicht recht klar,
und wird es vielleicht einmal hell, so bin ich nicht ge=
neigt, Jemand Etwas davon mitzutheilen."

„Nicht einmal mir?"

„Vielleicht nicht, im Fall ich bei mir selbst fühle,
daß Sie mir ihre Mißbilligung zu erkennen geben
würden."

„Es ist gut, das zu wissen; ich werde also noch
mehr als bisher Acht geben, und wenn ich es noth=
wendig finde, Sie schon zum Sprechen bestimmen."

„Wohl; nun nur noch ein paar Worte über
dieses Thema. — Was für einen Charakter legen Sie
bei Ihrer so raschen Auffassungsgabe für menschliche
Gemüthsart Jvar bei?"

„Sein Charakter ist ritterlich, aristokratisch, offen
und im Grunde gut, aber schwach. Er entbehrt zweier,
für den Mann wesentlicher Eigenschaften, nämlich der
Festigkeit und der Fähigkeit, seine Stellung im Leben
als Mensch richtig zu erkennen. Seine Erziehung hat
ihn oberflächlich, eitel und leichtsinnig gemacht. Mit
bessern Gewohnheiten von den Kinderjahren an würde
er ein wackerer Mann geworden seyn; nun aber, Alma,
sind seine Fehler zu Unarten geworden, und Sie dür=
fen darum nicht hoffen, dieselben ihm abzuthun."

„Wahrhaftig, ich hoffe auch gar nichts. Das

Einzige, was ich wünsche, wäre, ihm nützlich werden zu können."

„Und damit sich selbst aufzuopfern."

„Das Opfer wäre, dünkt mir, nicht so groß," erwiderte die Gräfin aufstehend. „Ich will jetzt ein wenig ausfahren; wollen Sie mir nicht Gesellschaft leisten? Frische Luft und Bewegung werden mich von der Schwermuth befreien, welche ich auf meiner Seele lasten fühle und zu nähren durchaus keine Lust habe. Ihre Gesellschaft, mein edler und verehrter Lehrer, würde mir darum sehr angenehm seyn."

„Dann ist die Sache abgemacht; ich begleite Sie. Oder glauben Sie wirklich, Frau Gräfin, daß ein Mann, selbst wenn er gleich mir seine sechzig zählt, gleichgültig gegen das schmeichelhafte Anerbieten bleibt, bei einer jungen, schönen Frau den angenehmen Ge= sellschafter zu machen."

„Ja, wenn dieser Mann Anton Rehn heißt, dann verhält es sich allerdings so; es müßte denn seyn, daß er diese Frau liebt, wie wenn sie seine eigene Tochter wäre. Ueberdieß haben Sie ja selbst nicht ein= sondern tausendmal erklärt, daß ich durch= aus nicht schön sey."

„Nein, das sind Sie durchaus nicht. Ihre Nase ist zu groß und zu gebogen, Ihre Stirne viel zu hoch und kühn, Ihr Auge, obwohl hellblau und groß, zu scharf; Ihr Mund, an sich selbst hübsch, hat einen allzu spöttischen Ausdruck; Ihre Gesichtsfarbe ist zu bleich und paßt nicht zu der Fülle Ihres Wuchses und zu Ihrem Körperbau. Ihr Haar ist zu blond und steht in vollkommener Disharmonie zu Ihren gebogenen

chwarzen Augenbraunen und langen ditto Augen=
vimpern."

„Und das Facit davon ist, daß das Eine nicht
[um Andern paßt, folglich die Gräfin Stern mehr
)äßlich als schön ist."

Es lag etwas beinahe Trauriges in dem Tone,
)bwohl die Lippen lächelten.

„Nicht häßlich, nein, auf Ehre und Gewiſſen,
uicht häßlich," rief der Magiſter lebhaft; „aber zwiſchen
)äßlich und ſchön iſt ein großer Abſtand."

„Und ich befinde mich zwiſchen dieſen beiden Ex=
:emen. — Eh bien, ich gehe jetzt, um meine Toilette
1 machen, und bitte Sie, meinem Beiſpiele zu folgen,
' daß wir uns vor dem neugierigen Stockholmer
ublikum in dem vortheilhafteſten Lichte zeigen können.

IV.

Zwei Monate ſind vergangen.

Konſtanze war ſeit einigen Tagen Freiherrin
:rnburg. Jvar hatte dieſe Zeit dazu angewendet,
ja eine nicht zudringliche, aber ſehr eifrige Auf=
'ſamkeit zu widmen, welche ſie in Bezug auf die
ſeiner Gefühle ohne Zweifel irre geleitet haben
)e, wenn ſie nicht ſo genau auf die geringſten
ände Acht gegeben und dabei Dinge wahrge=
nen hätte, wovon ſie ſeiner Anſicht nach gar
Ahnung haben konnte. So zum Beiſpiel hatte
hr wohl bemerkt, daß Jvar verändert war. —
:r heiter und lebhaft, die Seele aller Geſellſchaften

und Luftbarkeiten, war er jetzt schweigsam und zurück=
haltend, bleich und düster, ungeachtet er alle seine
Kraft aufbot, um dieß vor Alma zu verbergen.

An Konstanze's Hochzeittag hatte er so unglück=
lich ausgesehen, war so unnatürlich blaß gewesen, daß
man deutlich merkte, wie sehr er litt. Die Braut selbst
war sehr erregt, traurig gewesen, so daß man sie für
krank halten konnte. Alma bemerkte, wie Ivar ein
Zittern durch alle Glieder ging, als Konstanze jenes
Ja aussprach, welches sie auf ewig an einen Andern
band. Kurz, Alma ließ sich durch die zärtlichen Ver=
sicherungen, die zarten Aufmerksamkeiten oder den
Eifer, womit er ihr zu gefallen suchte, nicht irre lei=
ten; sie erkannte auf's Deutlichste, daß es eine Maske
war, hinter welcher sich ein Herz barg, welches voll=
kommen gefühllos für sie blieb.

Die Gräfin Ribberhjerta und der General boten
alle ihre Kräfte auf, Alma die Ueberzeugung beizu=
bringen, daß Ivar's Herz für sie schlage. Sie hörte
ihnen schweigend zu, und sie mußten immer wieder
abziehen, ohne zu erfahren, welches ihre eigentliche Ge=
sinnung war.

Endlich eines Morgens, acht Tage nach Konstanze's
Hochzeit, erhielt Alma einen Brief, worin Ivar ihr
seine Liebe erklärte und sie um ihre Hand bat. Eine
Stunde nach Empfang desselben sandte Alma folgende
Zeilen zur Erwiederung:

„Die Gräfin Stern wird heute Nachmittag um
sechs Uhr den Brief des Grafen Ivar mündlich be=
antworten, wenn er ihr einen Besuch machen will."

Diese Antwort setzte Ivar in große Verlegenheit,
denn er wußte nicht, wie er sich dieselbe verdolmetschen

sollte. Ein Nein hätte sie bestimmt ihm lieber schrift=
lich gegeben. Ein Ja dagegen hätte sie unmöglich
hinter diesen kalten Worten verbergen können. Endlich,
nachdem er lang darüber nachgegrübelt hatte, ohne das
Räthsel lösen zu können, beschloß er, gar nicht mehr
daran zu denken, sondern ganz einfach sich bei seiner
Cousine einzufinden.

V.

Die Maisonne schien hell und warm in die präch=
tige Wohnung der Gräfin Stern. In einem kleinen
Kabinet, welches mit allem jenem Luxus, den man
in den Gemächern reicher Frauen findet, ausgestattet
war und von Parfümerien und Blumen duftete, saß
die Gräfin. Aus dem unruhigen Ausdruck des Ge=
sichtes war zu erkennen, daß sie vor Ungeduld den
Lauf der Zeit zu beschleunigen wünschte. Ihre statt=
liche und doch schlanke Gestalt nahm sich in dem dicht
anliegenden hellgestreiften Seidenkleide sehr wohl aus,
und ihre stolzen, kühnen Züge hatten ein unverkenn=
bares Gepräge von etwas Königlichem, das unwillkür=
lich imponirte. Man glaubte, wenn man ihrem klaren,
durchbringenden Auge begegnete, der Blick desselben
müsse das Vermögen haben, des Herzens geheimste
Gedanken und Empfindungen zu ergründen.
Endlich ließ sich der helle Laut einer Uhr verneh=
men, welche die sechste Stunde anzeigte, und gerade,
da der letzte Schlag verklang, wurde der Thürvorhang
gelüftet, und ein Diener meldete:

„Graf Ribberhjerta."

Obwohl Alma ihn erwartet und schon eine halbe Stunde die Minuten bis zu dem Augenblick gezählt hatte, wo sie hoffen konnte, ihn eintreten zu sehen, fuhr sie doch zusammen, und eine noch tiefere Blässe als gewöhnlich bedeckte ihr Angesicht; aber als Jvar wirklich vor ihr stand, war jede Spur von Bewegung verschwunden; mit der ihr eigenen imposanten Haltung begrüßte sie ihn, lud ihn ein, Platz zu nehmen, und begann dann plötzlich und ohne Umschweife:

„Du hast meine Hand begehrt, Jvar?"

„Ja, und Du hast mich . . . . ."

„Gebeten, hieher zu kommen, um dir eine Antwort zu geben, das ist wahr. Sage mir ganz aufrichtig, hat man dir gesagt, ich liebe dich?"

„Das will ich nicht bestreiten. Man hat mir die Hoffnung eingeflößt, daß ich von dir geliebt werden könnte."

„Und man hat die Wahrheit gesagt."

„O, Alma!"

„Schweig und höre mich. Bevor ich dir auf deine Bewerbung eine Antwort gebe, müssen wir klar wissen, was wir für einander sind."

„Wenn Du, Alma, mich liebst, wie ich dich, dann . . . . ."

„Hättest Du wahrhaftig nicht viel von mir zu hoffen."

„Alma!" rief Jvar erröthend.

„Jvar, sage mir ehrlich, wie es einem Mann, einem Edelmann sich ziemt: Liebst. Du mich wirklich?"

Alma lehnte sich zurück und heftete ihre großen klaren Augen auf Jvar.

„Sonst hätte ich deine Hand nicht begehrt, Alma."

„Nicht! Ach, Jvar, jetzt redetest Du nicht die Wahrheit, und doch hatte ich geglaubt, Du besäßest einen redlichen und offenen Charakter."

„Alma, ich verstehe dich nicht."

„Wohlan, es wird dir sogleich deutlich werden," entgegnete Alma, während ihre Augen gleichsam sich erweiterten und ein Blitz sich in ihnen entzündete. „Ich kannte eine junge Frau; sie war weder schön noch sehr geistreich, aber sie hatte ein unverdorbenes Herz, einen ehrlichen Charakter, eine hohe Vorstellung von dem, was wahr und gut ist. Diese Frau war unglücklicher Weise sehr reich und sehr unerfahren. In ihrer Familie fand sich ein junger Mann, mit einem ungewöhnlich vortheilhaften Aeußern begabt, angenehm von Manieren und geistvoll in der Conversation. Dieser Mann liebte ein schönes Mädchen, aber verheirathete sich nicht mit ihr. Sie dagegen nahm einen Mann zur Ehe, den sie nicht liebte, und jener, der ihr theuer war und dem sie ihr Herz geschenkt sah, hörte mit an, wie dieselbe einem Andern Zuneigung und Treue gelobte, darum weil er zu feig gewesen war, dem kindischen Luxus zu entsagen, an welchen er sich gewöhnt hatte. Er war zu eitel, um ein häusliches und glückliches Leben an der Seite der Frau, welche er liebte, sich gefallen zu lassen, und gab einem thörichten ohne sie den Vorzug. — Nun wohl, das war moralisch feig; aber noch nicht genug, er wollte auch eine moralisch schlechte That begehen, nämlich der erstgenannten Frau, welche ohne Reiz und ohne Erfahrung war, Liebe zu heucheln. Ihre Unkennt= niß von der Schlechtigkeit der Welt mußte sie zu einer leichten Beute machen. Unter der Maske der Liebe be= gehrte der junge Mann ihre Hand, um durch dieselbe in den Besitz ihres Goldes zu gelangen. — Sage mir, Jvar, hat er gehandelt, wie es einem Edelmann geziemt?"

Jvar hatte mehrmals die Farbe gewechselt; bei der letzten Frage erhob er sich hastig; aber Alma streckte die Hand aus, um ihn zurückzuhalten, und fuhr fort:

„Bleibe sitzen, ich bin noch nicht zu Ende. — Weißt Du, wie dieser Mann handeln mußte, wenn er ehrlich zu Werke gehen wollte? Nun, er hätte zu der reichen Frau hingehen und sagen sollen: „Ich liebe dich nicht, aber ich weiß, daß Du mich liebst; ich bin arm, Du bist reich — werde meine Frau, und ich verspreche dir bei meiner Ehre, dich zu achten und zu respektiren als diejenige, welche mich vor einer Armuth bewahrt hat, zu deren Ertragung es mir an Muth gebricht."

— Siehst Du, Jvar, dann hätte die reiche Frau, welche ihn aufrichtig und ernstlich liebte, geantwortet:

„Ich strebe nach keinem höhern Ziele, als dein Glück begründen zu können. Ich will deine Frau wer= den, und vielleicht kannst Du einmal mich lieben lernen. Sie hätte ihm so antworten können, weil er nicht durch eine unwürdige Heuchelei sich ihre Hand zu erschleichen gesucht und dadurch deren Achtung verwirkt haben würde; es wäre ihr nicht wie jetzt aller Glaube an seine Ehre geraubt worden, aber nun . . . . ."

„Warum brichst Du ab, Alma?" sagte der Graf mit gedämpfter Stimme.

„Nun liebt sie den nicht, dem sie ihre Achtung als
einem Mann von Ehre nicht schenken kann."

„Ich habe dich verstanden, Alma," entgegnete
Jvar, indem er sich erhob. Und vor der Gräfin
stehend, die Hand auf die Stuhllehne gestützt, fuhr er
mit tiefem Ernste fort:

„Du hättest mir eine abschlägige Antwort aller=
dings auf eine schonendere Weise geben können; aber
Du hast Recht. Du hast mich das ganze Erniedrigende
einer unedeln Handlung fühlen lassen. Ich danke und
statte dir meine tiefste Hochachtung ab. Daß eine Frau
mit deinem Charakter einen Mann verachtet, welcher
aus Eigennutz eine Liebe heuchelt, die sein Herz nicht
fühlt, ist natürlich. — Aber, Alma, ehe Du deine Ver=
achtung auf mich wirfst, magst Du wissen, daß ich
selbst das Widerliche und Elende einer so niedrigen, von
mir zu spielenden Rolle wohl gefühlt habe. Wäre es
nicht um meiner Mutter, um meiner Familienehre
willen geschehen, ich hätte, bei Gott, mit meiner Ar=
muth dem Vaterlande den Rücken gewendet, anstatt
durch vorgespiegelte Empfindungen nach dem Gewinn
deiner Hand zu trachten. Nun habe ich statt dessen
diese erbärmliche Handlung begangen und bin dafür
von dir bestraft worden. Von nun an wird sich weder
durch der Mutter Bitten, noch durch die Ehre der
Familie Jvar Ridderhjerta bestimmen lassen, noch ein=
mal sich selbst zu erniedrigen. — Ich gehe, Alma, und
wünsche, daß Du meiner bis auf den Namen vergessen
mögest."

Alma hatte sich gleichfalls erhoben. Eben da er
sich zu entfernen beabsichtigte, legte sie ihre Hand auf
seinen Arm und sprach:

„Noch nicht, Cousin; wir können uns so nicht trennen. Setze dich also noch einmal und laß uns unsere Unterredung zum Schluß bringen, ehe Du mich verläſſeſt."

„Was sollte mir Alma noch weiter zu sagen haben? Es ist ja Alles erschöpft, was sich über den Gegenstand bemerken läßt," warf Jvar ein.

„Durchaus nicht Alles; wenigstens habe ich erst die Hälfte dessen, was ich zu sagen wünschte, vom Herzen; und Du, als artiger Kavalier, wirst doch nicht von mir gehen wollen, bevor ich mich vollkommen er= klärt habe."

Alma nahm wieder Platz und lud Jvar ein, das Gleiche zu thun; wozu dieser schweigend sich be= quemte.

„Jetzt, nachdem das Schlimmste abgethan ist, solltest Du mir die Freundschaft erweisen und mit aller Aufrichtigkeit meine Fragen beantworten. Dafür würde ich dir immerdar Rechnung tragen.' — Versprichst Du mir brüderliche Aufrichtigkeit?"

„Ja."

„Ich danke dir."

„Du hast mich also niemals geliebt und würdest niemals meine Hand begehrt haben, im Fall der Reich= thum auf beiner, die Armuth auf meiner Seite gewesen wäre?"

„Nein, das hätte ich nicht, weil mein Herz, lang ehe ich dich sah, einer andern zugethan war."

„Und Du liebst sie noch?"

„Es ist mir bis jetzt noch nicht gelungen, eine Neigung aus meinem Herzen auszurotten, welche mit mir aufgewachsen; aber sie ist jetzt verheirathet und somit todt für mein Herz!"

„Und Du wirst niemals mehr, nachdem sie nun verheirathet ist, mit ihr von dieser deiner Liebe sprechen? Dich niemals ihr zu nähern suchen?"

„Nein, auf Ehre und Gewissen, niemals. Ich bin nicht schlecht genug, um eine Andere zur Verletzung ihrer Pflichten verleiten zu wollen, auch wenn ich die meinigen selbst unrichtig aufgefaßt habe."

„Ich danke dir."

Alma stützte den Kopf mit nachdenklicher Miene auf die Hand und schwieg eine Weile. Dann nahm sie wiederum das Wort:

„Wenn ich dir jetzt sagte: Jvar, Du liebst mich nicht, und meine Liebe ist schon im Beginn verloschen, wir hegen somit keine anderen, als freundschaftlichen Gefühle für einander. Die eine gibt nicht mehr als was sie hat; das Spiel ist gleich. Laß uns darum als Freunde eine Verbindung eingehen, welche auf gegenseitiges Vertrauen gegründet und von dem gemeinschaftlichen Interesse, den letzten männlichen Repräsentanten der Familie Ribberhjerta vor Schmach und Armuth zu retten, diktirt ist. Was würdest Du darauf antworten?"

„Daß das Opfer von deiner Seite zu groß wäre. Du bist jung, und das vorübergehende Gefühl, welches dich zu mir hinzieht, ist nicht Bürge dafür, daß Du nicht einmal lieben solltest. — Ich wäre verächtlicher, als ich mich bereits gemacht habe, wenn ich für das ganze Leben eine junge Frau an mich bände, da sie mich nicht liebt. Einmal könnte möglicher Weise dein Herz erwachen und die Stimme der Liebe sich Gehör in

demselben verschaffen; dann wärest Du an einen Mann
gefesselt, für welchen Du weder Zuneigung noch Ach=
tung hegst. Nein, Alma, ein solches Opfer kann Ivar
Ribberhjerta niemals annehmen."

„Nicht ein Opfer, nein; aber die Gabe meiner
Hand wirst Du nicht von dir weisen. Du sagst: „die
vorübergehende Neigung, welche ich für dich empfand."
Ja, sie war vorübergehend, wie die Liebe: so unver=
änderlich wie die Freundschaft. Mein Herz, Ivar, kann
niemals einen andern Mann lieben. Als eine ehrliche
Frau werde ich dir eine getreue Freundin bleiben, nur
mit dem Vorbehalte, daß Du niemals des Eides in
Bezug auf diejenige, welche der Gegenstand deiner Liebe
ist, vergissest. — Und nun, Ivar, laß uns schließen.
Wir sind beide zwei Glieder der Familie Ribberhjerta
und allzu stolz, um es zu dulden, daß nur der mindeste
Schatten auf diesen Namen geworfen wird. Ich will
nicht, daß der letzte Repräsentant desselben die immer=
dar verächtliche Rolle eines Bankerotteurs spielen soll.
Empfange also die Hand, welche ich dir aus redlichem
Herzen schenke, und Du wirst, hoffe ich, niemals Grund
finden, es zu bereuen; ich für meinen Theil hege die=
selbe Hoffnung."

„Alma!" rief Ivar gerührt von dem Hochher=
zigen und Edelmüthigen in Alma's Handlungsweise,
kann ich wohl die Gabe, welche Du mir anbietest, an=
nehmen?"

„Wäre es mit der Ehre unverträglich, so würde
— Alma Stern dir einen solchen Vorschlag nicht ma=
chen. Jetzt, nachdem alles Unwahre und Falsche ver=
schwunden ist, kannst Du es thun. Versprich mir nur

56

Ehre, daß Du mein Vertrauen niemals täu=
st."

ia reichte ihm die Hand.

.r ergriff dieselbe und antwortete, ein Knie

1 dem Tage, an welchem ich dein Vertrauen
würde, wäre ich jeder Ehre bar, und Du
18 Recht, mich als einen gemeinen Wicht zu
."

u wirst dieses Versprechen niemals vergessen,
: ich wenigstens. Stehe auf, Jvar, wir haben
ersten Knoten zu einer unauflöslichen Freund=
nüpft."

VI.

ei Tage darauf wurde Alma's und Jvars Ver=
;efeiert. Magister Rehn sah bedenklich und be=
aus. Konstanze Stjernburg war blendend
ıb bezaubernd. Die dunkeln Augen strahlten
:n und Feuer, während sie durch ihre witzige
ınte Conversation die allgemeine Aufmerksam=
ıhe ausschließlich auf sich zog. Alma's Miene
ıı demselben Maaße kälter und starrer, als
e lebhafter wurde. Hinter dem Schilde eines
tenden Stolzes, wodurch Alma ihre Gefühle
rgen suchte, bemerkte Magister Rehn das Vor=
ıyn eines wirklichen Leidens; und hinter Kon=
entzückender Munterkeit und gewinnender Ko=
Jinzelte die wilde Eifersucht hervor. Wenn die

Augen der jungen Freiherrin sich auf den Bräutigam richteten, blitzte es in denselben auf, als ob eine Flamme von Haß unwillkürlich hervorbrechen wollte. Zwar benahm sich ruhig und ernst, und näherte sich den ganzen Tag Konstanze nicht ein einziges Mal, sondern beschäftigte sich fast ausschließlich mit seiner Braut, und dieß geschah ohne jegliche Affektation vorgeblicher Liebe. Es lag etwas Achtungsvolles und Ergebenes in Jvars Benehmen gegen Alma, dessen Ursprung in der Erkenntlichkeit, die er für sie empfand, zu suchen war.

Jvar hatte sich in allem Ernst vorgenommen, sich des von Alma gegen ihn bewiesenen Edelmuths würdig zu zeigen und auf alle mögliche Art zu deren Glück beizutragen.

Nachdem alle Gäste, den Bräutigam mit inbegriffen, sich entfernt hatten, finden wir Alma und Rehn noch in dem leeren, aber hell erleuchteten Saale.

„Nun?" sagte die Gräfin und sah ihren alten Lehrer mit fragender Miene an.

„Was beliebt?" lautete die Antwort, worauf er nach seiner Gewohnheit zu der Schnupftabaksdose seine Zuflucht nahm.

„Spielen Sie nicht den Unbefangenen," bat die Gräfin mit einem matten Lächeln, welches ihr bleiches Antlitz nur wenig erhellte, sondern sagen Sie mir rein und aufrichtig, was Sie von meiner Verlobung denken."

„Sie war glänzend. Das heißt, das Fest war brillant. Die Mutter und der Oheim des Bräutigams waren bis in den siebenten Himmel entzückt; die Gäste zeigten sich animirt und elegant, und ....."

„Um Gottes willen wiederholen Sie nicht, was ich selbst weiß, sondern sprechen Sie mit mir als väterlicher Freund und sagen Sie mir, habe ich mein zukünftiges Glück auf einen allzu unsichern Wurf gesetzt, als ich Ivar meine Hand versprach?"

"Jetzt ist es viel zu spät, mich darnach zu fragen," antwortete der Magister ernst. "Wenn Sie meine Ansicht darüber einholen wollten, so mußte die Frage früher geschehen. Jetzt ist Ihre Verlobung mir und allen Andern überraschend gekommen."

"Habe ich wirklich Sie überrascht, mein alter Freund? Ich hätte es nicht geglaubt."

"Ja, allerdings, denn ich habe die ganze vergangene Zeit von unserem letzten Gespräche über Ihre Neigung zu dem Grafen Ivar Sie beobachtet und so besonnen, so zurückhaltend gefunden, daß ich zu glauben anfing, Sie haben den Entschluß gefaßt, einer unerwiderten Liebe entgegenzuarbeiten. Meine Augen werden allmälig alt, merke ich, und sie besitzen nicht mehr die Fähigkeit, richtig zu sehen, da ich mich durch dieselben so täuschen lassen konnte, daß ich mir einbildete, Sie seyen vollkommen geheilt, und nun die Bemerkung machen muß, Ihre Bethörung sey größer als je."

"Nein, Ihre Augen haben Sie nicht betrogen. Ich bin nicht einen Moment bethört gewesen."

"Nicht? Und doch haben Sie heute Abend Ihre Verlobung gefeiert?"

"Ja."

"Dann, Frau Gräfin, haben Sie wenigstens in einem Fall sich verrechnet."

"Und worin?

"Darin, daß Sie Ivars frühere Liebe erloschen glaubten."

"Nein, nicht einmal darin habe ich mich hinter's

Licht führen lassen, denn ich weiß, daß er Konstanze noch zugethan ist," erwiderte Alma, den Kopf auf die Sophalehne stützend, und sah wirklich leidend aus.

„Aber, mein Gott, was hat Sie dann bestimmt, so zu handeln, wie Sie gethan?"

„Die Liebe."

„Eine Liebe, welche weder Erwiederung findet, noch finden wird. — Armes Kind, welche Dornenkrone haben Sie auf Ihren eigenen Scheitel geflochten? Wie konnte das Verlangen, den Gegenstand Ihrer Liebe sich zu eigen zu machen, jeden Gedanken an die Sorgen und Qualen in den Hintergrund verdrängen, welche die Folgen einer Ehe seyn müssen, wo von der einen Seite das ganze Herz hingegeben wird, ohne dafür Etwas von Liebe zurückzuerhalten, sondern vielmehr die Zuneigung, die ihm gebühren würde, einer andern Person gewidmet sehen muß."

„Die Wahrheit zu sagen, habe ich bei der ganzen Affaire nicht viel auf mich selbst Rücksicht genommen, sondern einzig vor Augen gehabt, wie ich ihm nützlich werden und zu seinem Glück beitragen könnte."

„Auf Kosten Ihres eigenen."

„Wer weiß. Vielleicht wird mein Lohn endlich doch werden, daß ich die Liebe des Mannes davontrage, für welchen ich mich jetzt opfere."

„O Frau, Frau, wann hast Du dich je verleugnet? Auch die klügste handelt wie eine Thörin, wenn sie von Leidenschaft beherrscht wird. Sie gibt sich den albernsten Illusionen und Hoffnungen hin, nur um ihren eigenen Wünschen zu schmeicheln."

„Mein alter Freund, mein Lehrer," rief Alma, „Sie sind grausam!"

„Möglich, aber so zeigen Sie mir dann den Grund, auf welchem Sie dieses merkwürdige Ehegebäude aufge= führt haben. Allerdings finde ich es sehr wunderbar, wenn man hingeht und sich mit einem Mann verhei= rathet, von dem man weiß, daß er eine andere Frau liebt, und besonders, wenn diese andere eine Schönheit ist und die Neigung desselben erwiedert."

„Schön ist sie, das ist wahr," entgegnete Alma seufzend; „aber daß sie ihn liebt, ist nicht wahr, denn wie könnte sie dann einem andern Mann ihre Hand reichen? Jetzt ist sie verheirathet, folglich für ihn ver= loren."

„Glauben Sie das?"

„Ja, oder wollen Sie behaupten, daß Ivar Ribberhjerta ein Mann ohne Ehre und Gewissen ist?" rief Alma heftig aus.

„Ich behaupte gar nichts, sondern ich setze nur voraus, daß er ein Mensch und als solcher der schwache Sklave seiner Neigungen ist. Sie, mein Kind, sind erst zwanzig Jahre alt, auf dem Lande herangewachsen und vollkommen unbekannt mit der menschlichen Schlechtigkeit und der Schwäche, welche ein Hauptzug bei uns Sterb= lichen ist, wenn wir unter dem Einfluß eines herrschenden Affekts stehen; ich aber zähle sechzig Jahre und habe die Welt in der Nähe gesehen, ich weiß, daß Ehre und Pflicht schon gut sind, wenn die Leidenschaft sich nicht einmischt, aber dagegen eine schwache Wehr bilden, wenn diese mächtige und gewaltsame Strömung losbricht."

„Eine betrübende und schreckliche Auffassung des Lebens."

„Lassen Sie dieselbe dahingestellt und sagen Sie mir den Grund, welcher Sie vermocht hat, einen so ge=

wagten Schritt zu thun, wie von Ihnen so eben ge=
schehen ist, und ich werde dann mein Urtheil darüber
aussprechen."

„Sehen Sie, ich raisonnirte so; Du bist sehr, sehr
reich, aber Du bist durchaus nicht glücklich. Es fällt
schwer für dich, es überhaupt zu werden, nachdem Du
mit deiner unerwiederten Liebe Schiffbruch gelitten hast.
Jvar ist dagegen ruinirt und wird vielleicht in Folge
davon und bei dem Stolz seiner Familie einen verzwei=
felten Schritt thun, im Fall ich ihn nicht von ökonomi=
schem Untergang rette. Er ist nicht durch sein eigenes
Thun, sondern durch seiner Mutter Schuld in diesen
Zustand, worin er sich jetzt befindet, versetzt worden; er
leidet somit unverdient. Nun wohl, mein Reichthum
gereicht mir zu keiner Freude; welchen bessern Gebrauch
kann ich also davon machen, als wenn ich denselben Jvar
schenke? Und dann dachte ich . . . . ."

Alma hielt an und erröthete.

„Daß die Dankbarkeit bei ihm die Liebe hervorrufen
würde," fiel der Magister ein.

„Nicht eben das, sondern nur: ich will Jvar ehr=
lich sagen, ich wisse es, daß er Konstanze liebe, und
glaube nicht an die Zärtlichkeit, welche er für mich an
den Tag lege, aber ich wolle seine Freundin für Le=
benszeit werden. Verspricht er mir dann aufrichtigen
Herzens, das Band zu achten, welches uns vereint —
mich mit Anhänglichkeit und Vertrauen zu behandeln,
dann will ich einzig und allein für ihn und sein Glück
leben. Ich will darnach trachten, durch meine Treue,
meine Gewissenhaftigkeit und mein eifriges Bemühen
in redlicher Erfüllung meiner Pflichten ihm Achtung
einzuflößen und fühlbar machen, daß es etwas Anderes

.nb Besseres gibt, welches unserer Liebe und Bewunde-
ung werth ist, als körperliche Schönheit. Kurz, ich
will mich um meiner guten Eigenschaften willen geliebt
machen."

„Sie wollen somit Ihren Mann zur Liebe zwingen?
Sie glauben sein Herz gewinnen zu können, nachdem
Sie ihm angehören?"

„Ja; denn gerade in der Ehe findet die Frau die
este Gelegenheit, die Eigenschaften zu entwickeln, welche
eren größten Stolz ausmachen und wodurch sie eigent-
ich das Prädikat der Liebenswürdigkeit erlangen kann."

„Wahr; aber diese empfehlenden Eigenschaften
iebt ein Mann selten. Die Gewohnheit, sich von seiner
Frau damit umgeben zu sehen, bewirkt, daß er alle
iese Tugenden als etwas ganz Ordinäres betrachtet
ind die ihm gebrachten Opfer in einem Lichte schaut,
ls wäre es deren Schuldigkeit, solche zu bringen.
Glauben Sie darum nicht, daß es einer Frau ge-
ingen werde, sich dadurch geliebt zu machen, besonders
wenn sie eine Nebenbuhlerin hat, welcher der Mann
vor seiner Verheirathung innigst ergeben war und noch
ezt seine Verehrung zu beweisen nicht aufgehört hat —
welche noch jetzt vor seiner Phantasie als ein ungelöstes
Problem oder als eine unerfüllte Verheißung dasteht,
während die Gattin dagegen nichts Neues für den
Ehemann besitzt."

„Sie haben Unrecht, denn wozu sollte das Gute
nützen, wenn es nicht einen mächtigen Einfluß auf das
Menschenherz ausübte?"

„Wenn dieses Herz nicht von einer Leidenschaft
beherrscht ist, dann wird es allen edeln Eindrücken ge-

öffnet ſeyn; aber es bleibt verſchloſſen, wenn es von
Illuſionen in Bezug auf eine andere erfüllt iſt."

„Hören Sie mich. Jvar hat allzu großes Ehr=
gefühl, als daß er ſich zu der elenden Rolle herablaſſen
ſollte, diejenige zu betrügen, welche mit Vertrauen und
aufrichtiger Ergebenheit ihm die Hand zur Rettung ge=
reicht hat. Er iſt viel zu ſehr Edelmann, um ſich zu
dem Liebhaber einer verheiratheten Frau herabwürdigen
zu können. Nein und tauſendmal nein, dazu beſitzt er
eine zu erhabene Denkart. Uebrigens hat er mir das
feierliche Verſprechen gegeben, ſich niemals Konſtanze
anders, denn als Freund und Verwandter zu nähern."

„Und dieſes Verſprechen, in einem Augenblick des
Entzückens und der Dankbarkeit, unter dem lebhaften
Eindruck Ihres Edelmuths abgelegt — glauben Sie,
daß es zu einem Geſetz für ſein Leben werden, zu einem
ſichern Schilde gegen ſeine Leidenſchaft für die Frei=
herrin Stjernburg dienen wird?"

„Ja, das glaube ich," antwortete Alma lebhaft;
„denn wenn ich ein ſolches Gelübde abgelegt hätte,
würde ich lieber ſterben, als es brechen."

„Kind, Kind, wie wenig kennen Sie das Men=
ſchenherz, Ihr eigenes mitgerechnet, wenn Sie ſo ſprechen.
Sie geben ſich jetzt der Meinung hin, nur durch die
Rückſicht auf Jvar's Glück geleitet worden zu ſeyn, und
haben ſich doch von der Neigung, welche Ihre Seele
erfüllt, regieren laſſen, obwohl Sie ſich vielleicht davon
keine Rechenſchaft gaben, ſondern nur uneigennützigen
Motiven Gehorſam zu leiſten glaubten, während Sie im
Gegentheil vor allen Dingen von dem Verlangen be=
herrſcht wurden, ſeine Gattin zu werden, und ſich in den

süßen Irrthum einwiegten, Sie werden ihm Liebe beizu=
bringen im Stande seyn."

„Sie sind furchtbar," murmelte Alma, indem sie
den Kopf auf die Hand stützte und geraume Zeit so sitzen
blieb, als ob sie das, was der Magister gesagt hatte,
ihrer Prüfung unterzöge.

Endlich nahm sie wieder das Wort:

„Alles wohl überlegt, können Sie mit dem, was
Sie rücksichtlich der Motive für meine Handlungsweise
sagten, schon Recht haben, aber dieß soll mich gleichwohl
nicht hindern, so lang an Ivar's Ehre zu glauben, bis
ich mit meinen eigenen Augen das Gegentheil sehe."

„Das heißt so viel als, wenn es zu spät ist."

„Reden Sie nicht so, sondern lassen Sie mich
meinen Glauben an Ehre und Tugend, an Ivar's
Rechtsgefühl behalten; aber sollte der Tag anbrechen, da
Sie Recht bekämen, so würde ich Ihnen zeigen, daß bei
mir die Kraft, meinen Pflichten zu leben, nicht einzig auf
der Hoffnung, einmal geliebt zu werden, beruht, sondern
auch das Glück des Mannes, dem ich vor Gott meine
Treue verpfändete, zum Ziele hat."

„Und unter diesen Bemühungen werden Sie
namenlos unglücklich werden."

„Was weiter? Ich werde doch mit der Genug=
thuung sterben, daß er durch mein Vermögen, wenn
nicht durch meine Person, seine Ehre, sein Leben und
Ansehen gerettet hat. Einen bessern Gebrauch habe ich
doch davon nicht machen können."

„Ihre starke und heroische Natur verleugnet sich
niemals, und von Herzen wünsche ich, daß das Schicksal
Ihnen eine weniger gefährliche Nebenbuhlerin gegeben
hätte."

„Ich begreife Ihre Unruhe nicht. Ivar's ruhiges und würdevolles Benehmen heute Abend konnte Ihnen doch keine Besorgniß wegen der Zukunft einflößen. Was Konstanze betrifft, so kommt sie mir vor, als ob sie ihre Neigung für Ivar schon vergessen hätte, so munter, so wahrhaft muthwillig ist sie."

„Wie kurzsichtig doch die Liebe ist! Sagen Sie mir zuerst, wie gefiel Ihnen heute Abend die Frei=herrin Konstanze. Dünkte Ihnen nicht, die Freude stehe derselben schlecht an?"

„Nein, ich habe sie niemals schöner gefunden. Ja, sie war so bezaubernd, daß ich darunter litt."

„Nun wohl, begreifen Sie denn nicht, warum sie so munter war? Um Sie zu verdunkeln, die ihr verhaßt ist, der sie niemals ihren Reichthum verzeihen, niemals vergeben kann, daß sie selbst für ihn aufge=opfert worden ist. Diese Frau, merken Sie wohl, was ich sage, diese Frau wird eine Quelle tiefen Lei=dens für Sie werden, denn sie wird nicht eher auf=hören, für den Grafen Ivar zu kokettiren, als bis es ihr gelungen ist, Ihnen zu beweisen, daß Sie mit allem Ihrem Geld doch sein Herz nicht zu gewinnen vermochten."

„Aber Ivar wird den feierlich geschworenen Eid nicht vergessen."

„Jetzt nicht, nein; er wird ehrenhaft dem Einfluß der gefährlichen Frau entgegenzuarbeiten suchen; aber besinnen Sie sich, daß er dieselbe liebt und daß sie schön ist, schön wie die lockende Versuchung selbst."

„Nun wohl, es gibt somit einen Kampf zwischen ihr und mir, einen Kampf zwischen dem Schönen und dem

Guten. Ich fühle, daß ich die Kraft besitze, denselben auszukämpfen und zu beweisen, daß Tugend und Herzensgüte die Mittel sind, durch welche eine Frau das Böse und selbst das Schöne besiegt, wenn dieses einem schlechten Herzen zum Deckmantel dient; denn schlecht ist es, mit Hülfsmitteln, wie diejenigen, welche Ihrer Ansicht nach Konstanze benützen wollte, Unglück und Zwietracht zwischen zwei Wesen auszustreuen, welche zusammenleben sollen; und ein Gefühl in meinem Innern sagt mir, daß es mir gelingen muß, und daß ich als Siegerin aus dem Kampfe hervorgehen muß."

„Aber, phantastisches Kind, berechnen Sie die unzähligen Qualen, welche Ihnen dieser Kampf verursachen wird — die Leiden, welchen Sie nunmehr entgegengehen?"

„Verstehen Sie mich recht, mein Lehrer, wenn ich sage: Ich bin zu stolz, vor einer an Herz und Seele unter mir stehenden Frau zurückzuweichen. Ich bin zu stolz, um das einmal gegebene Wort zurückzunehmen. Ich habe nun eben einen allzu festen Glauben an den Erfolg des Guten und werde siegen oder im Streite untergehen. Dieß, mein theurer Freund, ist eine Folge der Erziehung, welche Sie mir gegeben haben, ein Resultat Ihrer Lehren: daß man niemals durch aufstoßende Schwierigkeiten sich abschrecken lassen soll, wenn es sich darum handelt, ein Ziel zu erreichen. Und nun gute Nacht."

Die Gräfin stand auf.

„Es ist vier Uhr, wir können wohl sagen, guten Morgen. Und einen guten Morgen wünsche ich Ihnen von ganzen Herzen, zu dem neuen Tage, welcher für

Sie anbricht, in dem Bunde, den Sie geknüpft haben, und auf den Sie so sinnreich meine Lehren anwenden. Sehen Sie darauf, daß Sie denselben auch in der Stunde der Prüfung treu bleiben!" erwiderte der Magister, indem er der Gräfin die Hand reichte.

„Ich werde eine derselben nicht vergessen, nämlich die: daß nur ein schwaches Herz den Leiden unterliegt, welche es sich selbst zugezogen hat. Die wahre Seelenstärke liegt darin, daß man sein Schicksal ohne Klage trägt und selbst das Unglück zu seiner Veredlung dienen läßt. Das Unglück kann nur den niederschlagen, welcher seinen Glauben an Gott und an das Gute verloren hat."

„Wohl, ich bin zufrieden. Sie werden wenigstens nicht eine von jenen liebeskranken und schwachen Frauen seyn, welche sich in ewige Klagen über das Schicksal ergießen, das sie sich selbst geschaffen haben, und an einer Lungensucht, Schwindsucht oder irgend einer andern Sucht enden. Sie werden mit Ihrem Geschick kämpfen und vielleicht nur darüber weinen, wenn Sie mit Gott und Ihrem eigenen Herzen allein sind. Sie sind zu stolz, um durch das Unglück sich beugen zu lassen, aber es kann Sie vielleicht zermalmen. — Leben Sie wohl!"

Der Magister drückte seiner frühern Schülerin die Hand und verließ das Zimmer.

„Sie sind zu stolz, um durch das Unglück sich beugen zu lassen, aber es kann Sie zermalmen," wiederholte Alma mit lautloser Stimme und gesenktem Haupte.

Eine Weile blieb sie so stehen. Endlich erhob sie den Kopf wieder und sagte: „Er hat recht, zermalmen, tödten kann mich das Unglück, aber nicht beugen."

VII.

In derselben Zeit, da obige Unterredung statt fand, finden wir die Freiherrin Konstanze Stjernburg in ihrem Toilettenzimmer, ihr Bild im Spiegel betrachtend, während sie in Gedanken folgenden Monolog hielt:

„Der strenge Moralist wird mir sagen: Konstanze, deine Armuth war ein Hinderniß für deine Vereinigung mit Ivar, deine Armuth hat dir die Nothwendigkeit auferlegt, den Baron Stjernburg zu heirathen; deine Pflicht ist jetzt, jeden Gedanken an Ivar zu verbannen und dich zu bemühen, deinen Mann zu lieben und eine edle und tugendhafte Frau zu werden. — Schöne Worte, aber sie haben Etwas gegen sich — sie sind un= praktisch. Für's Erste kann ich nicht unterlassen, den zu lieben, für welchen ich einmal eine heftige Neigung gefaßt habe; für's Zweite kann ich einmal den nicht lieben, welchen ich nicht liebenswürdig finde; und für's Dritte kann ich keine Heilige werden, weil die Natur mir keine Anlage dazu gegeben hat, und wenn ich es auch werden könnte, so wollte ich es nicht. Also habe ich Nichts mit der Moralität zu thun, sondern beabsichtige, nach meiner eigenen Gemüthsart zu handeln. Uebrigens gibt es wohl eine Frau, und wenn sie noch so hold und engelrein ist, welche mit überschlagenen Armen es an= sehen kann, wie eine Andere sie des Mannes beraubt, welchen sie liebt und von dem sie geliebt wird? — Nein, alle, auch die besten, würden so handeln, wie ich, das heißt, mit allen Kräften darauf hinarbeiten, sich seine Liebe zu erhalten. Ich bin schön, ich weiß es. Nun wohl, diese Schönheit ist für mich ein Mittel, wodurch ich hinfort, wie bisher, ihn an mich fesseln will. Er soll niemals die Frau lieben, welche ich verabscheue, auch wenn Ehre und Pflichtgefühl ihm alle möglichen guten Vorsätze, mich zu vergessen, eingeben. Ich werde sie alle umstürzen; ich werde wieder eines Tags ihn zu meinen Füßen sehen, verliebt und leidenschaftlich, während sie in der Verzweiflung die Hände ringen und von den Qualen der Eifersucht sich verzehrt fühlen wird. — Sie soll mir theuer, schrecklich theuer diesen Abend bezahlen, an welchem er nicht einen einzigen, flüchtigen Blick für mich hatte. Ah! ich fühle mein Blut vor Raserei sieden, bei dem Gedanken daran, daß er diese ganze Zeit von ihr in Anspruch genommen war; aber warte, warte, stolze Alma, ich will dir zeigen, daß ich in meiner Schönheit eine Macht besitze, welche Du dir niemals erkaufen kannst."

Ein leichtes Klopfen an der Thüre und des Barons unmittelbar darauf folgender Eintritt unterbrach den stillen Monolog.

VIII.

Etwas über ein Jahr ist seit den oben beschriebenen Ereignissen vergangen.

Graf Ivar und Gräfin Alma hatten dieses ganze

Jahr seit ihrer Verheirathung in Italien zugebracht,
waren aber nunmehr von ihrem Ausflug nach Schweden
zurückgekehrt.

Baron Stjernberg hatte, wie es hieß, um seiner
schwachen Brust willen, beinahe das ganze Jahr in
Aegypten verleben müssen, war aber nunmehr, einen
Monat vor dem Grafen Ribberhjerta, gleichfalls im
Vaterland wieder angekommen.

Eines Tags kurz nach seiner Heimkehr besuchte
Ivar seine Mutter. Bei seinem Eintritt in den Salon
sah er sich plötzlich Konstanze gegenüber.

Beide fuhren zurück; es war das erste Mal, daß
sie seit Konstanze's Verheirathung so unter vier Augen
zusammentrafen.

Die junge Freiherrin erhob sich heftig beim Anblick
von Ivar, sank aber wieder in einen neben ihr stehenden
Fauteuil zurück nnd verbarg das Angesicht in den Hän=
den. Sie weinte.

Hast Du niemals, mein lieber Leser, eine schöne
Frau weinend sehen können, ohne dich gleichfalls aufge=
regt zu fühlen? Ist dein Herz bis dahin irgend der
jungen Frau zugethan gewesen, so kann ich dich vor der
Hand versichern, daß Du verloren bist. So ging es
auch mit Ivar.

Wäre Konstanze ihm mit dem verletzendsten Lächeln,
oder mit der Kälte einer Kokette, in welcher ein so hoher
Grad von Reiz liegt, begegnet, so würde Ivar allen
seinen guten Vorsätzen treu geblieben seyn; nun aber,
da er sie, von Schmerz überwältigt, in Thränen aus=
brechen sah, nun verschwanden alle seine Gedanken an
die Gefahr, welche die Persönlichkeit der schönen Weinen=
den mit sich brachte, und vor seiner Phantasie stand nur

das traurige Bild ihres Schicksals, welches sie verurtheilt hatte, ein ganzes Jahr lang einen, wie man behauptete, kranken und verdrießlichen Mann zu begleiten. Sie war unglücklich; sie, seiner Jugend Ideal, das Ziel seiner ersten süßen Träume — und Jvar hatte nur einen Ge= danken, nämlich sie zu trösten.

„Welche Ewigkeit, Konstanze, daß wir uns nicht ge= sehen haben, und welche harten Prüfungen hast Du nicht seitdem durchgemacht! Ach! Gestatte dem treuen Freund deiner Kindheit, von ganzem Herzen dich seiner Er= gebenheit und Theilnahme zu versichern.“

Konstanze erhob ihr thränenbefeuchtetes Antlitz aus den Händen, heftete die Augen mit einem weh= müthigen Ausdruck auf Jvar und sagte:

„Was bin ich jetzt noch für dich? Was beküm= mern dich wohl meine Leiden? Du bist reich und glücklich, und ich bin vergessen, vergessen und einsam in der ganzen Welt.“

Wiederum senkte sich das Haupt.

„Sprich nicht so, Konstanze; sage nicht, daß ich dich vergessen, daß ich aufgehört habe .... mit .... mit Freundschaft und Theilnahme an dich zu denken; Du weißt nur allzu wohl, daß Du mir Unrecht thust; sage, o sage, daß Du es weißt.“

„Wie soll ich das wissen?“ flüsterte Konstanze. „Hast Du wohl mit einem einzigen Wort dich mir zu nähern gesucht? Nein! Die Geliebte, die man aufge= opfert hat, wird um der reichen Gattin willen ver= gessen. Sie wird so vollkommen vergessen, daß Du sie nicht einmal als eine Freundin in deinem Herzen fortleben läßest. Einsam, verlassen und vergessen, ist sie ihrem Schmerz und ihrem Schicksal preisgegeben.

— Nicht ein einziges Wort des Trostes von .... von
dem Mann, der meiner Kindheit Freuden theilte, um
alle die Qualen, welche mein armes Herz erfüllen, zu
lindern. O! Du bist mehr als grausam gegen mich
gewesen!"

Konstanze vermochte nicht weiter zu reden.
Nun war es mit allen Vorsätzen Jvar's aus;
Alma, Alles war vergessen. Er sah blos Konstanze
und die Thränen, welche sie vergoß.

Aber warum länger bei diesem Auftritt verweilen.
Alle, welche um einer schönen Frau willen Kopf und
Verstand verloren haben, bedienen sich derselben Worte
und bezeigen sich gleich thöricht, das heißt, sie fangen
mit Kniebeugungen und heiligen Versicherungen einer
Treue, welche niemals hält, was sie verspricht, an,
und der Schluß — ist des Anfangs würdig.

IX.

Allen den größern und kleinern Einzelheiten zu
folgen, welche die Entwicklung einer Liebesintrigue kenn-
zeichnen, würde etwas allzu Ermüdendes seyn. Wir
wollen uns damit begnügen, die Resultate davon in's
Auge zu fassen, und deßhalb legen wir einen Zeitraum
von drei Monaten zwischen die eben beschriebene Scene
und die Ereignisse, welche wir jetzt erzählen wollen.

Alma hatte sehr wohl die Veränderung bemerkt,
welche bei ihrem Mann statt fand. Sein Benehmen
gegen sie war immer kälter geworden und verlor somit die freundschaftliche Vertraulichkeit und Herzlichkeit,

wodurch dasselbe zuvor sich kenntlich machte. — Jetzt beschränkte er sich auf eine abgemessene Artigkeit, welche zwar von Achtung zeugte, aber keinen Schimmer von Anhänglichkeit oder Zärtlichkeit in sich schloß. Was Alma bei dieser Veränderung in ihres Mannes Art und Weise fühlte, ließ sich schwer bestimmen, denn in ihrem äußern Benehmen blieb sie sich vollkommen gleich. Vielleicht daß in einem unbewachten Momente Etwas wie Verdruß und Schmerz in Alma's Augen aufblitzte, wenn sie Jvar mit seinen glühenden Blicken Konstanze folgen oder, wenn derselbe sich nicht beob= achtet glaubte, mit ihr ein leises, zärtliches Flüstern austauschen sah. Dieser Blitz ging jedoch so plötzlich vorüber, daß Niemand außer Magister Rehn ihn be= merkte, und am allerwenigsten Jvar darauf Acht gab. Er hatte kein Auge für seine Gattin und konnte darum auch dem unmerklichen Farbenwechsel in ihrem kalten und stolzen Antlitz nicht folgen.

Kurz nach dem Neujahr gab die alte Gräfin Ribberhjerta einen großen Ball. Zwischen den Tänzen sah Alma, während sie mit einem Ausländer im Ge= spräch begriffen war, Jvar über Konstanze's Stuhl gelehnt sich eifrig mit derselben unterhalten. Auf seinem von lebhafter Erregung zeugenden Angesicht konnte sie lesen, daß er sie um Etwas bat, das sie hartnäckig zu verweigern schien. Während Alma darauf Acht gab jedoch, ohne sich äußerlich dadurch afficiren zu lassen, das Gespräch mit dem Ausländer fortsetzte, kam Baron Stjernburg, Konstanze's Gemahl, zu Alma her und flüsterte ihr mit heftiger Stimme die Worte zu:

„Was denkst Du von meiner Frau und deinem Mann?"

Alma wandte sich ganz ruhig zu dem Baron mit der Antwort:

„Mir dünkt, daß beide recht schön sind."

Der Ausländer, welcher sah, daß der Baron mit der Gräfin zu sprechen wünschte, zog sich zurück, und der Baron fuhr mit bitterem Lächeln fort:

„Ja, das ist wahr, und die Liebe macht sie noch schöner. Weißt Du, Alma, daß die Rolle, welche sie dich und mich spielen lassen, nicht sehr behaglicher Natur ist. Ich finde es etwas allzu anmaßlich und zudringlich, daß dein Mann gerade vor meinen Augen meiner Frau zärtliche Worte zuflüstert. Ich gehöre nicht zu der Zahl der Ehemänner, welche geduldig dergleichen ertragen."

„Was erträgst Du denn nicht?"

„Deines Mannes Liebe zu meiner Frau," flüsterte der Baron.

Alma warf den Kopf zurück und sah den Baron an, als bezweifle sie, ob sie recht gehört habe.

„Die Anhänglichkeit, welche Ivar für Konstanze hegt, läßt sich wohl nicht mit dem Namen Liebe bezeichnen, das ist ja Kinderfreundschaft."

„Warum nicht ebenso gut Kinderliebe?"

„Nun wohl, was liegt denn Schlimmes in solcher brüderlichen Zärtlichkeit?"

„Brüderlichen?" wiederholte der Baron höhnisch lächelnd. „Sieht es aus, als ob er mit ihr von seinen brüderlichen Gefühlen redete? Glaubst Du wirklich, daß

Konstanze und Jvar in diesem Augenblick das Aussehen von ein paar Geschwistern haben?"

„Daß sie nach dem Tanze lebhaft aussahen, das ist Alles, was ich entdecken kann."

„Entweder bist Du blind, oder Du willst es seyn, Alma," antwortete der Baron heftig.

„Nein, ich bin nicht blind, aber auch nicht von Eifersucht bethört, wie Du. Wenn der Mensch von einer Leidenschaft sich beherrschen läßt, sieht er Alles in einem falschen Lichte."

„So, so!"

Die Musik spielte wieder auf, und der Baron setzte nach einer Pause hinzu:

„Es war diese Française, welche Du mir zusagtest; wirst Du es mißdeuten, wenn ich statt dessen eine andere Gunst mir ausbitte?"

„Nein, gewiß nicht. Worin soll dieselbe bestehen?"

„Daß ich, anstatt mit den Andern zu tanzen, mich mit dir unterhalten darf. Ich habe dir Etwas zu sagen, was ich dir längst mitzutheilen wünschte."

Die Tanzenden verließen das Zimmer, um sich in den Saal zu begeben, und Alma setzte sich auf einen der kleinen Sopha's in dem jetzt beinahe leeren Salon. Der Baron nahm neben ihr Platz. An einen der Thürpfosten gelehnt, schien Magister Rehn die Tanzenden in dem anstoßenden Saale zu betrachten.

„Wohlan," begann Alma mit einer gewissen Jronie, „wir wollen also plaudern, anstatt die Française zu tanzen. Ich bin ganz Ohr und hoffe, deine Mittheilungen sind nicht von der Art, daß ich meine Nachgiebigkeit gegen deinen Wunsch zu bereuen habe."

„Du hast so eben gesagt, ich sei von Eifersucht
bethört; aber Du hattest Unrecht. Ich bin nicht eifer=
süchtig, ich bin nur wachsam, und dieß kommt daher,
daß ich sehe, was vorgeht, auf den Gang der Ereig=
nisse Acht gebe und aus dem, was der Zufall mir
zur Kenntniß bringt, meine Schlüsse ziehe. Oder be=
trachtest Du es als eine Folge der Eifersucht bei mir,
daß Konstanze und Ivar hier, bei deiner Schwieger=
mutter zwei=, dreimal in der Woche zusammentreffen?
Bei diesen Begegnungen fügt es der Zufall so gut,
daß die Gräfin allemal auf ihrer Morgenpromenade
aus ist, was dann Veranlassung gibt, ihre Rückkehr
zu erwarten. Ist das nicht gut ausgedacht, um dich
und mich zu betrügen? Handelt nicht dein Gatte eines
Edelmanns würdig, und meine Frau wie eine Edel=
dame? Du und ich, wir haben ja den größten Grund
von der Welt, einander Glück zu wünschen.“

Obwohl Alma nicht die mindeste Ahnung von
diesen Zusammenkünften hatte, und ihr nicht einen
Augenblick die Möglichkeit in den Sinn gekommen war,
ihr Mann könnte sich und das ihr gegebene Ver=
sprechen so weit vergessen, daß er gegen sein Ehrenwort
eine Liebesintrigue mit Konstanze anspinnen würde,
blieb ihre Miene doch unverändert, und mit einer un=
erschütterlichen Ruhe antwortete sie:

„Bester Gustav, Du nimmst Zufälligkeiten für
überlegte Handlungen. Das Ungefähr hat es wirklich
so gefügt, daß Konstanze und Ivar hier in Anwesen=
heit meiner Schwiegermutter sich begegneten. Und als=
bald erblickst Du darin ein Komplot. Ich meines
Theils glaube ganz und gar nicht an das Mährchen
von ihrer Liebe. Sie halten Etwas auf einander, sie

finb vergnügt bei einander, und der Zufall macht, daß
sie sich treffen, das ist Alles!"

„Alma, beine Kälte ist nicht natürlich, sie ist er=
künstelt, wie bein Mißtrauen, bas Du in meine Worte
legst," rief der Baron.

„Meine Kälte bei ben Aufklärungen, bie Du mir
über eine verbrecherische Liebe zwischen beiner Frau unb
meinem Manne gibst, ist nicht erkünstelt, sonbern eine
Folge meines Stolzes, welcher bergleichen Schlußsätze
unebel finbet. Ich will ben Mann, bessen Gattin ich
bin, nicht baburch erniebrigen, baß ich in Allem, was
er unternimmt, etwas Schlechtes, Falsches unb Elenbes
sehe."

„Du willst bann lieber betrogen werben?"

„Ja, lieber bas, als riskiren, eine Ungerechtigkeit
zu begehen.".

Der Baron lehnte sich in ben Sopha zurück unb
schwieg einige Augenblicke; barauf nahm er wieber
heftig bas Wort:

„Es ist wahr, baß ich keine augenfällige Beweise
habe, aber ich werbe mir solche zu verschaffen wissen.
Die Rolle eines Betrogenen will unb werbe ich nicht
spielen."

„Liebst Du Konstanze?" fragte Alma mit un=
veränberter Ruhe.

„Welche Frage! Warum würbe ich sonst mich mit
ihr verheirathet haben? Warum würbe ich nun mit
einer so ängstlichen Unruhe ihre Liebe zu Ivar sehen?
Warum würbe ich unter bem Bewußtseyn leiben, baß
ihr Herz einem Anbern gehört, wenn ich sie nicht
liebte? Wie wäre es übrigens anbers möglich, als

Konstanze zu lieben, so schön und einnehmend, wie sie ihrer ganzen äußern Erscheinung nach ist?"

„Ja, sie ist unwiderstehlich schön," flüsterte Alma.

„Siehst Du, Alma, Du bist selbst eifersüchtig."

„Ich!" rief Alma zusammenfahrend und warf den Kopf mit einer stolzen, beinahe königlichen Bewegung zurück. — „Nein, Du irrst dich. Ich bin für ein solches Gefühl nicht geboren, denn ich glaube noch mit ganzer Seele an Ehre und Gewissen anderer Menschen."

„Ein glücklicher Glaube, welcher indessen deinen Mann nicht hindern wird, dich zu betrügen. Ich dagegen glaube an die Gemeinheit der Menschen."

„Auch wenn Du liebst?"

„Ja, auch dann."

„Dann ist deine Liebe nicht viel werth, weil sie dir keine Achtung vor der Person, welcher Du dieselbe widmest, einflößt."

„Doch, bis dahin, daß ich Anlaß zum Zweifel finde, hege ich Achtung; aber hernach werde ich ein unerbittlicher und strenger Richter gegen diejenigen, welche mit mir spielen. Gegen Konstanze würde ich zum Beispiel unversöhnlich seyn, weil ich dieselbe für besser als andere gehalten und sie inniger als irgend Jemand im Leben, mich selbst eingerechnet, geliebt habe. Sollte mein Argwohn sich bestätigen, und sie die Achtung vor meinem Namen und vor der Zärtlichkeit, welche ich für sie hege, vergessen, so würde ich ohne Schonung vor der ganzen Welt sie als eine Ehebrecherin brandmarken. — Wenn ich dir dieß sage, Alma, so kommt es daher, weil ich nicht will, daß Du von der Rache, welche ich sowohl an dem

Verführer, als an seiner Mitschuldigen nehmen will, unvorbereitet getroffen werdest."

Der Baron sprach mit erregter und zitternder Stimme.

„Aber wirst Du, ein denkender und gebildeter Mann, Jemand nach dem bloßen Verdachte oder nach dem Scheine verurtheilen?"

„Nein, das nicht; aber ich werde mir die Beweise schaffen, und habe ich dieselben erlangt, den verheiratheten Mann strafen, welcher die Gattin eines Andern liebt. Das Gesetz ist streng in solchem Fall."

„Das Gesetz!" rief Alma, „Du willst also dann zum Gesetz deine Zuflucht nehmen?"

„Ja, ich werde meinen eigenen Namen zum Preis für den Genuß der Rache setzen, und das Gesetz soll mir dazu um meiner gekränkten Ehre willen verhelfen."

Der Baron erhob sich, denn die Musik schwieg, und setzte noch hinzu:

„Jetzt, beste Alma, habe ich dir Alles, was ich wünschte, gesagt; und wenn Du für deine eigene Person blind seyn willst, so wird der alte Ribberhjerta'sche Hochmuth es nicht zugeben, daß Du mit kalter Ruhe deines Mannes Aufmerksamkeit gegen meine Frau mit ansiehst, wenn Du weißt, daß ich mit Falkenaugen sie bewache, um dieselbe eines Tags zu strafen, wenn ich sie treulos finde."

Die Tanzenden traten in den Salon, und der Baron verließ Alma, ein Raub von tausend widerstreitenden Gefühlen. Als Jvar Konstanze, mit welcher er getanzt hatte, hereinführte und, nachdem sie sich niedergelassen hatte, neben ihr stehen blieb, erhob sich Alma, ging auf sie zu, und nahm den Platz neben Konstanze ein, welche bei dem Anblick derselben leicht die Stirne runzelte.

Ivar sah verlegen aus, sagte einige unbedeutende Worte und entfernte sich.

„Du hast diese Française nicht getanzt?" begann Konstanze, nachdem es ihr gelungen war, ihr erstes unbehagliches Gefühl zu bezwingen.

„Nein, ich sprach die ganze Zeit mit deinem Mann," erwiederte Alma, die beiden letzten Worte stark betonend.

„Wovon habt ihr gesprochen?" fragte Konstanze mit scheinbarer Ruhe, wechselte aber dabei die Farbe.

„Von dir und Ivar," entgegnete Alma.

„Und was sagte er?"

„Begleite mich in das Kabinet, und ich will es dir sagen."

Alma stand auf, und Konstanze folgte ihr. Dort angekommen, warf sie sich auf einen kleinen Sopha und sagte mit in die Augen fallendem Spott:

„Nun laß hören, was ihr beide, mein Mann und Du, für schöne Dinge zusammengebraut habt! Ich bin ganz Ohr."

Alma blieb vor dem kleinen, schönen Wesen stehen, welches in der nachläffigen Haltung, die es eben eingenommen hatte, ganz unwiderstehlich schien. Sie antwortete mit eiskalter Stimme:

„Er hat dich angeklagt und behauptet, daß Ivar mich um deinetwillen betrüge."

„Wirklich, und Du hast daran geglaubt?" rief Konstanze, mit ihren Locken spielend.

„Ich gab zur Antwort, ich halte meinen Gatten für einen allzu ehrlichen Mann, als daß er sich eine so niedrige Handlung erlauben würde."

„Du bist allzu gut; und dieser dritten Versicherung schenkte er Glauben?"

„Nein; er hatte weder Vertrauen zu Jvar's Ehre noch zu deiner Treue."

Konstanze erbleichte.

„Du willst mich verletzen!" rief sie.

„Durchaus nicht; ich will dich nur warnen."

„Wovor?"

„Davor, daß Du dich gegenüber von deines Mannes Eifersucht nicht bloßstellst."

„Aber mein Gott, er hat keinen Grund dazu," fiel Konstanze heftig ein. „Seine Eifersucht ist eine wirkliche Beleidigung."

„Möglicher Weise hast Du Recht. Ich will es wenigstens glauben."

„Ich fürchte, daß es euch beiden, dir und meinem Mann, schwer fallen dürfte, das Gegentheil zu beweisen, so gern ihr es auch thätet."

„Wenn ich es gewollt hätte, so stände ich nicht hier, um dich zu warnen und dir zu sagen, daß Du deinem Mann durch dein Benehmen gegen Jvar Anlaß zur Eifersucht gibst. Er wird nicht gleich mir in eurer Vertraulichkeit bloße Freundschaft sehen, sondern sich für betrogen von euch halten, und dieß kann zu Auftritten führen, welche für beide von unglücklicher und betrübender Natur sind. — Nun habe ich dir Alles, was ich beabsichtigte, gesagt."

Alma war im Begriff, das Zimmer zu verlassen, aber Konstanze hielt sie zurück.

„Wie! Soll ich mir diese deine Warnung als eine feine Demüthigung für mich, von der Du weißt, daß Jvar sie um deinetwillen aufgegeben hat, oder als eine hinter deinem Stolze verborgene Eifersucht erklären?"

„Hätte ich dich demüthigen wollen, so würde ich nicht, wie eben jetzt, gehandelt, sondern einen passendern Augenblick gewählt haben. Hätte die Eifersucht mich geleitet, so würde ich dich angeklagt und einen Beweis, daß ich betrogen bin, gesucht haben; nun aber war es einzig mein Wunsch, dich zu warnen."

„Und diese Warnung ist von deinem Edelmuth diktirt worden?"

„Nein, sondern meine Handlungsweise ist von dem Wunsche, einem Skandal vorzubeugen, geleitet worden," antwortete Alma mit so einfacher Würde, daß ihre ganze Erscheinung etwas im höchsten Grade Edles annahm.

„Und dieß hast Du in der Ueberzeugung gethan, daß mein Mann mir und Jvar Unrecht that?"

„Ja, Konstanze; ich will nichts so Schlechtes von euch glauben, daß ihr euch zu einem doppeltem Betruge hergebet."

„Ich danke dir, Alma," erwiderte Konstanze mit einem zweideutigen Ausdruck. Darauf reichte sie ihr die Hand mit den Worten:

„Laß' uns Freundinnen seyn, und vergib mir, wenn ich gegen dich nicht so aufrichtig und wohlwollend, wie ich sollte, gesinnt gewesen bin."

Alma sah sie an und sagte mit tiefem Ernste:

„Du würdest mir deine Freundschaft nicht bieten können, wenn Du mich um die Anhänglichkeit meines Mannes bestehlen wolltest. Das wäre eine allzu große Heuchelei gegen diejenige, welche dir niemals Etwas zu Leibe gethan hat. — Sage mir darum lieber aufrichtig, Konstanze: habt ihr, Ivar und Du, das zärtliche Band wieder angeknüpft, welches vor deiner Ehe euch vereinigte? Antworte mir wahrhaft und sei versichert, daß wenn ihr doch hierin euch vergessen habt, deine Aufrichtigkeit es mich vergessen lassen wird, weil ich zugleich dabei eine Bürgschaft für deine Ehrlichkeit in Bezug auf einen begangenen Fehler sehe, welchen Du für die Zukunft abermals zu begehen allzu rechtschaffen bist. Ein Irrthum kann entschuldigt, ein absichtlicher Betrug dagegen nicht verziehen werden. — Antworte mir darum der Wahrheit gemäß: Ist zwischen Ivar und dir ein Wort von Liebe gewechselt worden?"

„Nein!" entgegnete Konstanze bestimmt.

Noch einen Moment heftete Alma einen forschenden Blick auf das schöne Antlitz der Freiherrin; dann sagte sie:

„Habe Dank; nun kann ich deine Hand als Freundin annehmen, und allzeit wirst Du auf mich als solche rechnen können."

Sie drückten einander die Hände.

„Und Du wirst mich stets deiner Freundschaft würdig finden."

X.

Am nächſten Vormittag finden wir, als Ivar nach Fredrikshof geritten war, den Magiſter Rehn und die Gräfin Alma im Kabinet der letztern.

„Nun, wie gefiel Ihnen der Ball geſtern?" fragte Alma.

„Mir bünkte, daß die Rollen ungewöhnlich ſchlecht geſpielt wurden. Die meiſten von den Schauſpielern verleugnen ganz und gar den Charakter, welchen ſie darſtellen ſollten."

„Ah, ah, mein beſter Lehrer, jetzt haben Sie einen lebhaften Scherz im Sinne," erwiderte die Gräfin, den Magiſter anſehend.

„Durchaus keinen Scherz, ſondern die reine Wahrheit wollte ich ſagen."

„Beweiſen Sie es."

„Sogleich. Sie ſpielen die Gleichgültige und waren eiferſüchtig; aber Sie ſpielten ſchlecht, denn die Eiferſucht ſchaute hinter der Maske der Gleichgültigkeit hervor. — Der Baron ſpielte den Beleidigten, um ſeine Eiferſucht zu verbergen. Von dem Beleidigten ſah man Nichts, dagegen drängte ſich der Eiferſüchtige überall in den Vordergrund. — Die Baroneſſe ſpielte die Unſchuldige und war die eigentliche Frevlerin; auch ſie machte ihre Sache ſchlecht, denn die Schadenfreude und der Haß war auf dem Grunde der erheuchelten Freundſchaft ſichtbar. — Der Graf ſpielte ſeine eigene Rolle, die des Verliebten und Dummen, und das ſo elend, daß die ganze Welt ſah, er habe ſeine Frau vergeſſen. — Die Gräfin, ſeine Mutter,

spielte die Blinde, während sie sehr deutlich alle die
verschiedenartigen Gefühle, welche um sie herum in
Gährung waren, erkannte; aber auch ihr mißlang
es, denn man bemerkte unaufhörlich, wie ihre Blicke
von dem Einen zum Andern hin und her irrten."

„Sie sind scharf, aber Sie täuschen sich. Kon=
stanze redete mit allzu viel Einfachheit, um heucheln zu
können. Ich glaube gern an das Gute, und will nicht
hinter jedem Ausdruck eines bessern Gefühls Lug und
Trug sehen. — Warum sollte sie mir ihre Hand zur
Freundschaft bieten, wenn es nicht aufrichtigen Herzens
geschähe?"

„Hören Sie, mein Kind, Sie wissen doch was
eine Schürze für ein Ding ist."

„Gewiß."

„Nun wohl; in der materiellen Welt schneiden
wir sie aus einem Stück heraus, um ein schönes Kleid
dadurch zu schützen; in der moralischen dagegen ersehen
wir eine Person dazu, um uns vor den möglichen
Folgen unserer schlechten Handlungen zu bewahren,
oder um unter dem Schirm derselben unsere Begierden,
ohne daß wir uns selbst bloßstellen, zu befriedigen."

„Worauf wollen Sie mit diesem Gleichniß an=
spielen?"

„Auf die Thatsache, daß die Freiherrin Konstanze
Sie zu einer solchen moralischen Schürze ausersehen hat.
Unter dem Schirm Ihrer Freundschaft kann sie ganz
sicher vor Tadel Ihren Mann lieben."

„Jetzt gehen Sie doch zu weit, mein Lehrer," rief
die Gräfin aufspringend. „Sie sind mehr als boshaft,
Sie sind unbarmherzig in Ihren Beschuldigungen."

„Diese Anklage deute ich nicht auf mich," ant=

wortete der Magister, indem er mit aller Ruhe eine
Prise nahm. „Sie haben˙ sich in der Ueberzeugung
verheirathet, durch ein hochherziges und edles Beneh=
men Ihren Mann zur Liebe gegen Sie zu bestimmen.
Ich habe Ihnen gesagt, daß Sie den Einsatz nicht gewin=
nen werden, wenn Ihnen eine so gefährliche Nebenbuhlerin,
wie die Freiherrin, gegenüber steht; aber ich wünsche
gleichwohl, daß Sie Recht haben; und daß mein Wunsch
in Erfüllung gehe, will ich Ihnen behülflich seyn.“

„Mir dadurch behülflich seyn, daß Sie meinem
Herzen Mißtrauen einflösen.“

„Nicht Mißtrauen will ich wecken, wohl aber Ihr
Auge richten, damit Sie der Wahrheit unerschrocken
ins Angesicht sehen und alle die Gefahren kennen
lernen, welche Sie zu bekämpfen haben, denn erst dann
wird es Ihnen möglich werden, über dieselben den Sieg
davon zu tragen. Lassen Sie sich in Irrthum ein=
schläfern, so werden Sie sich beim Erwachen vollkommen
der Möglichkeit beraubt sehen, Ihres Mannes Herz zu
erobern. Sie führen einen Krieg, Frau Gräfin, und
in einem solchen ist es leicht, sich vor dem Feinde zu
sichern, welcher den Angriff eröffnet; aber unmöglich,
den zu bekämpfen, welcher im Hinterhalt lauert, sofern
man nicht gewarnt ist. Haben Sie mich recht ver=
standen?“

„Ja,“ antwortete die Gräfin, ihm die Hand
reichend. „Haben Sie Dank! Ich weiß, daß Sie der
einzige Mensch sind, welcher mich liebt.“

„Gut. Richten Sie es so ein, daß ich es nicht
lang bleibe. Ich stehe gern davon ab, der einzige zu
seyn.“

XI.

Einige Wochen vergingen, welche keine Veran=
lassung zu Argwohn gaben; im Gegentheil schien Alles
wieder geworden zu seyn wie früher. Ivar war min=
der fremd gegen Alma. Der Baron war bis über die
Ohren in seine schöne Frau verliebt. Konstanze und
Ivar begegneten einander kalt; dagegen bewies die
Freiherrin große Herzlichkeit gegen Alma, und man
sah die jungen Frauen oft beisammen, obwohl in
Alma's Wesen etwas Kühles gegen die Cousine lag,
das von der durch Rehn's Worte in ihr erregten
Furcht herkam. Diese Furcht verschwand jedoch all=
mälig, da Nichts zu der Vermuthung, daß sie ge=
gründet sey, Anlaß gab.

Eines Vormittags im März, als Ivar eben seine
Frau verlassen hatte, um sich nach der Kaserne zu
begeben, empfing die Gräfin einen Brief von der
Freiherrin Stjernburg. Alma erbrach denselben,
wurde aber todesbleich, als sie einen Blick auf die
ersten Zeilen warf. Er lautete:

„Geliebter Ivar!

„Diese Rolle einer Freundin von deiner kalten,
hochmüthigen und herzlosen Frau wird mir allzu ver=
haßt, sofern ich dich nicht heute Abend bei deiner
Mutter treffen kann. Ich muß dich sehen, einige
Worte der Liebe von dir hören, um dieses unglück=
liche und elende Leben, welches ich nun dahin schleppe,
länger ertragen zu können. — Ist wirklich diese
Marmorstatue von Frau, welche Du zu deiner Gattin

gewählt haft, all der Qualen werth, welche ich um ihretwillen leide, und ist dieser Thor von Mann, welchen ich durch's Leben zu begleiten verurtheilt bin, all der namenlosen Entsagungen und Leiden werth, welche ich aushalten muß? O Jvar, Jvar, warum hast Du mich durch deinen Mangel an Liebe in all dieses Elend versetzt! Du bist der Schöpfer meines unglücklichen Geschicks, es ist somit deine Pflicht, es zu lindern.

„Ich erwarte dich heute Abend bei der Tante, um Kraft zu schöpfen, damit ich morgen Freundschaft gegen die erheucheln kann, welche ich verabscheue und von der ich weiß, daß sie es ebenso gegen mich thut. Darum belauert sie die geringste meiner Bewegungen, um hernach die Schwachheit meines Herzens meinem Mann verrathen zu können und mich dadurch für das ganze Leben zu beschimpfen. — Dieß, Jvar, ist der höchste Wunsch deiner Frau. Ich finde nichts Edles in einem solchen Charakter.

Mit Ungeduld erwartet dich

Konstanze."

Alma glich wirklich einer Marmorstatue, als sie mit diesem Brief in der Hand da saß. Es war, als ob jedes Wort desselben die Wirkung gehabt hätte, ihr Blut zu Eis zu erstarren.

Nachdem sie längere Zeit sich nicht von der Stelle gerührt hatte, nahm sie das Couvert wieder auf und las die Adresse. Ja, dieselbe lautete an sie; aber wie dieß enträthseln? Eine Verwechslung der Briefe blieb der einzige wahrscheinliche Erklärungsgrund dafür.

Alma klingelte.

„Hat der Diener der Freiherrin noch einen zweiten Brief abgegeben?" fragte sie.

„Ja, einen an den Kammerdiener des Grafen," lautete die Antwort.

„Es ist gut," und damit verabschiedete sie den Diener.

Eine Stunde darnach rollte der Wagen der Gräfin mit ihr hinweg.

Als Jvar nach Hause kam, überreichte ihm der Kammerdiener einen Brief. Aber kaum hatte er denselben erbrochen und einen überraschten Blick hineingeworfen, als Baron Stjernburg angemeldet wurde.

Der Baron war sehr bleich bei seinem Eintritt.

„Der Diener meiner Frau ist mit einem Briefe hier gewesen. Ich möchte gern sehen, was sie an dich geschrieben hat," sagte der Baron heftig.

„Sehr gern," antwortete Jvar und reichte ihm den Brief; „aber Konstanze hat denselben nicht an mich, sondern an meine Frau geschrieben."

Der Brief enthielt nur folgende Zeilen:

„Beste Alma!

„Ich hoffe, Du hältst bein Versprechen und bringst den morgenden Tag bei mir zu; wir wollen dann den Plan für das Liebhaber=Theater entwerfen.

Deine Freundin
Konstanze."

Der Baron gab das Billet mit einem erzwungenen Lächeln zurück und sagte:

„Ich glaubte, sie habe mit dir Briefe gewechselt."

„Mit mir, heute nicht," antwortete Jvar. „Der

hier ist in meiner Abwesenheit gekommen," setzte er kalt hinzu.

Der Baron brachte das Gespräch auf einen andern Gegenstand und entfernte sich bald darauf.

Der Graf rief den Kammerdiener herein.

„Hatte der Bote der Freiherrin mehr als einen Brief?"

„Ja, einen an die Frau Gräfin."

„Wo ist die Frau Gräfin jetzt?"

„Sie ist ausgefahren."

„Gut. Hat der Baron eine Frage an dich gestellt?"

„Ja, als er ging."

„Welche?"

„Ob der Diener der Freiherrin mehr als einen Brief bei sich gehabt habe."

„Und Du antwortetest?"

„Nur einen."

„Das war gut. Hat der Diener der Frau Gräfin gesehen, daß einer auch an mich abgegeben worden sey?"

„Ja."

„Du richtest es so ein, daß er davon schweigt, verstehst Du?"

„Herr Graf, es soll gehorcht werden."

XII.

Als Jvar um Mittag in den Speisesaal trat, fand er Alma bereits dort.

Sie stand an einem der Fenster, mit dem Rücken gegen gen Eintretenden gewendet, ohne ihre Stellung bei dem Geräusch seiner Schritte zu verändern.

Ivar ging auf sie zu und sagte:

„Du hast mich heute des Vergnügens beraubt, dich zu Tische zu führen."

Jetzt drehte sich Alma gegen ihn um. Ihr Angesicht war bleich und kalt, ihre Haltung stolz und edel.

„Dergleichen Ceremonien sind überflüssig, mein Freund."

Der Diener trat ein; es wurde aufgetragen und die beiden Gatten setzten sich schweigend.

„Hast Du heute einen Brief von Konstanze empfangen?" fragte Ivar auf Französisch, um den Diener nicht in das Gespräch hereinzuziehen.

„Ja," antwortete Alma lakonisch und ohne ihn anzusehen

Ivar wechselte die Farbe und schwieg. So lang das Essen dauerte, wurde weiter kein Wort gesprochen. Als es zu Ende war, und die beiden Gatten sich allein im Salon befanden, sagte Ivar, nachdem er sich in einen Fauteuil geworfen hatte:

„Du bist heute Vormittag ausgewesen?"

„Ja."

Alma nahm auf einem kleinen Sopha Platz und lehnte sich in denselben zurück.

„Bist Du bei Mama gewesen?"

„Nein, ich war bei Konstanze."

„Hattest Du ein Geschäft bei ihr?"

„Ja, ich hatte einen Irrthum wieder gut zu machen."

Es entstand eine Pause und Ivar trommelte mit

sichtbarer Ungebuld einen Marsch auf der Stuhllehne.
Endlich nahm er einen Brief aus der Tasche und
reichte ihn Alma mit den Worten:

„Dieser ist auch irrthümlicher Weise in meine
Hand gekommen."

Alma schob den Brief zurück und sagte:

„Mache es wie ich; laß' die Person, welche den
Mißgriff begangen hat, ihn auch wieder gutmachen."

„Du hast also . . . .?"

„Den Brief Konstanze wieder gegeben, der nicht
für mich bestimmt war und auch nicht wohl an dich
geschrieben seyn konnte."

Alma hatte den Kopf so zurückgebeugt, daß ihr
stolzer Blick auf Jvar haftete. Dieser biß sich in die
Lippen.

„Du mußt es machen wie ich. Dieser Brief,
der nicht an dich ist, kann auch ebenso wenig an
mich gerichtet sein."

Der Graf stand auf und stellte sich vor seine
Gattin hin mit den Worten:

„Du bist aufgebracht?"

„Aufgebracht; nein. Dieß würde voraussetzen,
daß eine meiner stärkeren Leidenschaften verwundet
worden wäre, und dieß ist nicht der Fall. Ich bin
betrübt darüber, daß ich mich selbst getäuscht habe."

„Du willst damit sagen, daß ich dich getäuscht
habe," fiel Jvar bitter ein.

„Ich klage dich nicht an, obwohl ich sagen könnte:
Graf Ribberhjerta, Sie sind ein Mann ohne Ehre, denn
Sie haben Ihr Ehrenwort gebrochen; aber ich thue
das nicht, sondern der Fehler ist einzig auf meiner
Seite."

„Erkläre dich!"

„Wozu würde das helfen; wir werden uns doch niemals verstehen."

„Möglich, daß Du Recht hast," antwortete Jvar mit demselben bittern Ton, wie vorher; „aber Du sagtest bereits zu viel, um nicht auszureden."

„Nun, da Du es so willst, so werde ich aufrichtig sprechen. Antworte mir zuerst auf die Frage: Habe ich dir im Laufe des Jahres, da wir jetzt verheirathet sind, einen Grund zum Mißvergnügen gegeben? Bin ich eine schlechte und kaltsinnige Gattin gewesen?"

„Nein, Du bist edelmüthig und gut gewesen."

„Du hast mir somit Nichts vorzuwerfen?"

„Nichts, bei meiner Ehre."

„Laß die drei letzten Worte bei Seite, Du hast das Recht verwirkt, sie auszusprechen. Wenn also mein Betragen war, wie es seyn sollte, dann bin ich auch frei von jeder Schuld an deinen Verirrungen. Ich habe dann das Recht, Jvar Ribberhjerta zu fragen, ob er sein Versprechen gehalten, das er mir unter vier Augen gegeben, und das er vor Gottes Angesicht abgelegt hat?"

Jvar blieb unbeweglich vor Alma stehen. Sie fuhr fort:

„Einmal versprachest Du mir, unsere Vereinigung sollte auf unbeschränktem Vertrauen beruhen. Hast Du dieses Versprechen gehalten? Du hast mir ferner gelobt, niemals dich so weit zu erniedrigen, um als verheiratheter Mann mit der Gattin eines Andern von Liebe zu reden. Hast Du dieses Gelübde gehalten? Nein, Du hast es gleichfalls gebrochen und so auch das, welches Du mir bei der Trauung abgelegt, und dennoch,

Ivar, will ich dir keinen Vorwurf machen. Ich klage
mich selbst an, daß ich mich Illusionen hingab, indem
ich deinen Charakter nicht so, wie er ist, auffaßte, son=
dern wie ich in meiner Einbildung mir ihn dachte.
Ich habe einen Mißgriff begangen. Du bist nicht der
Edelmann von strengem, unerschütterlichem Ehrgefühl,
wie ich mir dich vorstellte; nicht der Mann, dessen
Rechtsgefühl und Charakterstärke es ihm unmöglich
macht, sich einer erniebrigenden Leidenschaft zu über=
lassen. Jetzt, da ich diesen bittern Irrthum entdeckt
habe, wären Vorwürfe und Anklagen übel an ihrem
Platze. Ich würde auch völlig geschwiegen haben,
im Fall Du bloß mich beleibigt hättest, denn ich bin
zu stolz, um Andere an die Pflicht zu mahnen, welche
sie gegen mich haben, wenn sie selbst deren vergessen.
Ich habe heute Etwas gethan, das ein schwacher sterb=
licher Mensch selten zum zweiten Mal zu thun Stärke
genug hat. Ich habe die Ehre der Frau in den Händen
gehabt, welche mich höhnt und mit Füßen tritt, und
ich habe mich nicht gerächt. Und dennoch fühle ich
Verachtung gegen sie und . . . . ."

„Gegen mich," fiel der Graf ein, als Alma anhielt.

„Hätte ich dich nicht geliebt, Ivar, so — würde
ich dich verabscheut haben, jetzt . . . ."

„Verachtest Du mich!" sagte Ivar mit bebenden
Lippen.

„Ich beklage dich," entgegnete Alma, indem
sie aufstand und ihm die Hand reichte, und setzte dann
in ebenso mildem, als würdevollem Tone hinzu:

„Und ich will die Ereignisse dieses Tages vergessen."

Ivar faßte ihre Hand und sagte mit einer
Mischung von Verdruß und Rührung:

„Deine Worte, Alma, sind kalt und bitter, und doch habe ich keinen Augenblick aufgehört, dich hoch=zuachten und zu verehren."

„Und doch hast Du mich betrogen!"

„Du bist streng."

„Nein, ich habe dir ja gesagt, daß Alles ver=gessen ist. Ich habe vergessen, ohne Bedingungen, indem ich es dießmal deinen eigenen bessern Gefühlen überlasse, deine Handlungsweise für die Zukunft zu bestimmen. Ich begehre nichts von dir, ich hoffe blos."

„Und diese Hoffnung soll nicht zu Schanden werden."

XIII.

Wiederum verging einige Zeit, während welcher Jvar sorgfältig jeder Veranlaßung, in den Zauber=kreis von Konstanze's Schönheit zu kommen, auswich. Aber eine Frau, wie sie, nur von ihren egoistischen Gefühlen beherrscht, war nicht dazu geschaffen, ruhig zuzusehen, wie der Mann, welchen sie liebte, und von welchem sie um jeden Preis geliebt seyn wollte, sich zurückzog, um einer Nebenbuhlerin, und wäre sie auch dessen Gattin, den Vorzug zu schenken.

Die Folge war, daß sie zu allen Mitteln, welche in ihrer Macht standen, ihre Zuflucht nahm, um den=selben wieder an sich zu ziehen und sich zur aus=schließlichen Herrscherin über sein Herz zu machen. Dieser Wunsch wurde um so heftiger, je mehr sie zu gleicher Zeit dem Verlangen ihres Herzens, ihrer

Eitelkeit und ihrer Begierde, sich an Alma gerade
wegen des von dieser durch Zurückgabe ihres Briefes
bewiesenen Edelmuthes zu rächen, Genüge zu ver=
schaffen suchte.

Eines Abends, da eine kleine Gesellschaft von
Freunden bei der alten Gräfin Ribberhjerta beisammen
war, saß Alma auf einem kleinen Sopha im Salon,
und Konstanze hatte sich neben ihr in einen Fauteuil
geworfen.

Der Baron näherte sich Alma und begann, vor
ihr stehend und zur Hälfte den Rücken seiner Frau
zugekehrt, eine Conversation mit der Gräfin. Kon=
stanze war beinahe ganz von ihrem Mann verdeckt,
und Jvar, welcher gerade daneben stand und mit
seiner Mutter sprach, wandte sich mit einer Höflich=
keitsfrage nach ihrem Befinden u. s. w. an Konstanze.
Jetzt ließ Konstanze ihr Taschentuch fallen. In dem=
selben Augenblick, da Jvar sich bückte, um es aufzu=
heben, machte der Baron dieselbe Bewegung, und es
gelang ihm, desselben habhaft zu werden. Alma warf
einen raschen Blick auf ihren Mann und ihre Cousine,
und als sie einen Ausdruck von Angst auf beider
Angesicht las, streckte sie die Hand aus und faßte das
Taschentuch, welches der Baron abzugeben nicht geneigt
schien, mit den Worten:

„Entschuldige, Cousin, aber das Taschentuch ist
mein."

„Dein! Du irrst dich gewiß, Alma. Ein Taschen=
tuch mit einem solchen Inhalt, wie dieser hier, kann
unmöglich dir gehören."

Der Baron war bleich und heftete einen unheil=
verkündenden Blick auf seine Frau.

„Der Inhalt mag seyn, welcher er will, so ge=
hört das Taschentuch mir," antwortete Alma mit
Bestimmtheit und bemächtigte sich durch eine rasche
Bewegung des bestrittenen Gegenstandes, worauf sie
sich erhob, während sie zu gleicher Zeit das ihrige
hinter den Sopha fallen ließ.

Konstanze hatte augenblicklich Alma's Taschentuch
an sich gerissen und hielt es vor sich hin. Zu sprechen
war der kleinen Intriguantin unmöglich, weil ihr Ge=
wissen ihr sagte, daß sie nur einem augenblicklichen Un=
heil ausgewichen war; denn wie Alma wohl handeln
würde, wenn sie nähere Bekanntschaft mit dem Inhalt
des Taschentuchs machte, war etwas, das sie nicht zu
berechnen vermochte. Sie erinnerte sich nur allzu wohl
dessen, was Alma ihr gesagt hatte, als sie ihr den ver=
wechselten Brief wieder gab. Die Worte klangen noch
in ihren Ohren;

„Ich werde vielleicht nicht die Kraft besitzen, noch
einmal auf solche Weise zu handeln."

Alma war von ihnen weggegangen, nachdem Kon=
stanze ihr Taschentuch vorgezeigt hatte, und Ivar zog
sich auch bei Seite, so daß der Baron und Konstanze
allein blieben. All der Verdruß, der Schmerz und die
Unruhe, bei dem Gedanken, was weiter folgen würde,
machten sich nun gegen den Mann Luft, welcher mit
dem unglücklichen Fehler behaftet war, Augen zu haben,
während er doch blind seyn sollte. So waren auch
ihre ersten Worte gegen ihn:

„Du scheinst wohl nicht eher dich zufrieden zu
geben, als bis Du durch deine närrische Eifersucht mich
vollkommen kompromittirt hast. Das ist der Dank für
alle die Ergebenheit, welche ich dir beweise."

Darauf entfernte sie sich von ihm. Er blieb mit finsterem Blick und umwölkter Stirne sitzen.

Als sie den Salon verließ und in das Kabinet trat, befand sie sich Alma gegenüber, welche dort aufrechten Hauptes stand. Konstanze machte Halt, und ihr Blick heftete sich unwillkürlich auf das Taschentuch, welches Alma in der Hand hielt.

„Wir könnten jetzt die Taschentücher tauschen," bemerkte Alma mit stolzem Ton und reichte Konstanze dasselbe.

Schweigend, mit der Röthe der Scham auf ihren Wangen, empfing Konstanze das Taschentuch, in dessen Ecke ein Billet befestigt war.

„Ich bin zu stolz, als daß ich dazu mich erniedrigen möchte, von dem Inhalt des in dem Taschentuche verborgenen Billets Kenntniß zu nehmen. Deine Furcht, daß ich es lesen würde, ist somit unnöthig gewesen. Ich mache mich nicht gern mit dem bekannt, was ich als verächtlich betrachte. Ich habe mich dadurch gerächt, daß ich deine Ehre rettete; dieß war eine Handlung, welche ich der Achtung vor mir selbst schuldig war; aber siehe zu, daß ich nicht noch einmal in die Lage komme, zwischen meinem Edelmuth und meiner Rachgier wählen zu müssen, denn der Ausschlag könnte zuletzt ganz anders fallen, als es bisher geschehen ist."

Hiemit verließ Alma die tief gedemüthigte Konstanze, welche in einen Fauteuil sank und das Taschentuch mit dem unglückbringenden Inhalt auf ihr glühendes Angesicht drückte.

Weit entfernt jedoch, sich von Alma's Edelmuth rühren zu lassen, erweckte dieser nur Rachgier in

einem Herzen, welches von seinem Egoismus beherrscht
wurde. Sie ballte die kleine Hand und erhob dieselbe
drohend gegen die Thüre, indem sie murmelte:

„Häufe nur Demüthigungen über mich, Du
stolzes Weib, welches glaubt, daß ich nicht ahne, wie
dein Herz von Eifersucht erbebt. Ich werde mich
doch rächen, furchtbar rächen, dadurch daß ich dich
zum Abscheu für den Mann mache, welchen Du liebst.
Du sollst von Schmerz verzehrt werden, wenn Du
siehst, wie er mit ganzer Seele an mir hängt. Ach,
Du Thörin, die Du glaubtest, Du könnest mich durch
Demüthigungen besiegen!"

XIV.

Am folgenden Tage fand sich die alte Gräfin
Ribberhjerta bei Alma ein und erzählte, Konstanze sey
in der Nacht so heftig erkrankt, daß man den Hausarzt
habe rufen müssen. Bei dieser Nachricht sah Alma,
wie Jvar todesbleich wurde. Er stand hastig auf
und fragte mit bewegter Stimme:

„Ist der Zustand von Konstanze noch beun=
ruhigend?"

„Ja, mein Sohn, sie ist sehr matt und schwach.
Betrübend ist es, daß ihr Mann und Alma sich als
die Urheber ihres Leidens betrachten können. Ich
muß gestehen, beste Alma, daß ich mehr Empfindung,
Herz und Zartgefühl von dir erwartet hätte, als Du
in deiner Eifersucht gegen Konstanze an den Tag
legst. Auf solche Weise mit dem Baron gemeinsam

Sache zu machen, um Konstanze zu verwunden und zu bemüthigen, ist und bleibt stets ein Unrecht."

Alma warf mit der ihr eigenthümlichen Bewegung königlichen Stolzes den Kopf zurück und heftete ihre klaren Augen auf die Schwiegermutter mit einem Ausdruck von Erstaunen und Würde. Aber ehe sie noch antworten konnte, sagte Jvar, sich mit gerunzelter Stirne zu seiner Gattin wendend:

„Es hat somit zwischen dir und Konstanze einen Auftritt gegeben?"

„Ich gehöre nicht zu denen, welche Auftritte lieben; dazu habe ich zu große Achtung vor mir selbst."

„Darf ich wissen, was zwischen den Damen passirt ist, nachdem die Folgen sich so unheilbringend erwiesen haben?" sagte Jvar in bestimmtem Tone.

„Ich glaubte," antwortete Alma, „Du würdest mich wenigstens so weit kennen, um überzeugt zu seyn, daß ich niemals einer Handlung fähig bin, worüber ich mich zu rechtfertigen brauchte."

„Gleichwohl scheint es so," fiel die Gräfin scharf ein, „da Konstanze jetzt krank ist."

„Vor Ihnen, Frau Schwiegermutter, kann von einer Rechtfertigung meinerseits gar keine Rede seyn. Sie haben keine Befugniß, eine solche zu fordern. Nur gegenüber von meinem Mann erkenne ich mich solches zu thun verpflichtet."

„Wenn Du eine solche Verpflichtung anerkennst, so gib mir auch die Aufklärung, die ich verlange," sprach Jvar befehlend.

„Jvar, Du vergissest, mit wem Du redest," rief Alma und erhob sich in ihrer ganzen Größe.

„Gewiß nicht. Ich rede mit der reichen Gräfin
Stern, welche dadurch, daß sie meine Frau wurde,
mich zu ihrem ewigen Schuldner gemacht hat und
der Meinung ist, ich stehe nun in so großer Verpflichtung
bei ihr, daß sie nicht anerkennen will, ich habe als
ihr Mann einige Rechte über sie. Sie sind nun
meine Gattin, Frau Gräfin, und sofern Sie mich
nicht für Ihren Sklaven halten, so verstehen Sie
hoffentlich selbst, daß ich eine Erklärung über Ihr
Benehmen haben will und werde."

Alma war erblaßt, aber ihre Miene blieb unver=
ändert, während Ivar ganz besinnungslos seiner auf=
geregten Stimmung Luft machte. In vollkommen
ruhigem Tone antwortete sie:

„Zwischen mir und Konstanze ist nichts weiter
vorgefallen, als daß ich das Taschentuch, welches ich
aus ihres Mannes Händen nahm, ihr wieder zurück
gab. Wenn ich sie dabei bat, sich nicht noch einmal
so weit bloßzustellen, daß ich den begangenen Mißgriff
wieder gut machen müßte, so war dieß kein Vorwurf,
sondern eine Warnung, welche Du bei einiger Be=
sinnung und Gerechtigkeit nur billigen solltest. Jetzt
habe ich mein Benehmen erklärt."

Alma wandte sich von Ivar ab, um das Zim=
mer zu verlassen.

„Erlaube mir nun, Schwiegertochter, auch eine
Erklärung zu geben. Du hättest besser daran gethan,
das Taschentuch, dessen Du dich bemächtigtest; dem
Baron zu lassen; denn in demselben befand sich blos
dieses Billet, welches Konstanze, nachdem sie das ganze
Ereigniß erzählt hatte, beim Abschied mir unter Thränen
übergab. Sey so gut und lies es."

Die Gräfin reichte Alma ein kleines Billet, diese aber wies es mit den Worten von sich:

„Ich habe Alles gesagt, was ich in der Sache hier zu sagen habe, und beabsichtige nicht, mich weiter in dieselbe zu mischen. Liegt es in Jvar's Interesse, meine Handlungsweise in einem andern als dem wahren Lichte anzusehen, so ist es wenigstens nicht meine Person, welche dabei verliert. Ich habe mein eigenes Bewußtseyn und verwerfe jeden andern Urtheilsspruch über meine Handlungen."

Damit verließ sie das Zimmer.

„Ich muß gestehen, mein lieber Jvar, daß Du dich auf eine wahrhaft unbegreifliche Weise von deiner Frau unter die Zuchtruthe nehmen lässest. Sie behandelt dich ja ordentlich wie einen Schulknaben. Bist Du ein Graf Ribberhjerta, der sich von einer Frau so bemüthigen läßt? Bist Du ihr Sklave oder bist Du ihr Mann?"

„Still, Mutter, Du selbst bist daran Schuld, daß dein Sohn sich an eine reiche Frau verkauft und dadurch den Engel von Liebe und Schönheit, welcher mir schon von den Jünglingsjahren her so theuer gewesen, aufgeopfert hat."

„Du machst mir Vorwürfe?"

„Nein, ich spreche blos die Wahrheit; aber erlaube mir, mich zu entfernen; ich muß hinaus, um frische Luft zu schöpfen."

„Lies vorher dieses Billet hier und lerne erkennen, daß deine Frau auf eine höchst unedle Weise Konstanze behandelt; denn dadurch, daß sie sich des Taschentuches bemächtigte, erzeugte sie den Schein, als ob es Etwas enthielte, was der Baron nicht sehen dürfte. Sicherlich

war dieß auch Alma's Absicht, und da sie den Inhalt
des Billets von der Art fand, daß er Konstanze nicht
compromittiren konnte, so gab sie es ihr mit der Be=
hauptung zurück, sie habe das Billet nicht ge esen,
um eine Veranlassung zu bekommen, die arme von
ihres Mannes Eifersucht und Bosheit geplagte Kon=
stanze zu verwunden. — Das ist der wahre Sach=
verhalt, mein Sohn, und ich hoffe, daß Du Charakter
genug hast, um der Möglichkeit vorzubeugen, daß deine
Frau sich auch zu Konstanze's Plagegeist macht. Ich
bin bereits bei dem Baron gewesen, habe ihm das
Billet gezeigt und, was ich von seinem Benehmen
halte, in's Gesicht gesagt. Lies selbst und Du wirst
daraus ein edles Herz erkennen, welches auch dem
Schatten des Bösen zu entfliehen sucht."

Der Graf nahm schweigend das Billet, welches
folgende Worte enthielt:

„Bester Jvar!

„Wenn Du eine wirklich brüderliche Anhänglich=
keit an mich hast, so weiche mir aus und beschäftige
dich so wenig als möglich mit meiner Person. Ich will
nicht, daß unsere unschuldige Kinderfreundschaft zu Miß=
verständniß und Leid Veranlassung gebe.

Konstanze."

Jvar steckte das Billet in seine Brusttasche mit den
Worten:

Sei ruhig, Mutter, Konstanze wird niemals Grund
erhalten, sich über Alma zu beschweren. Und ich werde
niemals aufhören, mich anzuklagen, daß ich Konstanze's
unglückseliges Geschick herbeigeführt habe."

Konstanze hatte ihre Karten sehr gut gespielt.

Während Alma sie im Kabinet zurückließ, hatte Konstanze das letztere Billet geschrieben und es mit dem, welches ursprünglich in dem Taschentuch lag, vertauscht.

Eine Weile nach dem eben beschriebenen Gespräche hatte die alte Gräfin, begleitet von ihrem Sohne, sich entfernt.

XV.

In dem Kabinet neben dem Salon saß Alma unbeweglich wie eine Statue, den Blick auf dasselbe Portrait von Görgey geheftet, bei dessen Betrachtung wir schon einmal sie getroffen haben.

Das Antlitz der jungen Gräfin war bleich, und die hohe, gewölbte Stirne sah so auffallend weiß aus, als ob der Schmerz mit feuchter Hand darüber gefahren wäre. Die Lippen waren fest zusammengepreßt, und das Auge weilte mit einem strengen Ausdruck auf dem Bilde vor ihr. Daß sie von peinlichen und qualvollen Gedanken beherrscht wurde, ließ sich aus ihrer tödtlichen Blässe schließen, obwohl weder Thräne noch Klagelaut, was in ihr vorging, zu erkennen gab.

Die Gräfin war in die Betrachtung des Portraits und in ihre Gedanken so vertieft, daß sie das sonst wohlbekannte Geräusch von Magister Rehn's knarrenden Stiefeln nicht vernahm. Er trat bis zu dem Tisch vor, an welchem sie saß, ohne daß Alma ihn bemerkte.

„Nehmen Sie sich in Acht, Frau Gräfin, Sie

verlieben sich) in dieses Portrait," begann der Magister
scherzend und heftete seine durchdringenden Augen auf
das Antlitz der jungen Frau.

Alma schaute mit einem unterdrückten Seufzer
auf und reichte ihrem alten Lehrer die Hand mit den
Worten:

„Wenn Sie ahnen könnten, welche bittern Ge=
danken und Empfindungen beim Anblick dieses Bildes
in meinem Herzen aufstiegen, so würden Sie darüber
erstaunen, daß Ihre frühere Schülerin denselben Raum
in ihrer Brust zu geben vermag."

„Durchaus nicht. Ich finde es ganz natürlich,
daß es so geht."

„Was wollen Sie damit sagen?"

Der Magister setzte sich und antwortete, auf das
Portrait deutend:

„Ich habe vorausgesehen, daß der Tag kommen
müßte, wo Sie die Frage an sich stellen würden:
Wie ist es möglich, sich so heftig, so ausschließlich in
ein Angesicht wie dieses sich verliebt zu haben, wenn
die Seele so treulos und unzuverlässig ist, wie diejenige
von diesem Manne?"

„Ja, Sie haben Recht; ich stellte mir eben diese
Frage und war versucht, mich selbst zu verachten, daß
ich mein Herz an eine schöne Schale ohne einen Kern
hängen konnte. Ich habe, von Liebe verleitet, meine
Freiheit und meinen Frieden von mir geworfen, ohne
auch nur die Hoffnung nähren zu dürfen, die letztere
wieder zu finden. — Aber sagen Sie mir, Sie, der
Mann, der in dem Menschenherzen liest, was liebe
ich an diesem Mann, der seine Versprechungen und
hernach seine Achtung gegen mich mit Füßen tritt?

Habe ich von ihm wohl eine hochherzige und schöne
That gesehen? Einen Zug, welcher von einer edeln
Denkart und einer erhabenen Seele Zeugniß gab?
Nein. Sein Gesicht frappirte mich, seine noble Hal=
tung, seine lebhafte und angenehme Conversation;
und ich, die ich von Kindheit an nur das zu lieben
gelernt habe, was meine Achtung erweckte, ich gab
mein Herz an diese glänzende Oberfläche, ohne mora=
lischen oder geistigen Werth, hin. Es liegt etwas
Erniedrigendes darin, vor sich selbst anerkennen zu
müssen, daß der Mann, dem ich meine ganze Seele
schenkte, meiner nicht würdig ist; daß ich meine edelsten
Empfindungen an einen niedrigen Gegenstand ver=
schwendet habe."

Die Gräfin lehnte sich in den Sopha zurück,
so daß der ganze Reichthum ihrer Locken von der
Stirne abfiel und das blasse Marmorantlitz frei ließ.
Es ruhte ein stolzer Schmerz auf demselben.

„Sie wollen die Lösung des Räthsels haben?
Nun wohl, mein Kind, es soll geschehen. Sie haben
Ihr Herz nicht an den Ivar Ridderhjerta, wie er in
Wirklichkeit ist, sondern wie Sie sich denselben dachten,
gefesselt. Sehen Sie, Frau Gräfin, wir lieben selten
einen Menschen um dessen willen, was er ist, sondern
vielmehr um dessen willen, was er nach unserem
Wunsche seyn soll. Sie trugen auf ihn Ihre eigenen
edlern Gefühle und Empfindungen über, aber befreiten
ihn von Fehlern, und daher kommt es, daß Sie das
Ideal lieben, welches Sie sich schufen. Sie sahen
ein schönes, seelenvolles Angesicht, eine edle Haltung
und einen gebildeten Mann vor sich, und legten ihm
sogleich alle die Eigenschaften und Tugenden bei, welche

Ihrer Ansicht nach den größten Schmuck des Mannes ausmachen. Die Mängel, welche Sie allmälig ent= deckten, waren von der Art, daß Sie dieselben als unbedeutende Schatten betrachteten, welche den Werth eines sonst männlichen Charakters nicht vermindern."

„Nun wohl, wenn dieß vollkommen wahr ist, so weit es sich um den Anfang meiner Liebe handelt, so reicht es doch nicht zur Erklärung meiner gegen= wärtigen Gefühle aus. Jetzt, da ich weiß, daß dieser Mann schwach ist, unfähig der Achtung vor seiner Ehre, unmächtig über seine Leidenschaften, unbesonnen, wenn er von ihnen beherrscht wird; jetzt sollte ich ihn verabscheuen und vergessen, und dennoch" — die Gräfin drückte die Hand auf ihr Herz, als ob sie den Schlag desselben unterdrücken wollte — „dennoch liebe ich ihn noch ebenso ausschließlich, wie von Anfang an. Ach, es liegt etwas Erniedrigendes in dieser Liebe."

„Im Fall Sie mit kaltem Blute Ihre Stellung ansehen und prüfen wollen, wird Ihre Liebe Ihnen nicht erniedrigend vorkommen."

„Und wie muß ich dieselbe dann ansehen? — Ich selbst eines unedeln Nachgefühls angeklagt und beschuldigt, sie geliebt und als ein Opfer bedauert. — Nein, Sie hatten Recht, als Sie behaupteten, ich würde in diesem Kampfe untergehen. Ach! als ich an den Sieg glaubte, da glaubte ich auch noch an sein Ehr= gefühl."

„Und das müssen Sie noch thun, denn Niemand hat das Recht, zu streng den Andern zu beurtheilen, am allerwenigsten, wenn dieser Andere unter dem Einfluß einer starken Leidenschaft steht. Sie haben geheirathet mit dem vollen Bewußtseyn, daß Ihr künftiger Mann eine Andere liebe, und somit das Recht verwirkt, streng zu seyn. — Wohlan denn, Alma Ridderhjerta, Sie wanken schon im Kampfe bei dem ersten Zusammentreffen; wie werden Sie dann zum Ziele kommen? — Sind Sie übrigens gewiß, daß Sie den rechten Weg gewählt haben?"

„So glaube ich wenigstens."

„Aber ich theile diese Ihre Ueberzeugung nicht. Sie haben sich edelsinnig bewiesen, das ist wahr, aber auf eine Weise, welche demüthigen mußte. Glauben Sie mir, durch einen solchen Edelsinn gewinnt man kein Herz. Sie sind Königin gewesen, wo Sie ein Engel hätten seyn sollen. Sie sollen nicht eine edelmüthige Handlung ausführen und hernach ausrufen: Seht, was ich gethan habe! sondern Sie sollen dieselbe auf eine Art bewerkstelligen, welche sagen will: Ich habe verziehen und vergessen. Auf solche Weise nimmt ein Mensch dem andern das Herz aus der Brust. Wir schwache Sterbliche, sowohl mit Eitelkeit als Hochmuth behaftet, wir küssen gern die Hand, welche diese Steuer der Achtung nicht von uns fordert; aber wir finden es bitter schwer, es als eine Schuldigkeit zu thun.

„Sie predigen das Unmögliche, mein Lehrer; denn wie sollte ich vergessen können, daß man mich betrügt?"

„Indem Sie sich so liebenswerth machen, daß Ihr Mann vor Ihnen als der edelsten Frau, die er je getroffen hat, die Kniee beugt."

„Mein Charakter ist stolz, ist im Stande, große

Handlungen auszuführen; aber er kann sich nicht bemüthigen."

„Mit Stolz nimmt man kein Herz ein. Wenn Sie eine Fliege fangen wollen, thun Sie es nicht mit Salz, sondern mit Zucker. Und wollen Sie Ihres Mannes Herz besitzen, müssen Sie es durch Güte gewinnen."

„Ach,. ich fürchte, ich werde es nie gewinnen."

„Bedenken Sie, daß man seine Bemühungen zuerst mißlingen sieht, wenn man seine eigene Kraft bezweifelt; — die Kunst, ein Ziel zu erreichen, liegt darin, daß man niemals zu wollen aufhört."

„Wenn der Wille Alles thäte, so wäre ich bereits am Ziele."

XVI.

Eine Weile, nachdem der Magister sie verlassen hatte, blieb Alma unbeweglich sitzen und schien seine Worte in Erwägung zu ziehen. Endlich ließ sie sich ankleiden und fuhr aus.

„Zur Freiherrin Stjernburg," sagte der Lakai zu dem Kutscher, als er die Wagenthüre schloß.

Der Portier im Hause des Barons erklärte, so lang die Freiherrin krank sei, werde kein Besuch angenommen; dessen ungeachtet ging Alma hinauf.

In dem Salon fand sie ihren Mann und ihre Schwiegermutter bei dem Baron. Ihre Erscheinung hier zur Stelle machte einen eigenthümlichen Eindruck auf die beiden letztern. Ivar erbleichte und ging Alma

einen Schritt entgegen, als ob er sie weiter zu gehen
hindern wollte, und die alte Gräfin warf einen schar=
fen und herausfordernden Blick ihrer Söhnerin zu.

Alma, welche mit ihrem gewöhnlichen Scharfsinn
sogleich merkte, welchen Eindruck sie hervorbrachte, schien
gleichwohl vollkommen gleichgültig dabei zu bleiben.
Mit der gewöhnlichen edeln Haltung begrüßte sie ihre
Schwiegermutter und näherte sich dem Baron mit den
Worten:

„Ich komme, um mich nach Konstanze's Befinden
zu erkundigen.“

„Es geht jetzt besser mit ihr. Sie hatte heute
Nacht einen schweren Nervenanfall gehabt, so schwer,
daß ich für ihr Leben fürchtete. — Du bist allzu gut,
Alma, daß Du selbst kommst, um dich von ihrem Zu=
stande zu unterrichten,“ erwiederte der Baron und be=
trachtete Alma mit einem eigenthümlich forschenden
Blick.

„Von Güte ist hier keine Rede,“ antwortete Alma
ruhig. „Ich war in Besorgniß über Konstanze und
darum wünschte ich selbst mich zu vergewissern, wie es
mit ihr steht. Es freut mich zu hören, daß die Gefahr
vorüber ist.“

„Ja, sie schläft jetzt,“ antwortete der Baron. —
„Wie Du siehst,“ setzte er mit einer gewissen Ironie
hinzu, „haben deine Schwiegermutter und dein Mann,
von ihrer Unruhe getrieben, bereits Kunde über das
Befinden meiner Frau eingezogen. Sie muß sehr dank=
bar für so viel Zärtlichkeit seyn; habe ich nicht Recht?“

Jedes Wort des Barons athmete Eifersucht und
verstectte Bitterkeit.

„Es ist nicht mehr als Konstanze von ihrer Tante

und ihrem Cousin zu erwarten das Recht hat, besonsonders da die erstere Mutterstelle bei ihr vertreten hat, der letztere ihr wie ein Bruder war. Die Besorgniß, welche wir für Konstanze empfinden, würdest Du gewiß auch haben, wenn Eines von uns erkrankte."

„Das glaube ich auch," erwiederte der Baron mit einem Seitenblick auf Jvar.

Nachdem man noch einige Worte gewechselt hatte, verabschiedete sich Alma.

„Erlaubst Du, daß ich dich begleite?" sagte Jvar und sagte dem Baron Lebewohl.

Als die beiden Gatten in dem Wagen saßen, fragte Jvar:

„Wie soll ich mir deinen Besuch bei Konstanze erklären?"

„Wahrhaftig, Jvar, mich dünkt, das bedarf keiner Erklärung. Ich wollte wissen, wie es ihr ging."

„Und dieß war Alles?"

„Ja," erwiederte Alma, ihrem Mann gerade in's Gesicht sehend.

Jvar warf sich in eine Wagenecke zurück. Es trat eine Pause ein.

„Soll der Kutscher heimfahren?" hob Jvar wieder an.

„Wie Du willst."

„Das Wetter ist so schön; er kann nach dem Thiergarten fahren, wenn Du nichts dagegen hast."

„Gewiß nicht."

Die Gräfin gab Befehl, nach dem Thiergarten zu fahren. Dann erfolgte wieder eine Pause. Alma sah gerade vor sich hin. Jvar betrachtete sie aufmerksam. Endlich äußerte er:

„Ich möchte wünschen, ich hätte die Fähigkeit, in deiner Seele zu lesen, damit ich dich recht beurtheilen könnte."

„Und warum kannst Du mich nicht ganz einfach nach meinen Handlungen beurtheilen?" antwortete Alma und wandte das Angesicht ihrem Mann zu.

„Weil hinter den Handlungen oft Motive liegen, welche man nicht sieht, sondern entweder blos erräth, oder gar nicht in Erfahrung bringt."

„Apropos, welche Handlung hat dich auf diese Gedanken geführt?"

„Jede deiner Handlungen."

„Das ist viel," sagte Alma lächelnd. „Dann fürchte ich, daß es unmöglich ist, dir Aufklärung zu verschaffen."

„Sage mir aufrichtig, warum bist Du heute zu Konstanze gefahren? Es geschah nicht aus Theilnahme, denn Du kannst sie nicht leiden, so viel ich weiß."

„Ich fuhr hin, weil ich nicht haben wollte, daß ihr Mann sich dem Glauben hingebe, zwischen ihr und mir bestände irgend ein Groll."

„Edelmuth somit?" meinte Ivar ironisch lächelnd.

„Oder Stolz, was Du willst," antwortete Alma ruhig.

„Stolz? Wie soll ich das erklären?"

„Und doch liegt die Erklärung so nahe."

„Aber Du wirst entschuldigen, wenn ich sie nicht finde."

„Das beweist blos, daß Du dich niemals in meine Stellung als deine Gattin hineingedacht hast, sondern mich blos als die reiche Alma Stern betrachtest, zu welcher Du in keiner andern als rein pekuniärer

Beziehung stehſt, ſonſt hätteſt Du leicht gefunden, Jvar, daß mein Stolz es nicht zugeben konnte, es möchte Jemand denken, Du hätteſt keine Anhänglichkeit an mich. Es liegt keine ſo geringe Demüthigung in dem Bewußtſeyn, daß ich deinem Herzen Nichts bin, beſonders wenn noch die Gewißheit hinzukäme, daß Andere von dieſem betrübenden Verhältniß Kunde erhalten."

„Du biſt heute in der Stimmung, Bitterkeiten zu ſagen," antwortete Jvar, „und die Schuld der Dankbarkeit gegen dich hat die Folge, daß wir, ich und meine Mutter, ſchweigend jede Anklage und Zurechtweiſung von dir ertragen müſſen."

„Und warum ſollteſt Du das? Wäre es in der Zeit, da wir verheirathet ſind, dir nur einen Augenblick darum zu thun geweſen, meine Gemüthsart und meinen Charakter kennen zu lernen, ſo hätteſt Du mir auch die Gerechtigkeit widerfahren laſſen, mich als redliche und aufrichtige Freundin zu betrachten, da Du in mir eine Gattin nicht ſehen wollteſt. Dann wäre es dir nicht eingefallen, auf den Reichthum hinzudeuten, welchen ich ſelbſt vollkommen vergeſſen habe. Läſſeſt Du blos gegen mich deßhalb Rückſichten eintreten, weil ich dieſen materiellen Vorzug habe, dann, Jvar, iſt es mir lieber, daß gar Nichts davon geſchieht. Mißbilligſt Du mein Benehmen, ſo ſage es mir, wie es einem Mann anſteht, und mache deinem Verdruß nicht in Sticheleien Luft, welche, wie mir ſcheint, deiner und meiner gleich unwürdig ſind. Als mein Mann haſt Du vollkommenes Recht, zu tadeln, was Du an mir tadelnswerth findest, und· ich werde dir auch niemals dasselbe bestreiten."

„So sagst Du jetzt, aber vor wenigen Stunden verweigertest Du mir eine Erklärung über deine Handlungsweise."

„Nein, Du täuschest dich; ich hegte blos die irrthümliche Einbildung, Du solltest mich so weit kennen, um dich nicht dem Glauben hinzugeben, ich sey einer unedeln Handlung fähig. Ich betrog mich, und Du erhieltest die gewünschte Erklärung, obwohl ich deiner Mutter Einmischung in die ganze Sache als ungehörig und unzart betrachtete."

„Du hast sie auch, dünkt mir, auf eine ziemlich scharfe Weise zurechtgewiesen. Sie sollte jedoch auf Achtung von der Gattin ihres Sohnes rechnen dürfen."

„Die Achtung, welche sie von mir zu fordern das Recht hat, werde ich ihr stets beweisen; aber niemals kann und werde ich zugeben, daß sie die geringste Befugniß hat, sich zur Richterin über meine Handlungen aufzuwerfen, oder auf irgend eine Art in das, was dich und mich anbelangt, zu mischen. Ich erkenne nur meinen Mann als denjenigen an, welchem ich Rechenschaft von meinem Benehmen schuldig bin."

„Ich fürchte jedoch, wenn ich deine Worte im Ernst nähme, so würde dein Stolz sich auch gegen jede von mir ausgehende Einmischung in deine Handlungsweise empören. Du bist nicht geschaffen, liebe Alma, um irgend Jemand außer dir selbst als deinen Richter anzuerkennen. Du bist allzu selbstständig, um dich in die untergeordnete Rolle einer Gattin fügen zu können."

„Wiederum irrst Du dich. Ich bin stolz, das ist wahr. Ich bin von Natur nicht unterthänig und demüthig. Ich liebe die Freiheit und habe eine ent=schiedene Selbstständigkeit in Gedanken und Empfin=dungen; aber auch einen hohen Begriff von meinen Pflichten gegen Andere. Es sind eben die stolzen und selbstständigen Frauen, welche, wenn sie lieben, untergebene Gattinnen werden, weil die Liebe bei ihnen nicht eine Laune, sondern etwas Ernstes ist. Sie könnten den Mann nicht lieben, der sich zu ihrem Sklaven erniedrigte. Dergleichen Gemüthsarten wollen von dem Großen und Edeln beherrscht werden, können aber vor dem Unbedeutenden und Armseligen nicht kriechen."

„Wenn sie lieben, sind sie untergeben — ja, wenn sie lieben; aber wenn sie gleich dir nicht lieben — dann . . ."

„Sind sie es aus Stolz, um sich nicht selbst durch den Mann zu erniedrigen, dessen Namen sie tragen."

„Sie sind somit Alles um ihrer selbst, aber Nichts um Anderer willen. Selbst ihr Edelmuth wird damit ein Tribut der Achtung vor sich selbst."

„Oder vielmehr ein Thun, um Andere zur Liebe und Hochachtung zu zwingen. Die stolze Frau will ihres innern Werthes halber geliebt werden, die eitle ihrer äußern Reize wegen. Der letztern erzeigt man übertriebene Artigkeit, der erstern Hochachtung."

Es entstand eine Pause. Ivar wandte sich

unruhig von einer Ecke des Wagens zur andern. Endlich nahm Alma wieder das Wort:

„Dieses ganze Gespräch hast Du geführt, Ivar, weil Du mir Etwas zu sagen hast, und Du glaubtest dadurch Gelegenheit zu finden, es bei mir anzubringen. Aber warum einen solchen Umweg machen und nicht direkt mir deinen Wunsch erklären; denn daß Du Etwas willst, das lese ich in deinem Angesicht."

„Nun wohl, Du hast Recht. Ich möchte wirklich wissen, auf welchem Fuße wir, Du und ich, in Zukunft eigentlich stehen werden, und wie Du dich aufzuführen gedenkst, in Bezug auf..... auf....."

„Konstanze?" fiel Alma ganz kalt ein.

„Ja."

„Auf welchem Fuße wir stehen, das glaube ich dir schon gezeigt zu haben, als ich dir sagte, Du habest mich bisher nur als eine reiche Frau, welche dir Vermögen zugebracht hat, aber niemals als deine Gattin betrachtet. Auf diesem Fuße sind wir gestanden und stehen noch jetzt auf demselben. Wie es in Zukunft werden soll, hängt von dir ab, wenn Du mich als diejenige, welche mit dir des Lebens heitere und trübe Geschicke zu theilen wünscht, behandeln kannst und willst. Ich gehöre nicht zu jenen weichen und empfindsamen Frauen, welche sich zu Sclavinnen machen; sondern zu denen, welche sich bewußt sind, daß sie unter jedem Wechsel des Schicksals in Uebereinstimmung mit Herz und Pflicht zu handeln bemüht seyn werden."

„Vielleicht habe ich bisher zu wenig gethan, um mich dir zu nähern. Ich will es gut machen, und kommst Du mir entgegen, dir den Weg verkürzen. Können wir nicht ein paar liebende Gatten werden, so

laß uns wenigstens, was ich immer gewünscht habe,
daß wir werden sollten, einander ein paar getreue
Freunde seyn."

Alma reichte ihrem Mann mit einer ungesuchten
und einfachen Herzlichkeit die Hand.

Auf Jvar's Angesicht war ein Ausdruck unge=
heuchelter Bewunderung und Rührung zu lesen. Er
faßte die kleine Hand und schloß sie in die seinen mit
den Worten:

„Deine Handlungsweise wäre mehr als bewun=
dernswerth, im Fall die Liebe in deinem Herzen wohnte;
aber vielleicht dann auch sogar unausführbar. Jetzt
bist Du eines so edelmüthigen Thuns fähig, weil dein
Herz kalt ist. Dein Benehmen ist so hochsinnig und
großartig, daß Du dadurch dich als eine über jede
Kleinlichkeit erhabene Frau beweisest. Glaube mir, ich
begreife das vollkommen."

„Wenn Du das thust, Jvar, so zeige mir es da=
durch, daß Du mich als deine Freundin behandelst und
ganz und gar vergissest, daß ich eine Frau von Ver=
mögen bin. Du bist mein Mann, sey es auch in
deinem Benehmen gegen mich. Ich dagegen will nie
mehr daran denken, daß wir, Konstanze und ich, je=
mals irgend eine Berührung als die von Verwandten
mit einander gehabt haben."

„Ich danke dir!"

Jvar drückte die Hand seiner Gattin an seine
Lippen. In diesem Augenblick hielt der Wagen.

XVII.

Alma hatte wirklich im Laufe des oben erwähn=
ten Gesprächs einen vortheilhaftern Eindruck als je zu=
vor auf ihres Mannes Herz gemacht. Das wahrhaft
Edle in dem Benehmen der jungen Frau mußte un=
willkürlich die bessern Gefühle in Ivars Brust anregen.
Die Leidenschaft, welche ihn an Konstanze fesselte, wurde
in einem gewissen Grade durch den jetzt herrschenden
Eindruck zurückgedrängt, und hätte er dieselbe Willens=
kraft gehabt, wie sein Herz dem Guten und Edeln
geöffnet war, so würde er mit Ernst diesen Eindruck
zu bewahren und dem Gefühl, welches ihn zu Kon=
stanze hinzog, entgegenzuarbeiten gesucht haben. Aber jetzt
konnte Alma nicht so leicht ihn an sich ziehen, so lang
sein Herz noch fest an der schönen Cousine hing und
diese den bezaubernden Einfluß, welcher ihr eigen war,
auf seine Phantasie ausübte.

Hätte Ivar Konstanze gekannt, so wie sie wirk=
lich war, er würde sogleich von seiner Liebe geheilt
worden seyn; aber jetzt sah er sie nur, wie sie vor
seiner Phantasie stand, und wie er wünschte, daß sie
seyn sollte. Ivar theilte dabei das gewöhnliche Loos
von uns Sterblichen, daß sie, wie Magister Rehn
sagte, „selten einen Menschen lieben um dessen willen,
was er ist, sondern vielmehr um dessen willen, was
er unserer Vorstellung nach seyn sollte." — Wir lieben
meistens unser eigenes Traumbild, oder das Ideal,
welches wir geschaffen haben, und nicht den wahren
Charakter von dem Gegenstand, dem wir Herz und
Liebe schenken. Nimmt man hinzu, daß Ivar Kon=

ſtanze für unglücklich hielt und ſich als den Urheber
ihres Unglücks anſah, ſo ergibt ſich, daß wenn zu der
Illuſion noch das Mitleid ſich geſellt, dieſes nur ſeine
Neigung zu ihr erhöhen mußte.

Der Baron war von ihr als der unbilligſte und
launenhafteſte aller unbilligen und launenhaften Ehe=
männern beſchrieben worden, und das will nicht ſo
wenig ſagen.

Denke dir, mein Leſer, eine junge, ſchöne und
liebenswürdige Frau, dazu den Gegenſtand deiner erſten
Liebe, unter dem Despotismus eines tyranniſchen Man=
nes leidend, und ſage auf dein Gewiſſen, ob Du
glaubſt, daß eine Gattin, welche Du, und wäre ſie
noch ſo edel, nicht liebſt, dich vermögen könnte, der
ſüßen Rolle zu entſagen, der Tröſter der unglücklichen
ſchönen und geliebten Frau zu werden? — Wir für
unſern Theil ſind der beſtimmten Meinung, daß alle
jungen Männer, wenigſtens die, welche nach den mo=
dernen Begriffen erzogen worden ſind, ebenſo ſchwach
wie Jvar wären. — Der Mann mit aller ſeiner ſo
viel gerühmten Stärke iſt ein armer Wicht und durch=
aus unfähig, der Verſuchung zu widerſtehen, wenn ſie
in der Geſtalt einer ſchönen Frau auftritt. Ehre, Ge=
wiſſen und Pflichtgefühl leiden dann gewöhnlich Schiff=
bruch und werden im Stich gelaſſen. Darum, mein
ſtrenger Leſer, zucke nicht mit Verachtung die Achſeln
über die Schwäche des Grafen Jvar; Du würdeſt an
ſeiner Stelle vielleicht ebenſo geweſen ſeyn.

„Ein ſo armſeliger Romanheld,“ höre ich ſie aus=
rufen, liebenswürdige Leſerinnen. — Verzeihung, meine
Damen, es iſt kein Roman, und folglich iſt Graf Jvar
kein Held. Unſere Erzählung beſchränkt ſich darauf,

eine einfache Schilderung aus der Wirklichkeit zu seyn, und die Personen sind somit aus derselben genommen. Jetzt kehren wir zu Ivar zurück, um zu sehen, wie er mit seinem eigenen Herzen zurecht kommen wird.

Der, welcher die Dinge und Verhältnisse nach der Außenseite beurtheilt, konnte Alma's häusliches Leben für ganz glücklich halten, denn Ivar erzeigte ihr alle die Aufmerksamkeit, welche ein Mann seiner Gattin beweisen kann; aber hinter dieser schönen Maske verbarg sich ein unruhiges Gemüth, von ganz andern Empfindungen, als denen, welche scheinbar vorherrschen, erfüllt. Er schenkte Alma seine ganze Hochachtung und fühlte tief, daß sie mit beispiellosem Edelmuth seine Schwäche behandelte; aber er liebte Konstanze, und heftiger als je, weil sie sich vor ihm bekümmert, schweigsam und leidend zeigte. Sein besseres Gefühl gebot ihm, sie zu fliehen; aber sein Herz zog ihn unaufhörlich zu ihr hin.

Viel trug zur Steigerung seiner Leidenschaft der Umstand bei, daß Konstanze ihm auswich und in allem Ernst den Beschluß gefaßt zu haben schien, jede Annäherung zwischen ihnen zu vermeiden. Trafen sie zusammen, war sie so scheu, daß er kaum Gelegenheit fand, sich nach ihrem Befinden zu erkundigen.

So war der Frühling vergangen und vom Sommer abgelöst worden, und dieser fand unsern jungen Grafen düster, unglücklich, gleichgültig und mehr als je verliebt.

Eine Woche vor Mittsommer verließ Graf Ivar mit seiner Gemahlin die Hauptstadt, um seine Wohnung auf Alma's vom Vater ererbten Besitzthum Els=hof aufzuschlagen. Ivar war auf der ganzen Reise im

höchsten Grade ungeduldig und reizbarer Stimmung.
Die ersten Tage nach seiner Ankunft geberdete er sich
wie ein Fieberkranker. Er konnte nicht eine Viertelstunde an einem und demselben Ort verbleiben, sondern
warf in Einem fort unruhige Blicke in die Allee, als
ob er einen Boten oder irgend eine Nachricht erwartete,
wovon sein ganzes künftiges Glück abhinge.

In Begleitung des Grafen hatte sich zu Ekshof
Magister Rehn, ein junger Verwandter von der Gräfin
Mutter, der Legationssekretär Hegelfeldt und dessen
Schwester, Fräulein Aurora Hegelfeldt, eingefunden.

Eines Abends, acht Tage nach deren Ankunft zu
Ekshof, waren sie alle auf dem Balkon beisammen, und
man sprach von gleichgültigen Dingen, als plötzlich
Fräulein Aurora sagte:

„Ei, Alma, Du weißt wohl, daß wir Konstanze
diesen Sommer zur Gesellschaft bekommen werden.
Stjernburgs sollen auf Besuch in Jagelhem, hier in
der Nähe, bei Konstanze's Oheim, dem Grafen Kron=
feldt, eintreffen."

Alma wechselte die Farbe, Jvar wandte sich zu
Magister Rehn und begann von den letzten politischen
Neuigkeiten zu sprechen.

„Konstanze will ja nach Strömstad zu einer Bade-
kur reisen; so war es ausgemacht, als wir schieden,"
antwortete Alma.

„Ja, aber der Plan ist geändert worden. Die
Aerzte haben Konstanze von der Badereise abgerathen,"
entgegnete Aurora.

„Woher weißt Du das?"

„Von dem Grafen Kronfeldt, den ich heute traf,
als ich mit Alfred unsern Ausritt machte. — Kon=

stanze wird schon in ein paar Tagen zu Fagelhem er=
wartet."

Alma saß schweigend da und betrachtete ihren
Mann, auf dessen Angesicht deutliche Spuren der Ver=
legenheit sich zeigten, und jetzt hatte Alma die Lösung
des Räthsels, warum er so unruhig gewesen.

„Jvar wußte also, daß Konstanze hieher kommen
würde," dachte Alma.

Der Legationssekretär Hegelfeldt bemerkte:

„Man behauptet allgemein, daß Stjernburgs
nicht sonderlich gut mit einander leben sollen und daß
Konstanze ihm große Veranlassung zur Eifersucht
gebe." — Alfred's Blick richtete sich auf Jvar. —
„Vielleicht kommt es daher, daß er in keinen Badeort
reist, sondern hier auf dem Landsitz sich niederläßt,
in der Hoffnung, sie da in Sicherheit zu haben.
Wenn es dem Baron nur nicht geht wie jedem, der
einen Schatz bewacht, daß er ihn da am besten be=
wahrt glaubt, wo derselbe sich in größter Gefahr be=
findet."

„Ich meines Theils," antwortete Alma, „glaube
nicht an die Gerüchte von seiner Eifersucht, und Nie=
mand von uns kann der Vermuthung sich hingeben,
daß Konstanze ihm hiezu Anlaß gibt. Unter ihren
eigenen Verwandten muß sie wohl vor jedem unedeln
Verdacht gesichert seyn."

„Beste Alma, was ich eben sagte, wurde nicht
in der Absicht gesprochen, Konstanze zu schaden, denn
ich, der ich selbst nichts weiß, kann auch nichts Böses
glauben. Ich wiederhole nur, was ich gehört habe.

„Ich für meine Person glaube, daß es recht un=

terhaltend wird, wenn wir Konstanze zur Nachbarin bekommen. Sie ist ungemein gesellig," äußerte Aurora.

„Und von zauberischem Reize, eine wahre Schön= heit," meinte Alfred.

Alma brachte das Gespräch auf andere Dinge, und bald hernach kam der Diener mit dem Postfell= eisen. Jvar öffnete es und vertheilte den Inhalt un= ter die Gesellschaft; er selbst hatte zwei Briefe gefun= den, welche er, ohne sie zu eröffnen, haftig in seine Brusttasche steckte.

Alma hatte dieses Manöver ihres Mannes sehr wohl gesehen, machte aber keine Frage, sondern setzte das Gespräch ganz ruhig fort.

Am Abend, als beide Gatten allein waren, sagte Jvar:

„Ich habe einen Brief von Stjernburg erhalten, worin er mich in Kenntniß setzt, daß er und Kon= stanze den Sommer bei Kronfeldt zubringen werden; und ich beabsichtige dich zu bitten, Konstanze mit ein wenig Freundschaft zu behandeln, so daß der Baron in Folge deines Kaltsinns keinen neuen Grund zum Argwohn erhält. — Siehst Du, Alma, ich werde es mir immer zum Vorwurf machen, daß ich Ursache zu Konstanze's minder glücklicher Ehe gewesen bin, und darum wünsche ich, daß Nichts von unserer Seite zu bittern und verletzenden Auftritten zwischen den beiden Gatten Veranlassung geben soll."

„Durch mich soll kein Mißverständniß hervorge= rufen werden, dessen darfst Du gewiß seyn," antwor= tete Alma ernst.

„Ich danke Dir. Und Du versprichst, Konstanze

mit der Rückſicht zu behandeln, welche das Unglück
verdient?"

„Noch Niemand, der im Unglück war, iſt durch
mich unglücklicher geworden."

XVIII.

Ein paar Wochen nach dem obenbeſchriebenen
Geſpräch finden wir die Bewohner von Fagelhem,
nun durch Stjernburg und ſeine Frau vermehrt, zu
Elshof verſammelt, wo ſie auf einige Tage als Gäſte
bleiben ſollten.

Man hatte beſchloſſen, Nachmittags einen Spa-
zierritt zu machen. Konſtanze war unbeſchreiblich liebenswürdig und einnehmend und wußte durch ihre
Konverſation Jedermann zu intereſſiren. Gegen Jvar
legte ſie ein ſo zurückhaltendes Benehmen an den Tag,
daß ſelbſt der Baron Nichts zu erſpähen vermochte, was
ihm Grund zur Eiferſucht gegeben hätte.

Jvar war augenſcheinlich der mindeſt Zufriedene
in der Geſellſchaft. Sein ganzer äußerer Menſch verrieth eine inwohnende Ungeduld. Als der Ritt unter-
nommen werden ſollte, ſagte Jvar:

„Wie werden wir uns nun vertheilen? Hier
ſind vier Damen und acht Kavaliere."

„Das macht zwei Kavaliere für jede Dame,"
antwortete Alma.

„Wenn ich, als der älteſte, die Reitpartie arran-
giren darf," ſagte Graf Kronfeldt, „ſo eröffnet Konſtanze den Zug und nimmt Jvar und mich zu ihren

Rittern. Die Gräfin Alma nimmt den Baron und Alfred zu Kavalieren, und meine Tochter und Aurora vertheilen die vier jungen Herrn unter sich."

Der Baron runzelte leicht die Stirne, sagte aber Nichts; und als Konstanze einige Augenblicke darauf zu ihm hingieng und ihm mit einem verführerischen Blick zuflüsterte: „Bist Du unzufrieden mit dem Arrangement? Wenn das der Fall ist, so bleibe ich daheim," — so verschwand die Wolke auf seiner Stirne.

Ivar stand hinter dem Baron und sah den einnehmenden Blick und hörte die sanften Worte, und er dachte:

„Welch ein Engel, sowohl ihrem äußern als innern Menschen nach, sie ist! Und sie habe ich von mir gestoßen."

Er verließ das Zimmer, und der Baron versicherte seine Frau, daß er nicht im mindesten eifersüchtig sey.

Alma, welche gleichfalls Zeugin des stillen Schauspiels gewesen war, seufzte, als sie ihren Mann hinwegeilen sah. Sie wandte sich weg, befand sich aber Auge in Auge mit Magister Rehn, welcher flüsterte:

„Machen Sie sich fertig zum Kampfe, der Feind hat in vollem Ernst beschlossen, die Festung zu nehmen."

„Es sieht wirklich so aus," antwortete Alma mit einem matten Lächeln, „und hilft Gott dem nicht, welcher am schwächsten gerüstet ist, so fürchte ich, geht der Sieg mir aus den Händen."

„Der ist niemals schwach gerüstet, welcher seine Hoffnung auf Gott setzt und einen festen Willen hat."

„Wir wollen sehen, ob diese Waffen stark genug sind."

Eine Stunde darnach war die Kavalkade in Be=
wegung.

„Es ist schon lang her, daß wir nicht zusammen
geritten sind," sagte Konstanze und kehrte ihr von
Freude strahlendes Angesicht Jvar zu.

„Ja, lang, sehr lang her," erwiederte Jvar mit
dem sentimentalen Ton eines Liebhabers.

„O, nicht so schrecklich lang," fiel Graf Kronfeldt
ein.

„Es sind nicht viel über zwei Jahre, daß ich
Sie zu Ridbersborg, als ich dort zu Besuch war, mit
einander reiten sah."

„Die Zeit ist nicht lang, aber die Ereignisse,
welche inzwischen vorgefallen sind, haben alle Verhält=
nisse so verändert, daß sie einem Decennium gleich=
kommt," meinte Jvar mit einem Seufzer.

„Ja, ihr habt euch beide verheirathet," bemerkte
der Graf gleichgültig und betrachtete die schönen Fel=
der, welche seine ganze Aufmerksamkeit in Anspruch
nahmen.

„Verheirathet und getrennt," flüsterte Jvar.

„Getrennt sind wir jetzt nicht," antwortete Kon=
stanze mit heiterem Blick, und wir brauchen es auch
nicht zu seyn. Wir können ja vergessen, daß wir
etwas anderes als Freunde gewesen sind, und dieß,
Jvar, dürfen wir immerdar bleiben."

„Nichts als Freunde; ach! Konstanze, wie wenig
ist das gegen . . . ."

„Gegen das, was wir seyn könnten, aber nicht
mehr für einander werden sollen," flüsterte Konstanze.

„Ihr reitet viel zu langsam," äußerte der Graf,

„ober sollte Konstanze vergessen haben, ihren Zelter zu tummeln?"

„Ach! davon ist niemals die Rede," fiel sie lebhaft ein. „Wollen Sie, Onkel, den Beweis haben, daß dem nicht so ist?"

„Gewiß; wollen wir ein kleines Wettrennen anstellen?"

„Mit größtem Vergnügen," antwortete die kleine Reiterin, und zugleich jagte sie so pfeilschnell davon, daß der Graf und Ivar ihren Pferden die Sporen geben mußten, um ihr nicht einen allzuweiten Vorsprung zu lassen. Der Graf, welcher das beste Pferd ritt, holte sie zuerst ein, und sie drehte sich zu ihm zurück, um ihm einige scherzhafte Worte zu sagen. Hiebei gab sie nicht Acht darauf, daß zwei kleine Kinder über den Weg giengen. Als dieselben die Reiterin ansichtig wurden, blieben sie stehen, um zu sehen, wer sie wäre; und da Konstanze's Pferde mit Blitzesschnelle vorwärts eilte, rieß das ältere Kind das jüngere an sich, um in seinem Schrecken über den Weg zu springen. Das kleine Mädchen wollte der Schwester folgen, fiel aber um, als Konstanze's Pferd einen Sprung über das Kind machte, und dieses stieß hiebei einen durchdringenden Schrei aus. Konstanze und der Graf sahen sich um und der letztere äußerte in gleichgültigem Ton:

„Das Pferd ist über den kleinen Balg hinweggesetzt."

Ohne sich weiter darum zu bekümmern, wie es mit demselben stand, setzten Konstanze und der Graf ihren Ritt fort. Ivar dagegen hielt mit seinem Pferde und rief das kleine Kind, welches jetzt stumm und unbeweglich da lag, an. Da es keine Antwort gab, sprang er ab, aber in demselben Augenblick stand Alma neben dem Kinde.

Bevor Jvar sich zu demselben wenden konnte, hatte Alma das kleine, schmutzige Geschöpf in ihre Arme genommen und hielt ihr Ohr an dessen bleiche Lippen, um zu hören, ob es noch athmete. Die junge Gräfin war so bleich wie das Kind.

„Gib auf mein Pferd Acht,“ sagte Alma schnell, „das Kind hier hat die Besinnung verloren.“ — Damit nahm sie es in ihre Arme, setzte sich in's Gras und rieb die Schläfe des kleinen Mädchens mit Kölnisch Wasser ein, das sie zufällig bei sich hatte.

Die übrige Gesellschaft war inzwischen zur Stelle gekommen und hielt mit ihren Pferden an; aber mit der eigenthümlichen Bestimmtheit, welche Alma kennzeichnete, bat sie dieselbe, ihren Ritt fortzusetzen. Alma that dieß auf eine solche Weise, daß Jedermann erkannte, die Gräfin würde es übel aufnehmen, wenn man ihr nicht Gehorsam leistete, und deßhalb entfernten sie sich.

Jvar blieb stehen und folgte Alma's Bemühungen mit unruhiger Miene. Das größere Mädchen war jetzt weinend und schreiend herbeigekommen.

Da alle Bemühungen Alma's, das Kind wieder zum Leben zu bringen, fruchtlos blieben, sagte sie in hastigem Ton:

„Halte das Kind, bis ich wieder zu Pferde gestiegen bin, und gib es mir dann.“

Als sie im Sattel saß, nahm sie das bewußtlose Mädchen von Jvar mit den Worten:

„Ich gehe jetzt heim, um dem kleinen Würmchen
wo möglich Hilfe zu schaffen. Reite Du den Andern
nach und entschuldige mich."

„Alma, ich folge dir, ich will dich nicht allein
lassen."

„Thue, wie ich dich bitte, bester Jvar. Es
würde sonst so sonderbar herauskommen. Ich kann
mir schon mit einer Hand helfen. Du weißt ja, daß
ich trotz Einem mit meinem Pferde umzugehen verstehe.
Lebe wohl."

Sie nickte mehr freundlich als mit wirklicher
Herzlichkeit ihrem Mann zu und forderte dann das
größere Mädchen auf, in das Herrschaftshaus nachzu=
kommen, worauf sie, das kleine bewußtlose Mädchen
auf dem Schooße haltend, davon ritt.

Jvar warf sich auf sein Pferd, folgte seiner
Gattin ungeachtet ihres ausdrücklichen Wunsches, daß
er sich der Gesellschaft wieder anschließen sollte, nach
und hatte sie im nächsten Augenblick eingeholt. Als
er an ihrer Seite ritt, drehte er hastig den Kopf um.

Auf den Wangen der jungen Gräfin waren
Thränen sichtbar. Es waren die ersten, welche Jvar
bei Alma gesehen. Stolz und verschlossen, hatte sie
niemals, so sehr auch ihr Herz leiden mochte, in seiner
Gegenwart auch nur eine Zähre vergossen.

„Alma, Du weinst?" rief Jvar mit einem Aus=
druck der Ueberraschung und Theilnahme.

„Der Zustand des Kindes schmerzte mich. Ich
dachte an die arme Mutter, im Fall es stürbe. Sie
ist arm, und es macht vielleicht ihren einzigen Reich=
thum aus. — Aber warum folgst Du mir?"

„Weil ich dich nicht verlassen will."

„Habe Dank!" Mehr sagte Alma nicht; aber niemals hatte bis jetzt ihre Stimme einen so sanften, beinahe zärtlichen Ausdruck gehabt.

Sie ritten schweigend heim.

Alma wurde die Genugthuung, daß sie das Kind nach Verlauf einer Viertelstunde, als der Doktor sich desselben angenommen, wieder in's Leben zurück= kehren sah; aber es hatte von dem Pferdehuf einen Schlag auf den Hinterkopf erhalten, welcher dessen Zustand bedenklich machte.

Alma ließ die Mutter des Kindes holen und wies ihr ein Zimmer neben dem ihrigen an, damit sie selbst immer nachsehen könnte. Als Alma, nachdem sie alle diese Anordnungen getroffen hatte, in den Salon zurückkehrte, ging Jvar ihr entgegen und sagte:

„Du bist recht gut, Alma."

„Gut, weil ich meine Pflicht thue? Du schmeichelst."

„Aber nicht Alle thun ihre Pflicht. Konstanze ließ das Kind liegen und ritt davon."

„Wahrscheinlich, weil sie nicht ahnte, daß dasselbe eine Verletzung erhalten hatte."

Jvar schwieg, aber er hielt ihre Hände in die seinigen geschlossen, und setzte dann unwillkürlich hinzu:

„Wie schade, daß die Liebe uns nicht vereint!"

„Oder vielmehr: wie schade, daß die Liebe uns von einander trennt," entgegnete Alma mit leiser Stimme. Das Angesicht der stolzen Frau hatte einen beinahe rührenden Ausdruck, so bekümmert war es.

Der Hufschlag, welcher die Rückkehr der übrigen
Gesellschaft ankündigte, bewog Alma, ihre Hände
zurückzuziehen, und wiederum lagerte sich eine Kühle
über dem eben noch so warmen Angesicht. Diese
kalte, stolze Haltung schien gleichsam jeden Versuch der
Annäherung zurückzuhalten. Die Veränderung war
so augenblicklich und bestimmt, daß Jvar sich von ihr
wandte und auf den Balkon hinaus ging.

Als die Damen die Kleider gewechselt hatten,
fanden sie sich im Salon ein. Konstanze schien das
Ereigniß mit dem Kinde ganz vergessen zu haben,
und Niemand von der übrigen Gesellschaft äußerte
ein Wort darüber, um die kleine Freiherrin nicht zu
verletzen, bei welcher ohnedieß schon alle Zeichen auf
üble Laune deuteten.

Konstanze hatte sich in einen Fauteuil geworfen,
mit der, wie es schien, lobenswerthen Absicht, den
Mund nicht zu öffnen. Einmal näherte Jvar sich
mit den Worten:

„Warum so betrübt, Konstanze? Bist Du
vielleicht unruhig über das Ereigniß mit dem Kinde?"

„Und wenn dem so wäre; wer bekümmert sich
darum? — Niemand. Ich bin die Ursache zu einem
Unglück gewesen, welches einer andern Person den
Triumph verschafft hat, in einem schönen Lichte sich
zu zeigen, während ich in den Schatten gestellt wurde.
Geh deßhalb und schließe dich den Andern an, welche
auf dem ganzen Wege das Lob ihrer Güte gesungen
haben und mich, wie Du, als ein herzloses und egoi-
stisches Wesen betrachten."

„Konstanze, kann dich das verdrießen, daß Alma

dem armen Kinde Hilfe geleistet hat?" fragte Jvar
mit einem Anschein des Mißvergnügens.

„Verdrießen! — Mein Gott, nein. — Ich fühle
mich blos einsam und unglücklich, das ist Alles; denn
ich habe nicht gleich Alma einen Mann, welcher mich
schützt und mir im Guten beisteht."

Eine Thräne zitterte in den langen Fransen
rings um die Augen. Konstanze glich, wie sie so
da saß, einem Engel, welcher über die Fehler Anderer
weint.

„Einsam, Konstanze — wie kannst Du so zu mir
sprechen? — Einsam, wenn Du weißt, daß Du neben
dir ein Herz hast, dessen Schläge einzig dir gehören?"
flüsterte Jvar, geblendet von dem schönen Schein,
und beugte sich zu ihr nieder.

Konstanze's Schönheit hatte wieder den durch
Alma's Güte hervorgebrachten Eindruck zerstört. Dessen
sich bewußt, lächelte sie ihm zu und antwortete mit
beinahe lautloser Stimme:

„Ich danke dir." Der Blick sagte mehr, weilte
aber nur einen Moment auf Jvar. — Dann setzte sie
hinzu: „sprich nicht länger mit mir, denn vier eifer-
süchtige Augen belauern uns, — bedenke das."

Jvar zog sich ganz schwindelnd zurück, und Alma
hatte genug gesehen, um zu wissen, daß Konstanze wieder in den Besitz der früheren Gewalt über Jvar gelangt war.

XIX.

Ein paar Tage darauf begaben sich sämmtliche
Herren auf die Jagd. Alma wollte sich wegen einer
von ihr errichteten Armenanstalt zu dem Probst begeben,
da die Oberleitung derselben jetzt festgesetzt werden
sollte. Konstanze war unwohl, und die Fräulein Kronfeldt und Hegelfeldt wollten in Alma's Abwesenheit
einen Ausflug machen.

Eben da Alma in den Wagen steigen wollte,
kam Magister Rehn auf sie zu und fragte:

„Erlauben Sie mir, Frau Gräfin, Sie zu begleiten?"

„O, mehr als gern; aber woher kommen Sie,
Herr Magister? Ich glaubte, Sie wären schon diesen
Morgen zu dem Probst abgereist, wie Sie wenigstens
Ihrer Aeußerung nach im Sinne hatten."

„Ja, aber man ändert seine Vorsätze so leicht,
und deßhalb bin ich nun hier, um Sie zu begleiten."

Sie gingen ab. Konstanze lag auf einem Ruhe-
bette auf dem Balkon ausgestreckt und folgte ihnen mit
einem langen, haßerfüllten Blicke.

Alma war noch nicht halbwegs auf ihrer Fahrt
nach dem Probsthof, als ein Reiter ihr entgegen kam.
Es war der Legationssekretär.

Er hielt mit seinem Pferde an und drehte es
so, daß er, als der Gräfin Wagen auf ihn zukam,
hart neben demselben sich befand. Er nahm den Hut
ab und sagte, an ihrer Seite hinreitend, indem er einen
etwas erstaunten Blick auf den Magister warf:

„Ich habe mich verirrt, beste Cousine, und hatte

beßwegen im Sinn, nach Hause zurückzukehren, im Fall
Du mir nicht gestattest, dich eine Strecke weit zu begleiten."
Er sah mit einem bedeutungsvollen Ausdruck Alma
an und setzte dann hinzu:
„Daheim bei der kranken Freiherrin, welche sich
nicht sehen läßt, ist es unerträglich langweilig; erweise
mir deßhalb die Gunst und laß mich deinen Ritter
machen."
„Recht gern; aber an der Berathung über die
Armenpflege bei dem Probste wirst Du wohl, fürchte
ich, Theil zu nehmen nicht Lust haben," sagte Alma
lächelnd.
„Nein, das weiß Gott, aber während Du Vor=
kehrungen triffst, wie die kleinen Kinder Kleidung, Er=
ziehung und Unterricht erhalten sollen, vertreibe ich
mir die Zeit bei der Frau des Probstes und denke
an . . . . ."
„An wen?" fragte Alma, da er schwieg.
„Das weißt Du schon."
Wiederum nahm er eine sehr bedeutungsvolle
Miene an.
Weißt Du was," entgegnete Alma und betrach=
tete ihn mit einem forschenden Blicke, „Du siehst mir
ganz wie ein Räthsel aus."
„Wirklich? Das war verdammt dumm von mir,"
sagte Alfred lächelnd.
Magister Rehn, welcher zur Linken von der Gräfin
saß, lehnte sich jetzt zu dem Wagen hinaus und schien
Etwas auf der entgegengesetzten Seite zu betrachten,
so daß er der Gräfin und Alfred den Rücken wandte.
Der Letztere benützte die Gelegenheit und flüsterte:
„Warum hast Du denn den Perückenstock mit dir

genommen? Es ist ja jetzt ganz unmöglich, auch nur ein Wort zu reden, und doch habe ich drei ganze Stunden auf dich gewartet, da in deinem Billet keine Zeit angegeben war."

„In meinem Billet, sagst Du?"

Alfred fand keine Zeit mehr, um zu antworten, denn von einem Seitenweg bog ein anderer Reiter ein und befand sich so nahe, daß der Kutscher die Pferde anhalten mußte.

Es war Jvar.

„Ei, Hegelfeldt, Du jagst auf der Landstraße!" rief er. „Ich vermuthete Etwas der Art, als ich dich vermißte."

Jvar setzte sein Pferd in Bewegung, drehte um, indem er beifügte:

„Glück zur Unterhaltung, meine Herrschaften."

Eben da er vorbeiritt, gewahrte er den Magister; er zog nun die Zügel an und lüftete den Hut mit den Worten:

„Ah! Herr Magister. Sie haben heute bestimmt einen Mißgriff begangen, da Sie meine Frau begleiteten; nicht immerdar ist die dritte Person an ihrem Platz."

Mit diesen Worten eilte er hinweg.

„Friedrich, kehre um und fahre heim," befahl die Gräfin kurz und kalt. Darauf warf sie sich in die Wagenecke zurück und verfiel in Stillschweigen. Sie sah ihren Mann einen Feldweg einschlagen, welcher gleichfalls nach Hause führte, aber ihm eine halbe Stunde Vorsprung gab.

Als Alfred ihr aus dem Wagen half, sagte sie:

„Ich habe von dir eine Erklärung zu fordern,

Coufin. Sei so gut und erwarte mich in dem un=
tern Salon."

Damit ging die Gräfin die Treppe hinauf, und
nachdem sie den Hut abgelegt hatte, trat sie auf den
Balkon hinaus, wo sie Konstanze und neben ihr Ivar
fand.

Sie wußten beide nichts davon, daß Alma zurück=
gekehrt war, denn der Balkon befand sich auf der von
dem Hofe abgelegenen Seite. Als Alma mit hochge=
tragenem Haupte eintrat, zog Konstanze hastig die
Hand zurück, welche Ivar in die seinige geschlossen
hielt. Dieser hatte den Arm auf die Lehne des
Sopha's gestützt, worauf Konstanze ausgestreckt war.
Er rührte sich nicht von der Stelle.

Die Gräfin blieb stehen und heftete einen Augen=
blick ihre klaren Augen auf beide; darauf äußerte sie
mit einer Stimme, die unnatürlich ruhig erschien:

„Ich wünsche mit dir zu sprechen, Ivar."

„Entschuldige, aber ich fühle mich weder zu einem
Gespräche unter vier Augen, noch zu einer Scene auf=
gelegt," entgegnete Ivar, indem er sich in seinen Sessel
zurückwarf und die Arme übereinander schlug.

„Hast Du nur beßhalb deine Promenade unter=
brochen, so thatest Du sehr Unrecht, denn ich verab=
scheue alle Erklärungen."

„Ivar," sprach Konstanze in mitleidigem Ton,
„es kann wohl nicht deine Absicht seyn, Alma ihr Be=
gehren abzuschlagen."

Sie richtete einen beinahe übermüthigen Blick auf
Alma und setzte hinzu: „ich flehe dich an, thue, um
was sie dich bittet."

Eine dunkle Purpurflamme bedeckte Alma's Stirne,

und als Ivar sich erhob, um Konstanze zu Willen zu seyn, streckte Alma die Hand gegen ihn aus, mit einem so würdevollen und edeln Ausdruck, daß sie wirklich schön war, und sprach:

„Bleibe, Ivar Ribberhjerta, ich habe dir Nichts zu sagen." Darauf wandte sie sich zu Konstanze mit den Worten: „Ich bat meinen Mann nicht um eine Unterredung, sondern ich sprach blos m e i n e n Wunsch aus. Dein Mitleid, Konstanze, hat diesen Wunsch ver= nichtet."

Damit verließ Alma den Balkon, und Konstanze verbarg das Angesicht in den Händen, während sie in bewegtem Tone stammelte:

„Auch wenn ich es noch so gut meine, wird man mich verletzen und bemüthigen, darum weil ich so unglücklich gewesen bin, dich zu lieben. Alles, Alles werde ich dulden."

Die zärtlichen Versicherungen, welch nun folgten, zu wiederholen, ist überflüssig.

XX.

Unten im Salon wartete Alfred ganz verwirrt über das, was geschehen war.

Als Alma eintrat, eilte er ihr mit den Worten· entgegen:

„Aber wie soll ich mir das erklären? Wie konnte Ivar wissen, daß Du mir ein Rendezvous geben woll= test, und wie wird das enden?"

„Ich fürchte wirklich, daß Du den Verstand ver=

loren haft!" rief Alma und fah ihn ftolz an. „Ich
bir ein Rendezvous geben? Habe ich bir ein Billet ge=
fchrieben?"

„Meine einzige Antwort befteht hierin."

Damit überreichte er ihr ein kleines Billet von
rofenrothem Papier, welches folgende Zeilen enthielt:

„Triff morgen mit Alma zufammen, wenn fie
nach dem Probfthofe fährt."

Zweimal las Alma das Billet burch. Die Hand=
fchrift hatte eine gewiffe Aehnlichkeit mit ihrer eigenen,
das ließ fich nicht beftreiten, und bennoch, wie voll=
kommen fremd war nicht ber Inhalt für fie. Ein
fchmerzlicher Verbacht bemächtigte fich ihres Herzens und
brachte die Hand zum Zittern, welche das Papierblätt=
chen hielt. Sie holte tief Athem und gab Alfred das
Billet mit ben Worten zurück:

„Betrachte mich, Alfred, Du, ber Du mich von
früheften Jahren an kennft, und fage mir, ob Du es
bei einigem Nachdenken für möglich hältft, baß ich biefes
Billet gefchrieben habe?"

Es lag etwas fo Offenes, fo Reines und Ehr=
liches in Alma's Antlitz, baß man ben Gedanken, auch
nur ber Schatten eines Trugs berge fich in ihrer Seele,
als eine Unmöglichkeit verwarf.

„Alma!" rief Alfred erregt und faßte ihre Hände.
„Du haft bas Billet nicht gefchrieben. Ich hätte bas
begreifen follen. Es ift jeboch beine Handfchrift. Wie
foll ich mir bas erklären?"

„Wer hat es bir übergeben?"

„Niemand. Ich fand es unverfiegelt auf meinem
Tifche in einem Buch, worin ich Abenbs zu lefen
pflegte."

„Aber ich habe es weder geschrieben, noch dort hingelegt. Kannst Du wirklich einen Augenblick Etwas der Art von mir glauben, oder annehmen, daß ich meinen Charakter so völlig verleugnen würde."

„Verzeihe, Alma, wenn meine thörichte Anhäng=lichkeit an dich meinen Verstand einen Augenblick ver=blendete, so daß ich an ein Glück glaubte, von dem ich bei näherer Ueberlegung sogleich hätte einsehen sollen, daß Du es mir niemals bewilligen könntest."

Alfred drückte Alma's Hand an seine Lippen.

XXI.

Zwei Tage verfloßen, ohne daß Jvar und Alma ein Wort mit einander wechselten. Er wich jeder Be=rührung mit ihr aus, und wenn es unbedingt noth=wendig war, daß sie in Gegenwart von Andern etwas mit einander redeten, so geschah es von seiner Seite mit eisiger Kälte. Vor ihren Gästen war Alma sich vollkommen gleich, und Niemand, der nicht genauer Acht gab, bemerkte die geringste Veränderung in ihrem Benehmen.

Der Baron sah jedoch, was Andern entging, näm=lich daß sie der direkten Nöthigung, mit Konstanze bei=sammen zu seyn, sorgfältig auswich; dieß aber geschah auf eine so feine Weise, daß, wie gesagt, andere Per=sonen davon Nichts wahrnahmen.

Eines Tags, nachdem man zu Mittag gespeist hatte, sagte Graf Kronfeldt:

„Jetzt ist es aber, glaube ich, Zeit, an unsern Aufbruch zu denken und nach Fagelhem zurückzukehren.

Ich für meinen Theil muß Elshof schon heute Nach=
mittag Lebewohl sagen."

„Aber ich bleibe hier," fiel Konstanze plötzlich ein.
„Ich beabsichtige über Alma's Geburtstag zu verweilen.
Ueberdieß muß ich dem Oheim bemerken, daß es jetzt
in Fagelhem allzu langweilig wäre, wenn ich auch dort=
hin mitginge. Mein lieber Alter gedenkt nach der
Stadt zu reisen; und darum bleibe ich, wo ich bin,
bis daß er zurückkommt."

Der Baron sah, wie es in Alma's Augenbraunen
zuckte, obwohl ihre Miene unverändert blieb.

„Es ist zwischen Alma und Konstanze nicht Alles
so, wie es seyn sollte," dachte der Baron und seine
Stirne umwölkte sich. „Die Schuld liegt bestimmt nicht
an Alma." Jetzt warf er einen Blick auf Ivar, und
der dunkle Schatten in seinem Angesicht wurde noch
dunkler, als er die Blicke der Zärtlichkeit und Dank=
barkeit auffing, welche Ivar und Konstanze wechselten.

„Ich werde bestimmt am Ende Konstanze noch
hassen," sprach der Baron bei sich. Um dem ein=
wohnenden Mißvergnügen Luft zu machen und viel=
leicht, um an Konstanze Rache zu nehmen, sagte er
plötzlich:

„Nun, Konstanze, wie steht es mit dem kleinen
Kinde, welches Du vor einiger Zeit überritten hast.
Ich hoffe, Du zogest Erkundigung ein, wem es gehörte,
um durch irgend eine Gabe deinen Leichtsinn gegen die
Kleine wieder gut zu machen."

Konstanze wurde purpurroth und warf ihrem Mann
einen Blick zu, welcher Alles, nur keine freundlichen
Empfindungen ausdrückte.

Sämmtliche Anwesenden sahen jetzt die kleine Freiherrin an.

„Ei, meine Liebe, Du antwortest nicht? Du hast wohl eine solche Gewissensschuld gegen das arme Kind ganz vergessen?"

„Das ist eine Schuld, welche Konstanze nicht zu bezahlen verpflichtet war, da das Kind einem von meinen Hintersaßen gehörte und ich folglich für dasselbe Sorge getragen habe," fiel Jvar ein.

„Ei, Bruder, Du irrst dich," antwortete der Baron ironisch. „Ich bin besser unterrichtet als Du. Das Kind gehört keinem von deinen Hintersaßen und ist auch von dir für den Schaden, den es am Körper erlitten hat, nicht bezahlt worden."

„So!" entgegnete Jvar und warf dem Baron einen wilden Blick zu, welchen dieser mit einem stolzen Stirnrunzeln erwiederte. „Es wäre wirklich unterhaltend, zu erfahren, wem das Kind gehörte, nachdem man es vor mir für das von einem meiner Köthner ausgegeben hat."

„Die beiden kleinen Mädchen gehören einer herumziehenden Frau, welche sich in dem benachbarten Dorfe aufhält und mit Porcellankitten ihren Unterhalt zu verdienen sucht. Die Kinder sind von deiner Gattin mit all der Güte aufgenommen und gepflegt worden, welche Alma's Namen bei ihren Untergebenen so geliebt und geachtet macht. Die Mutter hat mir selbst gesagt, daß die Frau Gräfin ihr versprochen habe, die kleinen Geschöpfe erziehen zu lassen, und sich in Segenswünschen über die Beschützerin ihrer Kinder ergossen. Du bist wirklich" — fügte der Baron zu Alma gewendet, hinzu: „der gute Engel beiner Unter-

gebenen, beste Alma, und glücklich ist derjenige, welcher
an seiner Seite eine Gattin hat, die mit so viel wah=
rer Menschenliebe das Interesse der Armen wahr=
nimmt." — Er verbeugte sich vor Alma, welche so=
gleich das Gespräch auf einen andern Gegenstand
brachte, da Konstanze, die sich durch dieses offene
Lob gereizt fühlte, mit einem Tone, worin etwas Un=
heilvolles lag, einfiel:

„Ja, ich habe eben durch Alma eine Idee davon
bekommen, wie man eine Armenanstalt wie diejenige
einrichten muß, an deren Zustandekommen sie in Ge=
meinschaft mit dem Probste arbeitet. Ihre letzte Fahrt
in den Probsthof hat mir den ganzen Nutzen eines
solchen Werkes der Barmherzigkeit gezeigt. — Bist
Du nicht auch, Alfred, der Meinung, daß dergleichen
höchst nutzbringend ist?" setzte Konstanze, sich zu dem
Legationssekretär wendend, hinzu.

„Darüber kann ich mich nicht aussprechen, da
ich Nichts davon verstehe, und was die Fahrt zu dem
Probst betrifft, so wurde Nichts daraus, und somit
konnte sie auch von keinem Nutzen seyn. — Sonst
bewundere ich wirklich Alma's Auffassung von Leben,"
antwortete Alfred.

„Das bezweifle ich nicht."

„Du theilst gewiß, Konstanze, diese meine Bewun=
derung, wenn Du bedenkst, wie verschieden Alma ihre
Pflichten auffaßt, gegenüber von andern Damen, welche
gewöhnlich ihre Zeit und ihr Leben an armselige Zer=
streuungen verschwenden."

„Sey so gut und verschone mich damit, ein Lob
anhören zu müssen, welches ich nicht auf mich beziehen
kann," fiel Alma ein.

„Du thuſt Unrecht, meine Liebe, Alfred ſingt
dein Lob mit ſolcher Wärme, daß es Sünde wäre,
ihn zu unterbrechen," bemerkte Jvar kalt.
Alma erbleichte ein wenig, entgegnete aber Nichts,
ſondern verließ den Salon, während ſie ihren Mann
mit einer Miene anſah, welche Jvar ſogleich bereuen
ließ, was er geſagt hatte.
Der Baron betrachtete ſeine Gattin genau und
merkte nur zu wohl den nicht ſehr freundſchaftlichen
Blick, welchen ſie Alma nachſandte.
„Aha," ſprach er bei ſich, „hier wird, auf meine
Ehre, ein gemeines Spiel getrieben. Alma und ich,
wir werden gleich artig behandelt. Ich habe lang
geargwohnt, daß Konſtanze mit mir Komödie treibe;
aber jetzt ſehe ich es klar. Nimm' dich in Acht, Kon=
ſtanze, wenn ich die Beſtätigung meines Verdachts
erhalte, denn in dieſem Fall werde ich ebenſo ſtreng,
wie ich bis jetzt bethört geweſen. — Daß Du mich
betrügſt, iſt eine erniedrigende Handlung; aber daß
Du gleich der Katze dein Opfer noch quälſt, iſt er=
bärmlich. Alma iſt bei Gott zu gut, um unter deinen
Krallen die Maus zu ſeyn. So viel habe ich in dieſer
Zeit geſehen, daß ich hier bleiben muß, um auszufor=
ſchen, ob dieſe Frau, welche mit ihrer blendenden Schön=
heit mich verrückt macht, ein treu= und herzloſes We=
ſen, oder eine unbedachtſame und leichtſinnige Thörin
iſt."

XXII.

Am Abend regnete es. Der Graf und Fräulein Kronfelbt waren abgereist. Der Baron, der Magister und ein anderer Herr saßen bei einem Spiele. Alfred war, wie man vermuthete, auf seinem Zimmer. Fräulein Aurora hatte einen neuen französischen Roman zur Hand genommen, sich in einem Fauteuil im Nebenkabinet gelagert und war ganz in ihre Lektüre vertieft. Konstanze saß in demselben Zimmer in einiger Entfernung von ihr und stickte an einer Mütze. Jvar hatte neben Konstanze Platz genommen und hielt ein Buch in der Hand, obwohl seine Augen unverwandt auf sie gerichtet waren. Alma ließ sich nicht sehen.

„Wo ist dein Bruder, Aurora?" fragte Konstanze.

„Wie soll ich das wissen," antwortete Aurora ungebuldig.

„Weißt Du, wo Alma ist?" begann Konstanze wieder.

„Vermuthlich ist sie beschäftigt. Bitte, laß mich in Ruhe und das Buch hier vollends auslesen, und verschone mich mit weiteren Fragen.".

„Liebe Aurora, was liest Du denn so eifrig?" fuhr Konstanze fort, entschlossen wie es schien, dieselbe zum Einstellen ihrer Lektüre zu zwingen.

„Ein Buch."

„Was für ein Buch?"

„O, ein ganz vortreffliches; es ist einer von Dumas' Romanen."

„Welcher? Ich lese nicht gern französische Romane;

sie sind so unmoralisch; und mir scheint, Du thust
Unrecht daran, dir solche Lektüre zu wählen."

„So, dir scheint es so?"

„Ja, und es ist nicht recht von Alma, daß sie
dergleichen leichtsinnige Bücher in einer Bibliothek hat,
welche jungen Mädchen zugänglich ist. Das spricht
nicht sehr zu Gunsten von Alma's Geschmack oder Ur=
theil. Lege das schlechte Buch bei Seite, liebe Aurora,
und sey statt dessen gesellschaftlich."

Aurora sah ungeduldig aus und erhob sich hef=
tig mit den Worten:

„Du hast es bestimmt darauf abgesehen, mich
zu quälen. Du siehst doch, wie sehr mich die Lektüre
interessirt, und doch lässest Du mich nicht in Ruhe,
sondern treibst mich in das nächste Zimmer, um die
paar Blätter vollends zu lesen."

Damit ging Aurora in die neben dem Kabinet
befindliche Bibliothek. Als sie das Zimmer verlassen
hatte, sah Konstanze Jvar mit einem Blick an, wel=
cher zu fragen schien:

„Habe ich es nicht recht gemacht?"

Der Blick war höchst ausdrucksvoll, und Jvar
beantwortete ihn also damit, daß er seine Lippen auf
ihre Hand drückte und seinen Dank ihr zuflüsterte.

„Hast Du gehört, mit welcher Wärme Alfred
Alma vertheidigte?" begann jetzt Konstanze.

„O ja, ich habe es gehört, aber was geht das
mich an? Ich habe blos einen Gedanken und der
bist Du."

„Mein Mann hat sich auch in den Kopf gesetzt,
daß Alma ein Non plus ultra von Vollkommenheit
ist."

„Er hat blos die Wahrheit gesagt; aber warum die wenigen Augenblicke, die wir ungestört haben, um von uns selbst zu sprechen, an sie verschwenden?"

„Darum, weil sie zwischen dir und mir steht. Darum, weil Du dein Herz zwischen ihr und mir theilst."

„Du, Konstanze, besitzest es leider ganz unge= theilt. Für Alma habe ich nur die Hochachtung, welche sie als eine edle Frau einflößen muß, und die Dankbarkeit, die ich ihr in dem Bewußtseyn schuldig bin, daß sie sich für mich aufgeopfert hat. Dich allein liebe ich und bete dich an als mein Ideal; ohne dich gibt es keine Seligkeit für mich."

„Worte, leere Worte. Warum bist Du dann so eifersüchtig auf Alma, wenn Du nur mich liebst? Und eifersüchtig bist Du, das habe ich gesehen, denn als ich dir von dem verabredeten Stellbichein zwischen Alfred und Alma Mittheilung machte, da wurdest Du schrecklich bleich."

„Ich war eifersüchtig auf meine Ehre; aber ich hatte Unrecht, und mich reute schon am ersten Tag der Ausbruch von Argwohn, zu dem ich mich hinreißen ließ. Ich weiß nur zu wohl, daß meine Ehre niemals würdigeren Händen als denen Alma's anvertraut werden konnte. Auch wenn ein Tag kommen sollte, wo sie einen Andern liebte, wird sie doch niemals die Treue gegen mich brechen oder die Achtung vor sich selbst vergessen; dazu ist sie zu stolz und zu edel."

„Bist Du dessen so gewiß?" fragte Konstanze in einem vor Neid bebenden Tone.

„Vollkommen."

„Und wenn ich dir nun beweisen könnte, daß

diese edle, stolze und hochgesinnte Frau, wie Du sie nennst, weder edler noch hochgesinnter als jede andere Sklavin ihrer Leidenschaften ist, sondern daß sie unter dieser Maske eine heuchlerische Seele, ein trügerisches und treuloses Herz verbirgt; kurz, daß sie dich betrogen hat. Was würdest Du dann thun?"

„Ich würde ihr sagen, daß wir nicht zusammen leben können und hernach sie verlassen."

„Bist Du dessen gewiß, daß Du so handeln würdest?"

„Ja, so wahr Gott im Himmel ist, ich würde dann getrennt von ihr leben."

„Aber Du hast einen schwachen Charakter; es wird ihr leicht gelingen, dich zu erweichen und sie nicht vor der Welt bloßzustellen."

„Das würde von mir nicht geschehen, denn sie ist ja eine Gräfin Ribberhjerta. Ich würde sie verstoßen, mich nicht von ihr scheiden. Was sollte mich wohl zur Milde gegen eine Frau stimmen können, die ich nicht liebe, niemals geliebt habe und niemals lieben werde."

„Deine eigene Flüchtigkeit," hätte Konstanze antworten können; aber statt dessen sagte sie:

„Deine Dankbarkeit."

„Konstanze, mahne mich nicht so unaufhörlich, wie Du jetzt thust, daran, daß ich Alma Dank schuldig bin; es liegt in einer solchen Mahnung etwas Demüthigendes, was mich in üble Stimmung gegen sie versetzt."

„Aber es ist doch wahr, obwohl ich meines Theils glaube, daß Alma aus Gründen der Berechnung einen ruinirten Mann wählte, um es ihm

unmöglich zu machen, etwas Anderes als ein erkaufter
Sklave für ihre stolze und leichtsinnige Gemüthsart
zu seyn und gezwungen zu werden, alle die Thor=
heiten, die sie zu begehen im Sinn hatte, sich gefallen
zu lassen."

„Du thust Unrecht, Konstanze; so ist Alma
nicht!" rief Ivar. „Bedenke, wie sie mit dem Briefe
verfuhr, welcher in ihre Hände fiel."

„Und dadurch lässest Du dich betrügen? —
Erkennst Du nicht, daß ein solches Bewußtseyn, wie
dasjenige, daß sie Etwas zu verzeihen hat, immer ein
Schild ist, hinter welchem sie sich, wenn es nöthig
seyn sollte, verbergen kann?"

Ivar runzelte die Stirne und sagte kalt:

„Du gehst zu weit; Du bist nicht mehr unge=
recht, Du bist boshaft und schonungslos gegen die=
jenige, welcher Du so viel geraubt hast."

„Was habe ich ihr geraubt?" fragte Konstanze
und warf den Kopf zurück.

„Ihres Mannes Liebe," entgegnete Ivar lang=
sam und mit Nachdruck.

„Bah! Als ob sie einen Werth darauf legte. —
Nein, sie hat bereits einen Ersatz dafür gesucht und
gefunden. — Antworte mir blos: Wer hat Hegelfeldt
eingeladen, den Sommer hier zuzubringen?"

„Alma; sie sind ja als Kinder mit einander
aufgewachsen."

„Diese blinde Vertheidigung klärt mich darüber
auf, wie lieb sie dir ist, und deßhalb schweige ich,
sonst könnte ich dir den Beweis liefern, an welche
verächtliche Frau Du dich verkauftest, nachdem Du
mich aufgeopfert hast."

„Ich fordere dich heraus, zu beweisen, daß Alma
verächtlich ist," entgegnete der Graf mit zornigem
Erröthen.

„Du forderst mich heraus?"

„Ja."

„Nun wohl, ich gebe dir meine Hand darauf;
vor meiner Abreise von hier liefere ich dir den Beweis
für das, was ich gesagt habe."

Der Graf nahm schweigend die Hand. Konstanze
fuhr fort:

„Wie kommt es, daß beide, Alfred und Alma,
sich hier nicht sehen lassen? Du begreifst wohl, daß
sie glaubt, sie brauche sich nicht vor einem Mann zu
geniren, den sie in baarer Münze bezahlt hat. Oder
weißt Du, wo sie eben jetzt ist?"

Der Graf konnte nicht antworten, denn ein
knarrendes Geräusch an der Thüre, welche zu dem
Vorzimmer führte, bestimmte ihn, die Augen dorthin
zu wenden.

Es war Alma. Ein Etwas in diesem stolzen
Angesicht sagte Ivar, daß sie wenigstens einen Theil
des Gesprächs gehört hatte. Was es war, das ihm
diesen Gedanken eingab, konnte er sich selbst nicht
sagen, wenn es nicht etwa von dem ungewöhnlich
warmen Colorit herrührte, das auf ihren Wangen
sich zeigte. — Ihr ganzer äußerer Mensch blieb sich
vollkommen gleich.

Als Alma so plötzlich eintrat, biß Konstanze sich
auf die Lippen und bückte sich auf ihre Arbeit nieder.
Ohne ein Wort zu sprechen, trat Alma an den Tisch,
setzte sich auf einen Fauteuil und griff nach ihrer Ar-

beit. Konstanze beobachtete ein hartnäckiges Still=
schweigen.

„Du bist eine Zeit lang nicht sichtbar gewesen,"
sagte Jvar zu Alma. Es war zum ersten Mal, daß
er sie direkt anredete, seit er sie und Alfred auf der
Straße getroffen hatte.

Alma sah auf und heftete ihren Blick mit einem
ungleich minder kalten Ausdruck, als sie die letzten
Tage in denselben gelegt hatte, auf ihren Mann.

„Ich bin eine Zeit lang von Zahnweh geplagt
gewesen und hielt mich deßhalb auf meinem Zimmer
auf, bis es sich wieder gab."

„Daher kommt also deine frische Farbe?"

„Ja, das Zahnweh hat sie hervorgebracht."

Jetzt sah Konstanze auf und äußerte spöttisch:

„Du bist förmlich echauffirt."

„Das ist, glaube ich, bei Jedermann der Fall,
welcher an heftigem Zahnweh leidet," antwortete Alma
kalt.

Konstanze sah Jvar mit bedeutungsvoller Miene
an, begegnete aber einem strengen, mißbilligendem
Blick.

Aurora kam nun aus der Bibliothek, und man
begann von dem, was sie gelesen hatte, zu reden.

Jvar stand auf und trat an das Fenster. Er
fing an, Vergleichungen zwischen Alma und Konstanze
anzustellen, welche nicht zu Gunsten der letztern aus=
fielen. Sie war allzu kühn gewesen und hatte auf die
Macht, welche sie besaß, allzu viel vertraut; sie hatte
ihn einen Blick in ihre eigene Seele werfen lassen, da=
durch, daß sie die schöne Maske lüftete, hinter welcher
Etwas, wie ein boshaftes Herz hindurchschimmerte. Ein

und das andere Mal war es ihm früher vorgekommen,
daß sie nicht so viel Theilnahme für Leidende an den
Tag legte, als er erwarten mochte, und gerade nicht
sonderlich gewissenhaft war; aber dieser Eindruck erschien nur als vorübergehender Natur und war ebenso
schnell verschwunden, als er entstanden, und wenn sie
sich hernach wieder bezaubernd und liebenswürdig
zeigte, so klagte er sich selbst an, daß er ihr Unrecht
gethan habe. Aber dießmal hatte der Haß gegen Alma
Konstanze verleitet, weiter als je zu gehen; sie griff
direkt diese Alma an, welche bei jeder Veranlassung,
da Jvar und Konstanze ihr zu nahe getreten waren,
einen so hohen Grad von Edelmuth bewiesen hatte.

Konstanze hatte Alma nicht einmal gegönnt, ihres
Mannes Achtung zu behalten, nachdem sie dieselbe um
seine Liebe bestohlen, und dieß konnte Jvar nicht entschuldigen, so sehr auch sein schwaches Herz hiezu geneigt seyn mochte. Wie hatte Alma gehandelt? Nie
hatte sie sich eine Anklage von Konstanze erlaubt, nie
mit einem Wort seine Aufmerksamkeit auf ihre Fehler
gerichtet, so sehr sie auch hiezu berechtigt gewesen
wäre.

Je mehr Jvar Alma's und Konstanze's ungleiches
Benehmen überdachte, desto mehr verlor die letztere,
und zum ersten Mal stellte er die Frage an sich:

„Von welcher Beschaffenheit ist wohl das Herz,
welches unter dieser schönen Hülle sich verbirgt?" und
seine Vernunft wagte nicht, diese Frage zu beantworten.

Als die Herren eine Weile hernach in das Kabinet
traten, sagte der Baron:

„Nun, was haltet ihr von dem närrischen Alfred,

welcher in diesem Regen zu dem Rittmeister D. ge=
ritten ist? Ich glaube, er wird pudelnaß heimkommen."

„Hat keine Gefahr," antwortete Lieutenant G.,
„er ist mit einem Regenmantel versehen."

„Ist er schon lang fortgeritten?" fragte Jvar
gleichgültig.

„Gleich nach Kronfeldt's Abreise."

Jvar richtete einen kalten Blick auf Konstanze,
welche, als sie demselben begegnete, die Lippen zusammen=
preßte und den Kopf wegwandte.

„Wie geht es mit dem Zahnweh?" fragte Jvar
Alma mit einem Ausdruck von Zärtlichkeit und beugte
sich zu ihr nieder.

„Es hat nichts mehr von sich merken lassen, seit=
dem ich hier bin," antwortete Alma freundlich, aber
ohne ihren Mann anzusehen.

Jvar betrachtete sie, während er mit einigen
Nähartikeln auf dem Tische spielte, und es kam ihm
zum ersten Mal vor, als ob Alma — schön wäre.

Diesen Abend war der Sieg auf Alma's Seite.

XXIII.

Einige Tage darauf trat der Baron in die Orange=
rie, wo er Alma ganz allein fand.

„Ich sah dich hieher gehen, und habe dich beß=
halb hier aufgesucht," sagte der Baron, indem er
Alma's Hand faßte, „weil ich mit dir zu sprechen
wünschte."

„Du machst eine so wichtige Miene, lieber Gustav,

als ob Du ein großes Unglück zu verkündigen hättest," antwortete Alma und setzte sich auf einen der Sopha's, indem sie mit der Hand dem Baron bedeutete, gleichfalls Platz zu nehmen.

„Wenn nicht ein Unglück, habe ich dir doch etwas recht Unangenehmes mitzutheilen. Erinnerst Du dich noch, daß ich dir schon vor einigen Monaten einigemal sagte, Du und ich, wir spielen ein paar klägliche Rollen?"

„O ja, ich erinnere mich dessen ganz wohl, aber ich hoffe nicht, daß Du ein so unbehagliches Thema wieder aufzunehmen gedenkst."

„Ich muß, Alma."

„Und der Grund?"

„Das sollst Du sogleich erfahren. Versprich nur, mich geduldig anzuhören. Ich werde keine Anklage erheben. Nein, ich werde blos die einfache Wahrheit erzählen, und hernach magst Du selbst urtheilen, ob ich wirklich es verdient habe, so schamlos betrogen zu werden. — Schon ein Jahr, bevor ich Konstanze meine Hand bot, hatte ich sie geliebt, und im Laufe dieses Jahres nahm sie meine Huldigungen mit einem Wohlwollen auf, welches mir am Ende die Vermuthung eingab, daß wenn ihre Liebe nicht Jvar Ribberhjerta zugewendet wäre, ich sie auf mich beziehen dürfte. Ich freite um Konstanze und erhielt — das Jawort. Auf meine Frage, ob sie Jvar geliebt hätte, antwortete sie mit einem bestimmten Nein und erklärte, ihr Herz sey niemals an Jemand außer mir gefesselt gewesen. Wir heiratheten uns, und ich hatte mir keine Zeit genommen, zu überlegen, daß ich reich und sie arm war. Der Zufall, welcher, wie es scheint,

nur dazu da ist, Alles so einzurichten, daß jeder Be=
trug an den Tag kommt, fügte es auch, daß Konstanze
einmal, da sie ausfuhr, den Schlüssel zu ihrem
Schreibtisch abzuziehen vergaß. Da seit unserer Ver=
heirathung in ihrem Benehmen eine große Aenderung
eingetreten war und sie sich oft kalt und launenhaft
zeigte, so begann ich über die Ursache davon nachzu=
grübeln, und dieser Umstand im Verein mit dem
natürlichen Argwohn in meiner Gemüthsart hatte zur
Folge, daß ich den Schreibtisch öffnete und den Inhalt
durchsah. — Ich stieß auf ein kleines Packet Briefe,
welche von Ivar bei verschiedenen Gelegenheiten ge=
schrieben worden, nachdem er und Konstanze schon
getrennt waren, und die glühendsten Versicherungen
seiner Liebe, sowie die höchste Wonne über das Be=
wußtseyn, wieder geliebt zu werden, enthielten. Ich
legte das Packet Briefe wieder an seine Stelle, steckte
aber den Schlüssel zum Schreibtisch zu mir.

„Eine halbe Stunde darauf kam Konstanze zurück.
Sie suchte ihren Schlüssel, brach heftig gegen ihre
Kammerjungfer los und war im höchsten Grade auf=
gebracht auf mich, als ich ihr ganz kalt versicherte,
daß ich ihn nicht gesehen hätte. Als wir allein waren,
fragte ich sie:

„Sage mir aufrichtig, Konstanze, hast Du mich
aus Liebe geheirathet? Zuweilen, wenn Du mich so
wie jetzt behandelst, zweifle ich daran.“

„Aus Erfahrung wußte ich, daß Konstanze, wenn
sie in gereizter Stimmung sich befand, am aufrichtigsten
war und sich dann Worte entfallen ließ, welche sie
gern mit allen möglichen Opfern in ruhigem Zustande
wieder zurückgenommen hätte. Eben deßhalb stellte

ich in diesem Augenblick, da sie aufgebracht war, jene Frage an sie.

„Aus Liebe?" rief Konstanze verächtlich. „Wer verheirathet sich heutzutage aus Liebe? Niemand wenigstens von gutem Ton."

„Du hast mich somit nicht geliebt?"

„Höre, Gustav, betrachte dein Bild im Spiegel und sage, siehst Du wirklich so aus, daß ein Mädchen von meinem Aeußern sich in dich verlieben könnte? Die Eigenliebe der Männer ist so lächerlich, daß man ihnen die größten Ungereimtheiten glaublich machen könnte, wenn man nur damit ihrer Selbstvergötterung schmeichelte."

„Sie hatte mich dabei am Arme genommen und zog mich vor den Spiegel hin.

„Unwillkürlich fielen meine Augen auf mein eigenes Bild neben dem ihrigen. Ich bin kein schöner Kerl, habe mich auch nie dafür gehalten, aber niemals ist mein Aussehen mir unangenehmer und abstoßender als in diesem Augenblick vorgekommen, da ich neben ihr stand, so schön und voll Anmuth wie sie war. Dieses Gefühl war nicht geeignet, mein Gemüth zur Milde zu stimmen; denn Nichts in der Welt macht einen widrigern Eindruck auf uns, als das Bewußt= seyn, daß wir häßlich sind. Jeder Tropfen Blut kochte vor Zorn, und ich wandte mich zu ihr mit den Worten:

„Sei so gut und sage mir, warum Du mich geheirathet hast?

„Und das hast nicht selbst eingesehen?" rief sie, sich in einen Fauteuil werfend, und setzte hinzu: „Mein Gott, Du bist reich und ich bin arm. Du

ließest mir die Wahl, entweder mich in Abhängigkeit
von meiner Tante hinzuschleppen, oder ein glänzendes,
unabhängiges Leben bei dir zu führen. — Natürlicher
Weise wählte ich das Letztere!

„Du hast mir also Liebe gelogen und aus Eigen=
nutz gehandelt? fragte ich mit gedämpfter Stimme.

„Höre, Du scheinst wirklich nicht mit deiner Zeit
fortgeschritten zu seyn, sonst würdest Du wohl wissen,
daß die Liebe bei dem Schluß einer Ehe etwas Alt=
modisches ist. Sie ist ein Luxusartikel, womit der
Reiche, wenn er will, bei der Wahl einer Gattin sich
Unterhaltung verschaffen kann, sonst aber gleich über=
flüssig, wenn ein Eheband geknüpft wird, wie bei jeder
andern Compagnieschaft. — Du gibst mir deinen Reich=
thum, und ich, ich gebe dir meine Person. Das ist
eine ganz klare Art und Weise, sich mit einander zu
associren!

„Warum hast Du aber gesagt, Du liebest mich?"
fuhr ich fort.

„Du bist unerträglich!" rief Konstanze und sprang
auf; „darum weil Du es gerade so haben wolltest,
und da dachte ich: gut für mich!"

„Du hättest jedoch deine Liebe zu Ivar nicht ver=
leugnen sollen," entgegnete ich mit Heftigkeit.

„Gustav, mit dieser Sache hast Du nichts zu
thun," erwiederte sie, „und übrigens weißt Du davon
Nichts!"

„O ja, ich weiß Alles. Ich habe Ivars Briefe
gelesen, rief ich und gab ihr den Schlüssel zu ihrem
Sekretär.

„Konstanze erblaßte, und ich sah, daß sie Reue

empfand. Es folgte ein Auftritt von Thränen und Bitten.

„Ein paar Wochen darauf verließen wir die Hauptstadt, weil meine Eifersucht mir nicht gestattete, in Jvars Nähe zu bleiben. Ich schützte die Noth= wendigkeit vor, meinen Aufenthalt im Auslande zu nehmen, und meine schwache Brust gab der Sache eine gewisse Wahrscheinlichkeit. Ich wurde während unseres Verweilens draußen von einem schweren Uebel an dem einen Lungenflügel befallen und begann wirklich für mein Leben zu fürchten. Als es mit mir besser wurde, kehrte ich zurück, um Zeuge zu werden, wie dein Mann mit meiner Frau einen Bund einging, mich zu betrügen. — Der Auftritt mit dem Taschentuch und Konstanze's Krankheit gab Anlaß zu einer Erklärung zwischen ihr und mir, welche zur Folge hatte, daß sie gegen mich jene entzückende und bezaubernde Weise annahm, wo= mit es ihr gelang, allen meinen Argwohn wieder ein= zuschläfern und mich zu dem Besuche bei ihrem Oheim, dem Grafen Kronfeldt zu bestimmen, um ihr durch die Nachbarschaft von Jvar eine Genugthuung für all das Unrecht, das sie ihrer Ansicht nach von mir er= litten hatte, zu gewähren.

„Während unseres Aufenthalts bei euch ist der Argwohn wiederum erwacht. Ich habe spionirt und genug gesehen, um mich zu überzeugen, daß die Liebe zwischen Konstanze und Jvar in vollen Flammen auf= lobert; aber noch nicht genug damit, sie bietet alle ihre Kraft auf, dir in deines Mannes Meinung zu schaden, und dies beweist ein mehr als schlechtes Herz und einen bösartigen Charakter. — Ich bin hier geblieben, um den Beweis für ihre Treulosigkeit zu erlangen und

dadurch dich und mich rächen zu können. Nun hat der
Zufall mir einen solchen Beweis in die Hände geführt,
und ich werde diese schöne und doch so schlechte Frau
für immer mit Schmach bedecken. Ha! Hat sie mich
betrogen, so soll sie es bereuen. — Und nun, Alma,
damit Du mich nicht beschuldigest, ich habe auf bloßen
Argwohn hin gehandelt, so lies' selbst."

Der Baron reichte Alma einen Brief, welchen
diese, ohne ein Wort zu sagen, in Empfang nahm;
doch bevor der Baron ihn wirklich in ihre Hände
legte, setzte er hinzu:

„Und Du mußt mir auf Ehre versprechen, daß
sowohl der Gegenstand unseres Gespräches, als die
Kunde von diesem Briefe zwischen dir und mir bleibt;
zugleich aber den letztern mir noch einmal vorlesen,
damit ich den schändlichen Inhalt desselben noch ein=
mal mit meinen eigenen Ohren vernehme. — Gib
mir deine Hand darauf."

Schweigend reichte ihm Alma die Hand; darauf
gab er ihr den Brief, welchen sie mit ruhiger Stimme
las. Er war von Konstanze an Jvar geschrieben
und enthielt zuerst die leidenschaftlichsten Ergießungen
des Kummers über seine Kälte und seinen Mangel an
Liebe, welche dadurch veranlaßt wurden, daß er mit
so großem Eifer Alma's Partei ergriffen hätte. Sie
gab ihm dann zu verstehen, daß wenn er Alma's
wahren Charakter kennen lernen wollte, er nur einen
Augenblick, ehe Alfred auf sein Zimmer ginge, das
Buch untersuchen sollte, welches auf dessen Nachttisch
läge. Konstanze erklärte weiter darin, sie habe Alma's
Kammerjungfer getroffen, welche jeden Abend ein Buch
zu dem Legationssekretär brächte, und einmal ein sol=

ches Buch genommen und einen Brief darin liegen ge=
sehen. — Darauf ging sie zu ihrer eigenen unglück=
lichen Lage über, einem Resultate von Ivar's Hand=
lungsweise gegen sie. Mit den stärksten Farben schil=
derte sie den Baron als einen Despoten und klagte
endlich Ivar an, daß er sich überhaupt jemals
ihr wieder genähert hätte, nachdem sie durch seine eigene
Schuld getrennt worden wären. Sie machte ihm Vor=
würfe, daß er mit ihr von Liebe geredet und durch
seine Zudringlichkeit und Leidenschaft in ihrem Herzen
wieder die frühern unterdrückten Gefühle angeregt
hätte, da seine eigenen erkaltet wären. — Sie schloß
mit folgenden Worten:

„Und nun, nachdem Du diese Liebe geweckt hast,
stärker als meine Vernunft und alle andern Empfin=
dungen, nun klagst Du mich der Bosheit an, wenn
ich, im Bewußtseyn meiner treuen Anhänglichkeit an
dich, nur deine Aufmerksamkeit darauf lenke, daß diese
Frau, für welche Du mich geopfert hast, der Achtung,
welche Du ihr schenkst, nicht werth ist. — Gott möge
dir, Ivar, dein Unrecht verzeihen, wie ich es thue, und
zum Beweise davon will ich heute Abend im Pavillon
mit dir zusammenkommen.

Konstanze."

Die Augen des Barons hingen fest an Alma's
Angesicht, während sie diesen Brief las, worin man
alle Hilfsmittel einer leidenschaftlichen Liebe spielen
ließ und jedes Wort dazu geeignet war, Alma nicht
blos aus Ivar's Herzen auszuschließen, sondern sie
auch seiner Achtung zu berauben. Es war eine Zu=
sammensetzung der unheilvollsten Verleumdung, welche

unter der verbotenen aber lockenden Frucht einer ver=
brecherischen Liebe verborgen wurde.

Und dennoch blieb Alma's Antlitz kalt und un=
beweglich. Unbeweglich, auch als sie die Worte las,
welche Konstanze aus Jvars Munde selbst citirte, und
welche den Beweis lieferten, bis zu welchem hohen
Grade er dieselbe liebte, und wie geringen Werth alles
Andere für ihn hätte.

Als Alma mit dem Lesen fertig war, faltete sie
den Brief langsam zusammen; der Baron streckte die
Hand aus, um denselben wieder zu nehmen, allein sie
sagte:

„Ich gebe ihn noch nicht zurück. Wie ist dieser
Brief in deine Hände gekommen?"

„Ist dieß Alles, was Du aus Veranlassung da=
von zu bemerken hast?"

„Nein, aber ich will dieß zuerst wissen."

„Ich habe ihn Konstanze's Kammermädchen ab=
genommen. Als ich heute zu meiner Frau in's Zim=
mer trat, sah ich, wie sie Etwas unter dem Papier
versteckte. Ich blieb so lang bei ihr sitzen, daß sie,
um meiner los zu werden, mir einen Spaziergang
vorschlug. Als wir gingen, flüsterte sie Lisette Etwas
zu. Unten im Park gab ich vor, mein Cigarren=Etui
vergessen zu haben, und sprang hinauf, es zu holen,
in Wirklichkeit aber, um mich des Briefes zu bemäch=
tigen, welchen sie, wie ich gesehen, vor mir versteckt
hatte. Ich begegnete auch ganz richtig ihrer Kammer=
jungfer, welche den Brief, als sie mich gewahr wurde,
in ihre Tasche schob. Ich zwang das Mädchen jedoch,
mir denselben zu übergeben, und verbot ihr bei Ver=
lust ihres Dienstes, Jemand zu sagen, daß ich ihn

genommen habe, worauf ich wieder in den Park eilte. Nachdem ich ihn gelesen hatte, suchte ich dich auf."

„Und warum?"

„Das fragst Du? Im Fall Du Ivar so liebst, wie ich Konstanze, mußt Du nach Durchlesung dieses Briefs nur für ein Gefühl in deiner Seele Raum haben, nämlich — deinen Haß und deine Abscheu gegen denjenigen, welcher dich betrogen hat. Je stär= ker die Liebe gewesen, desto heftiger lodert der Haß auf, wenn man sich verrathen sieht. Haſſeſt Du, ſo willst Du auch Rache haben, und die Rache soll denn auch beide treffen."

„Du irrst dich," entgegnete Alma langsam; „die wahrhafte, wirkliche, von einem edeln Herzen ausge= hende Liebe weiß Nichts von Haß oder Rache. Nur Menschen, welchen es an Achtung vor ihren eigenen höhern Gefühlen mangelt, besudeln sich mit Haß und Rache. Ich werde mich niemals so tief erniedrigen."

„Du denkst also es dir gefallen zu lassen, daß man dich betrügt, daß man vor deinen Augen eine gemeine Liebesintrigue spielt. — Alma! Alma! nur die grenzenlosefte Gleichgültigkeit gegen deinen Mann, der vollkommenste Mangel an Liebe zu ihm kann deine Kälte erklären. Du liebst ihn nicht?"

„Ich liebe ihn nicht?" rief Alma, warf den Kopf zurück und wandte sich mit glühendem Angesicht gegen den Baron. „Ha! bist Du so kurzsichtig, daß Du nicht einsiehst, wie es eben die Innigkeit und Stärke meiner Liebe ist, die mich über den Einfluß aller jener elenden Begierden, welche Rache heischen und Haß erwecken, so sehr erheben?" Sie legte ihre

Hand auf den Arm des Barons und setzte mit bebender
Stimme hinzu: „Ich liebe ihn von ganzer Seele, mit
jeder Fiber meines Herzens, mit jedem Tropfen meines
Blutes, und gerade deßwegen kann ich niemals zum
Haß kommen, niemals auf Rache sinnen. Was begehrt
mein Herz, welches nur für ihn klopft? Ja, nur eines
Tages geliebt zu werden, nur, bevor es zu schlagen
aufhört, die Gewißheit zu erlangen, daß dasselbe für
mich klopft. Nicht durch Haß oder Rache erreicht man
dieses Ziel; davon erntet man nur Gewissensqual,
Reue und eigene Erniedrigung. Und sollte ich niemals
bei meinem Mann Gegenliebe finden, so werde ich sterben
mit dem Bewußtseyn, daß ich wenigstens seiner Liebe
werth gewesen, und glaube mir, auch darin liegt
ein großer Trost.“

„Du willst also mit einer Liebe Nachsicht haben,
welche nicht allein das Band, das dich und deinen Mann
vereinigt, sondern auch dasjenige, welches zwischen Kon=
stanze und mir besteht, erniedrigt?“

„Nein, Gustav, das will ich nicht; aber mir dünkt,
daß ich dem Bösen damit schlecht entgegenarbeitete, wenn
ich noch ein größeres Uebel hervorrufen, oder die Welt
in die Irrthümer, welche mein Mann begeht, ein=
weihen würde.“

„Ich aber, ich denke nicht so erbärmlich schwach.
Ich werde dieser elenden Frau beweisen, daß ich sie
als ein treuloses und leichtfertiges Geschöpf brandmar=
ken kann und will. Ich werde meine gekränkte Ehre
rächen.“

„Rächen! An Konstanze, an ihr, welche Du liebst,
welcher Du deinen Namen gegeben, welche Du zu
schützen versprochen hast! — Nein, Gustav, Du wirst

dich nicht rächen, Du wirst ihre Verirrungen gut zu
machen suchen. Woraus entspringen dieselben? Aus
einem unklaren und falschen Begriff von dem, was
recht ist. Sie ist nach den modernen, schiefen Grund=
sätzen erzogen worden, wornach es nur darauf ankommt,
tugendhaft zu scheinen, aber in Wirklichkeit weniger zu
bedeuten hat, ob man es auch ist. Liegt die Schuld
dann an ihr, wenn sie in Folge solcher Erziehung
zu Fall kommt? Liegt die Schuld an ihr, wenn Hoch=
muth und verkehrte Begriffe von Ehre ihr das Paradies
raubten, welches sie sich an der Seite des Mannes
träumte, den sie von Kindheit an geliebt hat? Und
nun, wenn diese Liebe, aufgewachsen und genährt ohne
den läuternden Einfluß edlerer Empfindungen, sie zu
Handlungen verleitet, welche das Rechtsgefühl verwirft,
bist Du es dann, ihr natürlicher Beschützer, welcher sie
darum mit Beschimpfung strafen und erniedrigen darf?
— Nein, Du wirst dich nicht rächen, Du sollst nicht
einmal die Mittel dazu haben," setzte Alma mit Kraft
hinzu und zerriß den Brief.

Der Baron stieß einen Zornesruf aus und er=
griff ihre Hände, aber mit einer heftigen Bewegung
machte sie sich von ihm los und zerstückelte den Brief
ganz und gar.

„Alma, das ist nicht Edelmuth, das ist Betrü=
gerei. Das kann nicht Liebe seyn, sondern muß eine
andere geheime Triebfeder haben. Ah! Frau Gräfin!"
setzte er mit funkelnden Augen hinzu, „die Anklage gegen
Sie und den Legationssekretär ist vielleicht Wahrheit,
und Sie wollen hinter Ihres Mannes Treulosigkeit
Ihre eigene verbergen; aber nehmen Sie sich in Acht

— der nächste Beweis, den ich gegen das verbreche=
rische Treiben suche, dürfte gegen Sie gerichtet seyn."

„Baron Stjernburg," sagte Alma stolz und kalt,
„Sie vergessen sich. Wenn Sie meine Handlungs=
weise nicht zu fassen, meine Liebe nicht zu begreifen ver=
mögen, so ist das Etwas, wofür Sie nichts können; aber
wenn Sie im Ausbruch des Zornes die Frau beleidi=
gen, welche Sie an dem Begehen einer schlechten That
hindern will, so ist das ein Benehmen, eines schwedi=
schen Edelmanns unwürdig."

Mit diesen Worten verließ Alma die Orangerie,
und der Baron blieb unbeweglich stehen und sah ihr
nach. Als Alma verschwunden war, warf er sich auf
eine Bank und starrte auf die ringsherum zerstreuten
Papierstückchen hinab. Aber wir verlassen ihn und
richten unsere Blicke auf das, was außerhalb der
Orangerie vorging.

XXIV.

Als Alma sich entfernt hatte, schlich Jvar, wel=
cher hinter der dichten Syringenhecke vor einem der
offenen Fenster gestanden war und gehorcht hatte, hin=
weg und murmelte:

„Sie ist ein Engel, aus Hochherzigkeit und Edel=
muth zusammengesetzt."

Jvars ganzes Angesicht trug die Spuren einer
tiefen Gemüthsbewegung. Er nahm den Weg hin=
unter nach dem Park, und als er in dem Pavillon
angekommen war, ließ er sich auf einer der Bänke
vor demselben nieder, warf den Hut von sich und fuhr

sich mit der Hand mehrmals über die Stirne, als ob
er seine Gedanken sich klar machen wollte.

Wiederum begann er Parallelen zu ziehen, welche
zur Folge hatten, daß Konstanze ganz und gar in
seiner Achtung gestürzt wurde, und von dem blenden=
den Ideal, welches sich seine Phantasie von ihr ge=
schaffen hatte, blieb nur so viel übrig, als die Ver=
nunft noch unangetastet ließ. Das heißt, er hielt noch
an der Vorstellung fest, daß sie von Leidenschaft mißleitet
wäre und sich wirklich, und zwar in Folge ihrer Eifer=
sucht, einbildete, Alma sey ihrem Charakter nach schlecht.

Aber als seine Gedanken nachher zu Alma über=
gingen, da glaubte er noch das eigenthümliche Beben
ihrer Stimme zu hören, als sie dem Baron sagte, wie
innig sie ihren Mann liebte. Er fühlte sich wohl=
thuend angesprochen von den warmen Worten, womit
sie, die Beleidigte, Konstanze in Schutz nahm, welche
den Tag zuvor noch alle ihre Kräfte aufgeboten hatte,
um Alma zu schaden und sie herabzusetzen. Er glaubte
Alma's edles Angesicht zu sehen, wie sie, den Brief
zerreißend, rief: „Jetzt gibt es keinen Beweis mehr.“

Zvar empfand, als er in Gedanken die Scene,
von welcher er Zeuge gewesen war, durchging, ein
unwiderstehliches Verlangen, die Kniee vor Alma zu
beugen und sie um Vergebung für Alles, was sie
durch ihn gelitten hatte, anzuflehen. Allmälig drängte
der Gedanke an sie jeden andern zurück, so daß ihr
Bild zuletzt ausschließlich vor seiner Seele stand.

Am Abend waren Alle im Salon versammelt.
Alma und Alfred sangen ein Duett, bei dessen Schluß
Konstanze verschwand. Als Alma sich von dem Instru=

ment erhob, flog ihr Blick im Salon herum, und als
sie Konstanze vermißte, verließ sie gleichfalls denselben.

Jvar, welcher diesen Abend das Aussehen seiner
Frau vortheilhafter fand, als es sonst geschah, war
der Meinung gewesen, sie beschäftige sich gar sehr mit
Alfred; seinen bessern Gefühlen zuwider, erinnerte
er sich unwillkürlich der Anklagen von Konstanze gegen
Alma, und er dachte:

„Wenn Konstanze Recht hätte? Unmöglich, ant=
wortete die gesunde Vernunft: Aber wenn Alma's
Edelmuth nur, wie Stjernburg sagte, ein Deckmantel
wäre, unter welchem sie ihre eigene Schwachheit ver=
bärge, so wäre ich ja der Betrogene, heuchlerisch
Betrogene."

In diesem Augenblick verließ Alma den Salon
und tauschte, wie Jvar sich einbildete, dabei einen
bedeutungsvollen Blick mit Alfred aus, welcher sogleich
darauf durch die Glasthüre sich in den Garten begab.

Als Alfred unter dem Gebüsch verschwunden
war, ging Jvar Alma nach. Seine Absicht war,
ihre Kammerjungfer zu fragen, wo die Frau Gräfin
sich befände; aber gerade da er im Vestibule war, sah
er Alma am Ende des Korridors. Er blieb stehen
und zu seinem nicht geringen Verdruß trat sie in
Alfred's Zimmer.

Im nächsten Augenblick war Jvar an der Thüre.
Sie war nicht geschlossen; er drückte sie also zurück.
Das Vorzimmer war leer; er schlich sich an die halb
offene Thüre, welche beide Gemächer trennte. Aber
wir lassen ihn dort und schreiten keck hinein, um zu
sehen, was drinnen vorging.

Als Alma einige Minuten zuvor eingetreten war,

fand fie Konftanze am Tifche ftehend, welcher feinen
Platz an Alfred's Bett hatte, damit befchäftigt, einen
Brief in das Buch zu legen, welches auf dem
Tifche lag.

Alma hatte fich unvermerkt hereingefchlichen und
ftand jetzt hinter Konftanze, ohne daß diefe es ahnte.
Gerade da fie das Buch wieder fchließen wollte, fühlte
die Freiherrin fich an der Hand gefaßt und das Buch
ihr entzogen. Sie drehte fich erfchrocken um und be=
fand fich Alma gegenüber, welche hoch aufgerichtet
vor ihr ftand. Die klaren Augen weilten auf Kon=
ftanze mit tiefem und ftrengem Ernft. Langfam
öffnete Alma das Buch, und Konftanze machte eine
heftige Bewegung, um fich den darin befindlichen
Brief wieder zuzueignen; aber Alma vereitelte den
Verfuch dadurch, daß fie fich deffelben bemächtigte.

„Entfchuldige, Coufine," fagte Alma, „aber diefer
Brief, fürchte ich, berührt mich allzu fehr, als daß
ich dir geftatten follte, mich eines Mittels zu berauben,
um von deffen Inhalt mir Kenntniß zu verfchaffen."
Alma fchlug den Brief aus einander.

„Nun wohl," rief Konftanze, „lies und lerne
die ganze Stärke meines Haffes kennen und einfehen,
daß ein Kampf mit mir vergeblich ift; denn wenn
Ivar diefen Augenblick einträte und dich mit diefem
Schreiben in der Hand fände, würde ihn doch keine
Verficherung, Nichts in der Welt überzeugen können,
daß Du ihn nicht gefchrieben habeft, und Du wäreft
dann rettungslos verloren. Was hat es auch zu be=
deuten, wenn dir bekannt ift, daß ich den Brief ab=
gefaßt habe; Niemand weiß es, und dann ift die
Wirkung die gleiche, denn die Handfchrift ift dein."

— Konstanze faßte Alma mit wilder Heftigkeit am Arm und setzte hinzu: „Ich habe beschlossen, dir Ivar's Achtung zu rauben, wie seine Liebe, und ich trotze Jedem, wer es auch seyn mag, der dich vor meinem Hasse retten will."

„Du wirst ebenso wenig im Stande seyn, Alma meiner Achtung, als meiner Liebe zu berauben," rief eine Stimme hinter Konstanze, und Ivar stand an ihrer Seite. — Die junge Frau stieß einen Schrei der Raserei und des Schmerzes aus und warf sich auf einen Stuhl. Ivar ergriff Alma's Hand und zog sie an seine Lippen, indem er mit gerührter Stimme sagte:

„Es ist unmöglich, Alma, diejenige nicht zu lieben, die man von ganzer Seele bewundern muß, wie dich. — Du bist, was ich einmal träumte, daß Konstanze wäre. In dir habe ich jene Vereinigung der erhabenen und edlen Eigenschaften der Seele gefunden, ohne welche ich niemals eine Frau lieben könnte. Meiner Jugend Ideal ist zerstört, und Du hast dessen Stelle eingenommen. Kannst Du das Vergangene vergessen und vergeben?"

„Es ist vergessen und vergeben," flüsterte Alma und zerriß den gefälschten Brief.

Die Stimme des Barons und sogleich darauf auch dessen Eintritt unterbrach alle weitern Erklärungen.

„Ah! Die Herrschaften sind in Alfreds Zimmer versammelt — und, wie mir dünkt, gerade in einer großen Scene begriffen, welche Thränen kostet," setzte er hinzu, indem er von Einem zum Andern blickte.

„Konstanze sieht nichts weniger als vergnügt aus," bemerkte er, als sein Blick auf ihrem verstörten Antlitz weilte.

„Und diese Thränen sind die letzten, welche Konstanze ihrem Jugendfreund widmet," fiel Alma mit
jenem sanften und edeln Ausdruck im Tone ein, welchen das wahre Glück dem Edeln und Guten mittheilt. Sie trat auf den Baron zu und reichte ihm
die Hand mit den Worten:

„Wir haben uns erklärt, Konstanze und ich.
Alles ist nun klar zwischen uns, und zu ihrer Glückseligkeit fehlt blos, daß ihr Mann ihr mit Zärtlichkeit
und Vertrauen entgegenkommt."

„Wirklich? Ich Tyrann! Beste Alma, ich habe
den Brief noch in frischem Gedächtniß," antwortete der
Baron mit finsterem Blick.

„Die Liebe decket alle Fehler, vergißt alles Unrecht und öffnet ihre Arme dem, welcher es begangen
hat. Glaube mir, das ist eine Rache, eines edlen
Herzens würdig."

Alma führte den Baron zu Konstanze hin und
setzte mit einer vor Rührung bebenden Stimme hinzu:

„Konstanze, was hinter diesem Augenblick liegt,
existirt nicht für Alma."

Und damit nahm sie Konstanze's Hand und legte
sie in die des Baron's.

Alma's Rache war edel, aber zugleich demüthi-
gender für Konstanze, als die tiefste Beleidigung; denn
diese mußte, daß Ivar seine Gattin bewunderte, während er sie selbst verachten mußte; und als sie endlich
aufschaute, sah sie, wie Ivar's Augen voll Liebe auf
Alma gerichtet waren.

XXV.

Am andern Tage reisten der Baron und Konstanze von Elshof nach Fagelhem, hielten sich indessen nur noch einige Tage daselbst auf und traten dann eine Reise in die Hauptstadt an, und von da auf eines von des Barons Gütern in Schonen.

Konstanze's Ehe wurde eine von jenen Tausenden, wo der Mann, zuerst verliebt, dann eifersüchtig und zuletzt gleichgültig, in seiner Frau keine Gattin hat, sondern einen jener Plagegeister, welche nur in Eitelkeit und Thorheiten einige Freude finden und eben deßhalb, weil sie sich um des Geldes willen verheirathet haben, niemals ihre Gedanken und Gefühle ihrem Mann oder dem häuslichen Glück zuwenden können. Die Folge war, daß er sich Heimath und Gattin außer dem Hause suchte, während die Frau sich im Gesellschaftsleben bewundern ließ.

Alma dagegen lehrte ihren Mann von Tag zu Tag sie mehr und mehr zu lieben und zu bewundern, und fesselte ihn mit immer stärkern Banden an sich. Sie wurde an seiner Seite so glücklich, als sie es verdiente.

Und nun, mein Leser, lebe wohl. Wenn Du aus meiner Erzählung einen moralischen Sinn ziehen kannst, so würde er so zu fassen seyn: daß eine edle Frau, welche von einer reinen und erhabenen Liebe geleitet wird, im Stande ist, eine Ehe, selbst wenn dieselbe von Seiten des Mannes aus Eigennutz geschlossen wird, zu dem zu machen, was sie seyn soll: ein Segen auf Erden.

Viola

ober

Der Magnetismus.

I.

Der Hofrath Berner war zum zweiten Mal mit der jungen und geistreichen Viola verheirathet. Das Kind reicher Eltern, war sie verzogen und gehätschelt, als sie ihr Geschick mit dem des Hofraths vereinigte, welcher etliche dreißig Jahre mehr als sie zählte. Die junge achtzehnjährige Gattin eines zweiund= fünfzigjährigen Mannes sollte bald erfahren, daß zwi= schen ihm und ihr durchaus keine Sympathie weder in Gedanken, noch in Neigungen und Gefühlen statt fand, und ehe viel Zeit vergieng, drückte das eheliche Band wie ein bleischweres Joch auf Viola's Seele.

Der Hofrath war kalt, streng und egoistisch, hatte einen scharfen Verstand, aber wenig Herz. — Sich das Leben so einzurichten, daß er selbst damit zufrie= den war und sich wohl befand, dieß erschien ihm als das Problem, welches er zu lösen suchte; dabei ver= wendete er Andre als Mittel zur Befriedigung seiner Wünsche und Begierden, unbekümmert darum, ob es sie Blut oder Thränen kostete. Er hatte es gern, Jugend, Schönheit und Geist bei der Frau vereinigt zu sehen, welche er sich zur Gattin wählte, aber er

betrachtete sie nur als eine Blume, die er in das
Knopfloch seines Rocks gesteckt hatte, um sein Auge
ober seinen Sinn daran zu ergötzen, ohne ihr irgend
einen individuellen Werth zuzuerkennen. Sie war
allein für ihn da und mußte somit allein dafür leben,
seinen Launen Genüge zu leisten, ohne irgend ein
Recht zu besitzen, ober einen gleichmäßigen Anspruch
an ihn zu haben.

„Die Frau ist nur für den Mann da, aber er
gehört der Welt; sie muß nur für ihn leben und
macht eine Nebensache in seinem Daseyn aus," pflegte
der Hofrath zu sagen.

Viola gehörte zu der Zahl derjenigen Frauen,
von welchen man sagen kann, daß die Natur mit
vollen Händen an sie alle glänzenden Seelengaben
verschwendet, aber um diese ihre Verschwendung wieder
auszugleichen, ihnen gewisse, für das Leben höchst
wesentliche Eigenschaften versagt hat. Sie war mit
einem warmen, reichen und glühenden Herzen, mächtig
der grenzenlosesten Hingebung, der größten Selbstauf-
opferung, begabt.

Im höchsten Grade spirituel, schwärmerisch und
dem Idealen zugethan, ermangelte sie aller Fähigkeit
mit den Stürmen des Lebens zu kämpfen. Weich,
biegsam und gut, ohne Energie und Spannkraft im
Charakter, mit lebhaften und leicht erregbaren Gefühlen, mit einem kindlich frommen Glauben, war sie
geschaffen, eine jener stummen Märtyrerinnen zu werden,
welche schweigen und dulden, ohne nur einmal zu versuchen, sich gegen Unterbrückung zu erheben, ober nach
einem Trost in Etwas, das den stillen Wünschen des
Herzens schmeichelt, sich umzusehen. Sie wäre eine

liebende und bezaubernde Frau an der Seite eines
Mannes geworden, der sie geliebt hätte; an der Seite
des kalten Egoisten, dem sie zu Theil geworden, mußte
sie dahinwelken und sterben, während sie ganz passiv
sich in seine Launen und Einfälle fügte, ohne sich mit
Interesse oder Wärme an Etwas zu hängen, was ihr
Ersatz für die getäuschten Erwartungen in Bezug auf
häusliches Glück gewähren konnte.

Als Viola sich verheirathete, war sie ein frohes,
lebhaftes und hoffnungsvolles Kind gewesen, welches
mit frischer und idealischer Phantasie das menschliche
Daseyn betrachtete. Das Leben kam ihr kurz vor,
um alle die Glückseligkeit, welche es darbot, genießen
zu können. — Alles lächelte so rosenroth, so schim=
mernd dem jungen Mädchen zu, und als der Hof=
rath, ein schöner und stattlicher Mann, dessen Aeuße=
res ungeachtet der zweiundfünfzig Jahre seine ganze
Manneskraft beibehalten hatte, ihr seine Hand bot und
ihre Mutter sagte: „Du mußt ihn nehmen," da gab
Viola ihm mit frohem Herzen und vertrauensvoll das
Gelübbe ewiger Treue, fest überzeugt, das Leben an
seiner Seite würde nur ein einziges Freudenfest seyn.

Das arme Kind! Schon bei seinem ersten Ein=
tritt in das stattliche und prachtvolle Haus, das nun=
mehr ihre Heimath seyn sollte, legte sich eine kühle
Empfindung über ihres Herzens warme Freude; Alles
darin sah so kalt und fremd aus. Nirgends traf sie
auf Etwas, was von jener zärtlichen Fürsorge eines
liebenden Herzens Zeugniß gab, die darauf aus=
geht, die Gewohnheiten und kleinen Bequemlichkeiten
auszuspüren, welche den Gegenstand von dessen Liebe
erfreuen können.

Viola liebte Blumen und Vögel; aber nicht eine
einzige der Blumen fand sich, welche einst ihr kleines
jungfräuliches Gemach geschmückt hatten, und vergeb=
lich sah sie sich nach dem Käfig um, in welchem ihre
Lieblinge eingeschlossen gewesen waren. Nicht eine
einzige jener kleinen Unbedeutendheiten, die ihr von
Kindheit an theuer gewesen waren, hatte man sie in
ihrer neuen Wohnung wieder finden lassen, und als
sie eine schüchterne Frage darnach that, antwortete der
Hofrath mit einem eigenthümlich ernsten Ton:

„Meine liebe Viola, jetzt bist Du nicht mehr ein
Kind, sondern eine verheirathete Frau, und ich wün=
sche, daß meine Gattin nicht in mein Haus jene
kindischen Liebhabereien mitbringt, welche mit ihrer
Stellung im Leben unvereinbar sind.“

So ging es mit Allem, woran Viola Gefallen
hatte, oder wofür sie schwärmte. Ihre goldenen Träume
lösten sich in eine kalte, mörderische Wirklichkeit auf,
und das Leben, welches ihr so schön gedünkt hatte,
daß sie es nicht lang genug glaubte, um dasselbe
in seinem ganzen Umfang genießen zu können, ver=
wandelte sich für sie bald in ein ödes Gefängniß, aus
welchem es den Geist hinauszukommen drängte.

Nach zehnjähriger Ehe hatte die harte, despo=
tische und oft grausame Herzlosigkeit des Mannes ihre
Kräfte gebrochen, und die blühende Viola war nun
eine blasse, geknickte Lilie, nach deren Stengel der Tod
seine Hand ausstreckte.

Während dieser zehn Jahre hatte sie ihre Eltern
verloren und war Mutter von zwei Kindern geworden,
welche gleichfalls vom Tode wieder hinweggerafft wur=
den. Jetzt besaß sie Nichts mehr, was sie an das

Leben fesselte, als ihre noch sehr junge Schwester
Anna, welche bie um zehn Jahre ältere Viola fast
bis zur Abgötterei liebte. Die Mutter hatte in ihren letzten Augenblicken
Anna der Hut Viola's anvertraut und ihr anbefohlen,
der damals zehnjährigen Schwester eine Mutter zu
werden. Der Hofrath war Anna's Vormünder und
übte diesen seinen Beruf mit demselben Despotismus
aus, welcher in allem seinem Thun und Lassen sich
zu erkennen gab. Viola wünschte nur deßhalb zu
leben, bis sie ihren holden Liebling glücklich verhei=
rathet und somit von der drückenden Vormundschaft
des Mannes befreit sähe; aber es schien wirklich, als
ob dieser ihr Wunsch nicht in Erfüllung gehen sollte,
denn beim Beginn unserer Erzählung hatten die
Aerzte erklärt, daß sie lungenkrank sey, und gaben
keine Hoffnung auf die Möglichkeit einer Genesung.

Anna war ein hochgewachsenes, schlankes und
unbeschreiblich liebenswürdiges Mädchen von achtzehn
Jahren, von einer so geschmeidigen und üppigen Gestalt, daß sie das Auge fesselte, besonders da alle ihre
Bewegungen sich durch die höchste Grazie auszeichneten.
Man konnte sagen, Anna rühre keine Hand, ohne
daß es mit Anmuth geschehe; es lag etwas so Har=
monisches und Ruhiges iu ihrem ganzen Wesen, daß
es schien, als ob schon ihre bloße Gegenwart etwas
ungemein Friedliches mit sich bringe.

Aber bei diesem Allem hatte ihr Aeußeres, ihre
Stimme und jede ihrer Bewegungen etwas so Lebens=
frisches, daß sie mit einer eben aufgebrochenen Moosrose
zu vergleichen war. Dazu trug nicht wenig ihr

außerordentlich schöner und blühender Teint bei. Das
blonde, lockige und üppige Haar umgab ein Angesicht
vom reinsten Oval und wallte auf einen Hals nieder,
so schneeweiß und makellos, wie wenn er vom reinsten
Marmor ausgehauen wäre. Die hohe, breite Stirne
zeugte von Intelligenz, und in den großen, tiefblauen
Augen lag ein Himmel von reinen und milden Ge=
fühlen; eine gerade Nase und ein Purpurmund mit
perlweißen Zähnen vollendete die untadelhafte Schön=
heit des Ganzen.

Man konnte von Anna's äußerem und innerem
Menschen sagen, daß sie eine liebenswürdige nordische
Jungfrau war, bei welcher die Schönheit des Körpers
und der Seele in vollkommener Harmonie mit einander
standen. Nichts von romanhafter Weichlichkeit und
Empfindelei lag in ihrem Aussehen, ebenso wenig in
ihrer Gemüthsart. Sie war ein frisches, warmher=
ziges Mädchen, mit reichen und starken Gefühlen,
ohne alle Ueberspannung.

Sie liebte das Leben und die Wirklichkeit und
umgab es nur mit so viel Poesie, daß sie in Allem
Gottes Gedanken erkannte, und gerade dadurch es so,
wie es war, schön fand, weil sie niemals die Schatten,
welche die Wirklichkeit erzeugte, auf ihrer Seele reinen
Spiegel fallen ließ. Das einzige Gefühl, welches über
ihr Inneres eine Wolke verbreitete, war die Bitterkeit,
welche sie gegen ihren Schwager empfand, der Groll,
welchen seine Härte und Schonungslosigkeit gegen
Viola in ihrem Herzen zurückließen.

„Ich kann ihm nicht verzeihen, daß er dir das
Leben geraubt hat," pflegte Anna zu sagen, wenn sie

unter Thränen der Schwester Hände streichelte. „Nie=
mals kann ich ihm vergessen, wie gottlos er gegen
dich, meine angebetete Viola, gewesen ist."

II.

In dem prächtig möblirten und erleuchteten Sa=
lon bei dem Hofrath finden wir an einem September=
abend die Familie versammelt.

Viola war so schwach, daß sie nicht mehr auf=
recht zu sitzen vermochte. Sie ruhte bleich und bei=
nahe mit dem Aussehen einer Sterbenden auf einem
Sopha, um welchen sich herum ein Kreis von Sesseln
und Fauteuils gebildet hatte. Anna saß auf einem
Tabouret an der Seite des Sopha's und flocht spielend
die schwarzen Locken der Schwester um ihre Hand, und
der Hofrath, nun ein alter Mann von zweiundsechzig
Jahren mit graugespreukeltem Haare und wohlerhal=
tenem Aeußern, das mit der fortschreitenden Zeit
nichts von dem Gepräge des Stolzes und der Herrsucht,
welche ihn immerdar kennzeichnete, verloren hatte, wan=
derte im Salon auf und ab.

Eine von seinen Schwachheiten war, daß er Leute
um sich sehen wollte. Es gewährte ihm keine sonder=
liche Unterhaltung, auszugehen, aber er fand sich ebenso
wenig davon angesprochen, einsam bei seiner Frau zu
Hause zu bleiben, und daher kam es, daß sich beinahe
jeden Abend Gäste, wenigstens Spielgäste einfanden;
aber er hielt ebenso viel darauf, seine sterbende Gattin
mit Fremden zu umgeben, weil er selbst an Frauen=
gesellschaft besonderes Gefallen fand; und darum mußte

Viola, so krank und mitgenommen sie war, jeden Nachmittag sich in den Salon tragen lassen und den Abend umgeben von Gästen zubringen, welche alle ihr zur Plage gereichten und ihre Mattigkeit noch erhöhten.

„Heute Abend, liebe Viola, findest Du Gelegenheit, die Bekanntschaft mit einem Jugendfreunde zu erneuern," sagte der Hofrath, indem er vor seiner Frau stehen blieb.

„Wirklich, und wer ist es?" fragte Viola, welche mit großer Schwierigkeit redete, weil sie einen Anfall von Engbrüstigkeit hatte.

„Rathe, es ist ein junger Mann, welcher sich mehrere Jahre im Auslande aufgehalten hat."

„Ah, Julius Lindburg!" rief Viola, und ein Ausdruck freudiger Ueberraschung verbreitete sich über das bleiche, abgezehrte Antlitz.

„Ganz richtig, ich traf ihn heute. Er ist gestern mit einem der deutschen Dampfschiffe angekommen und beabsichtigte, heute Abend hier seinen Besuch zu machen. Ich erklärte dem jungen Doktor, er würde willkommen seyn, habe indessen Nichts davon erwähnt, daß Du während der Zeit seiner Abwesenheit von Hause so krank geworden wärest, wie Du jetzt bist. — Aber was zum Teufel ist denn das für ein Kleid, das Du da anhast, das macht sich ja heillos. Warum hast Du nicht eine mehr heitere Farbe gewählt, diese hätte dich gekleidet; jetzt bist Du abschreckend häßlich. Wie kann man doch einen so vollkommenen Mangel an Urtheilskraft haben, um ein hellgraues seidenes Gewand anzuziehen, wenn man so blaß ist, daß man aussieht, als wollte man Einen in's Grab legen. Und wenn Du nur etwas Roth dazu genommen hättest, welches deinem Angesicht Farbe gegeben haben würde, aber weiß und grau!"

Während dieses erbaulichen Monologs hustete Viola so heftig, daß das Taschentuch, welches sie vor den Mund hielt, mit Blut gefärbt wurde.

„Lieber Berner," rief Anna, „siehst Du denn nicht, wie Viola hustet, und doch kannst Du das Herz haben, von Kleidern und dergleichen zu reden!"

Mit diesen Worten reichte Anna der Schwester ein Glas Wasser.

„Es wäre besser, Du gäbest ihr Tropfen, anstatt mich wegen meines Benehmens zurechtweisen zu wollen. — Etwas, das ich, wie Du weißt, zu dulden nicht in der Stimmung bin," entgegnete der Hofrath scharf. — „Wo sind die Tropfen, daß man endlich die Musik hier zum Schlusse bringt?" setzte er heftig hinzu.

„Der Doktor sagte, man solle sie nicht mehr nehmen, weil . . . . ."

Anna trocknete die feuchte Stirne der Schwester ab, während einige Thränen über ihre Wangen rannen.

„Weil sie den Husten stillen, vermuthlich?"

„Nein, weil sie ihre Schwäche vermehren."

Der Hofrath zuckte die Achseln und sagte:

„Und der Husten schwächt sie vielleicht nicht. — Uebrigens wird wohl Viola ein solches Konzert nicht halten wollen, wenn unsere Gäste anlangen."

„Gib mir die Tropfen," flüsterte Viola mit großer Anstrengung Anna zu, welche schweigend, aber mit einem Blick tiefen Schmerzes auf die Schwester, ihr Begehren erfüllte.

Eine Weile hernach lag Viola dem Aussehen nach ruhig da, aber mit einer starken Röthe auf den vor=

her noch so bleichen Wangen und einem wunderbaren
Glanz in den Augen, umgeben von einigen Freunden,
wie sie hießen, zehn bis zwölf an der Zahl.
Man sprach, man scherzte und Viola, vom
Opiumrausch erregt, nahm daran Theil. Die junge
Frau zeichnete sich durch Witz und einen originellen
Gedankengang aus, und dieß bewirkte, daß Jedermann
an ihrer Unterhaltung Vergnügen fand und Niemand
daran dachte, wie das viele Reden bei diesem Wesen,
an welchem der Körper beinahe verzehrt zu seyn und
nur der Geist noch Leben zu haben schien, nur zur
Beschleunigung ihres Todes dienen mußte. Alle gaben
sich nur ihrem Vergnügen hin; nicht einem einzigen
dieser Freunde fiel es ein, daß sie nur darauf hinar-
beiteten, das Leben derjenigen, welche sie selbst als die
Seele in ihrem Abendzirkel betrachteten, desto schneller
zum Ziele zu führen.

Das Gespräch drehte sich um Reichenbachs Entdeckung von Od. Viola hatte Reichenbachs Werk gelesen und erstattete Bericht über dessen Ideen, während
sie zugleich auf eine sehr witzige und treffende Weise
ihre Anmerkungen über dieselben machte. Ein eifriger
Verehrer von Reichenbach, der Assessor Runge, hatte
eben mit großer Lebhaftigkeit gegen Viola's Ausfälle
Opposition erhoben, als der Bediente meldete:

„Die Herren Doktoren Lindburg und Vinsconti."

Das Gespräch verstummte beim Eintritt der beiden Doktoren. Der letztere war einer der beliebtesten
Heilkünstler der Hauptstadt und des Hofraths Hausarzt. Der erstere dagegen war den Meisten unbekannt,
weil er bald nach Vollendung seiner medicinischen

Stubien sich ins Ausland begeben und vier Jahre
daselbst zugebracht hatte.

Beide Doktoren gingen anf die Wirthin zu und
begrüßten sie.

„Ich bringe hier Jemand mit, dessen Anblick,
gnädige Frau, Ihnen Freude machen muß," sagte
Doktor Vinsconti und deutete auf Lindburg. — „Ein
Bekannter, den Sie seit mehren Jahren nicht gesehen
haben."

„Ach ja, es freut mich unbeschreiblich, Julius
wieder zu erblicken," erwiederte Viola und reichte ihrem
frühern Spielkameraden die Hand. — „Willkommen
wieder in Schweden und bei alten Freunden!"

„Dank, herzlichen Dank!" antwortete Julius, indem
er Viola's kleine abgezehrte Hand drückte und sie mit
einem Ausdruck schmerzlicher Ueberraschung betrachtete.

Viola lächelte traurig über den Eindruck, den
ihr verändertes Befinden hervorbrachte, und beeilte sich,
Doktor Lindburg den übrigen Anwesenden vorzu-
stellen.

„Hier ist Anna, meine Schwester; sie war noch
ein kleines Kind, da wir als Nachbarn und Spielkameraden draußen im Thiergarten uns herumtrieben,"
sagte sie mit einem Blick des Stolzes auf die Schwester.
Sie bemerkte, daß Anna's Erscheinung einen lebhaften
und angenehmen Eindruck auf Julius hervorbrachte.

Julius Lindburg war ungefähr dreißig Jahre
alt, hochgewachsen und schlank. Er hatte Haare und
Bart von dunkler Farbe, eine hohe, breite, volle und
stark hervortretende Stirne, kleine, schwarze, gebogene
Augbraunen und ein paar Augen, von welchen man
sagen konnte, daß sie unerklärlich schön seyen; und

doch waren sie nicht sonderlich groß und daneben von ganz unbestimmter Farbe; das blauweiße reine Email und die dichten schwarzen Wimpern bewirkten, daß sie dunkel aussahen und man sie für braun hielt; aber bei näherer Prüfung war es, wie gesagt, unmöglich, deren Farbe genauer anzugeben. Es war auch nicht sowohl diese, durch welche man sich angezogen fühlte, ebenso wenig deren Form, sondern vielmehr der klare, glänzende und spirituelle Ausdruck im Blick.

Wenn er eine Person ansah, so schien es, als ob derselbe ihr in's Herz dringe, und doch sprach so viel Milde aus dem ernsten und durchdringenden Charakter desselben. Es lag in Doktor Lindburgs Augen Etwas, das deutlich sagte, daß sein Blick dazu geschaffen war, Andere zu beherrschen und unter die Macht seines Willens zu beugen.

Obwohl die übrigen Züge des Gesichts schön waren und dieses ein ungemein regelmäßiges Oval bildete, so vergaß man sie völlig über dem eigenthümlichen Eindruck, welchen sein Auge hervorbrachte. Seine Manieren waren ruhig, ernst und angenehm. Wenn er redete, erhielt seine Physiognomie ein ungewöhnlich intellektuelles Leben und man las darin, daß dieser Mann von der Vorsehung wirklichen Geist erhalten hatte, welcher sein Gepräge der Miene desselben aufdrückte.

Vinsconti war ein großer, breitschulteriger und stattlicher Mann, mit einem vortheilhaften Aeußern.

Das Gespräch, welches bei der Ankunft der Doktoren einen Stillstand erlitten hatte, wurde von dem Assessor Runge, nachdem sie in der Nähe der Wirthin sich niedergelassen, wieder aufgenommen und auf das Gebiet des Magnetismus hinübergespielt.

„Die Herschaften glauben somit an Magnetismus,“ bemerkte Doktor Vinsconti mit einem spottendem Tone.

Die Gesellschaft theilte sich in Gläubige und Ungläubige; die Zahl der letztern war die vorherrschende. Nachdem ein Jeder seine Ueberzeugnng ausgesprochen hatte, sagte Assessor Runge:

„Sie werden doch nicht bestreiten, Doktor, daß der Magnetismus eine Naturkraft ist?“

„Ich bestreite deren Existenz, so wie sie von dem Assessor und den Herrn Magnetiseuren aufgefaßt wird, das heißt, ich leugne die Wahrheit der Behauptung, ein Mensch vermöge auf einen andern in dem Maaße einzuwirken, daß er denselben in Schlaf zu versetzen oder irgend ein Kommando über dessen Körper oder Seele auszuüben im Stande ist; aber wenn Sie sich darauf beschränken wollen, den Einfluß, welchen wir im Allgemeinen auf einander ausüben, das heißt, die Sympathie oder Antipathie, welche wir beim Zusammentreffen mit verschiedenen Personen empfinden, Magnetismus zu nennen, so bin ich mit Ihnen einverstanden.“

„Sie läugnen somit, Herr Doktor, den magnetischen Schlaf und die magnetischen Erscheinnngen?“ fiel Viola ein.

„Ja, ganz und gar; ebenso bestreite ich dem Magnetismus jede Anwendbarkeit als Heilmittel. Alles, was darüber gesagt nnd geschrieben worden, ist und bleibt Charlatanerie.“

„Das glaube ich nicht,“ entgegnete Viola. „Meine

eigene Erfahrung hat mir den Beweis geliefert, daß
ein magnetischer Einfluß stattfindet, und daß derselbe
so groß seyn kann, um es dem einen Menschen mög=
lich zu machen, wie lähmend auf das ganze Wesen des
andern einzuwirken."

„Erlauben Sie mir zu bemerken, daß ich stark
befürchte, Ihre Einbildung sey in solchen Augenblicken
die eigentlich lähmende Kraft gewesen," fiel Doktor
Vinsconti ein. — „Oder was glaubst Du, Lindburg,
da Du ja direkt vom Auslande herkommst und gewiß
alle berühmten Magnetiseure besucht hast?"

„Ich sage Nichts, wie Du wohl merkst," antwor=
tete Julius lächelnd. „Bei dergleichen Dingen ist es
immer zwecklos zu streiten. Mit Worten kann man
nicht überzeugen; das muß durch Thatsachen geschehen."

„Darin hast Du Recht; aber bei Gott, es dürfte
viel Redens und sonnenklarer Thatsachen bedürfen,
um mich zu überzeugen, daß der Magnetismus etwas
Anderes, als ein Kindermährchen, oder richtiger ein
Selbstbetrug sey, welcher zur Folge gehabt hat, daß
man den Leitfaden der gesunden Vernunft verlor."

„Sie, Herr Doktor," fiel Viola mit einem matten
Lächeln ein, „sollten keinen so großen Zweifler machen,
denn Sie besitzen einen nicht geringen magnetischen
Einfluß auf Andere."

„Nicht magnetischen, sondern sympathischen," be=
richtigte der Doktor und stand auf, indem er erklärte,
er habe noch einen Krankenbesuch zu machen und sey
darum gezwungen, die Gesellschaft zu verlassen.

Nach seiner Entfernung ließ man die Frage über
Magnetismus fallen. Ein Theil der Gesellschaft be=
gab sich in das Musikzimmer, um am Klavier sich

zu unterhalten. Der Hofrath und einige Herren ließen
sich an einem Spieltische im anstoßenden Kabinet nie=
der, so daß der Kreis um Viola sich lichtete und nur
noch ein paar Frauen, welche in einem leisen Gespräch
mit einander begriffen waren, und Julius in dem
Salon zurückblieben.

„Ich kann dir nicht beschreiben, wie tief es mich
schmerzte, dich so verändert wieder zu sehen," sagte
Julius, als die Andern hinausgegangen waren.

„Wußtest Du denn nicht, daß ich krank sey?"
fragte Viola und sah ihn an.

„Ehe Vinsconti mir davon sagte, hatte ich nicht
eine Ahnung davon."

„Aber wenn er von meiner Krankheit mit dir
redete, mußtest -Du ......"

Viola hielt an. Nach dem vielen Sprechen fiel
ihr das Athemholen schwer.

„Auf eine Veränderung dich gefaßt machen,
willst Du sagen; aber das war doch nicht der Fall."

„Nicht; und gleichwohl hat der Doktor mir das
Leben abgesprochen."

„Wirklich?" entgegnete Julius und sah mit einem
eigenthümlich forschenden Ausdruck in Viola's fieber=
glänzende Augen.

Es trat eine Pause ein. Viola beantwortete die
Frage nur mit einem Nicken des Kopfes, denn der
kurze und schwere Athem machte es ihr beinahe un=
möglich, zu sprechen.

Während der Pause, welche eben damit erfolgte,
fuhr Julius fort, seine Augen so fest auf Viola zu
heften, daß sie endlich die ihrigen senkte. Dieß än=
derte jedoch die Richtung seines Blickes nicht. Nach

einer Weile hatte die schwere Beklemmung nachgelassen, so daß sie jetzt ein wenig freier athmete.

„Jetzt geht das Athemholen leichter, Viola, nicht wahr?" fragte Julius.

„Ja, der Anfall hat sich gegeben," antwortete Viola mit einem leichten Seufzer.

„Wie lang pflegen diese Anfälle zu dauern?" fragte Julius mit dem Tone eines Arztes, welcher sich von den Krankheitsumständen des Patienten zu unterrichten sucht.

„Gewöhnlich ein paar Stunden, bis ich völlig ermattet bin, manchmal aber auch ganze Nächte und Tage."

„Du gebrauchst Opium, um den Husten zu stillen?"

„Ja, und zugleich, um einige Ruhe bei Nacht zu haben. Ich schlafe beinahe gar nicht."

„Hast Du nicht selbst einige Hoffnung, daß es für dich noch möglich seyn könnte, deine Gesundheit wieder zu erlangen?"

„Nein, nicht die mindeste. Ich bin auf das Sterben gefaßt; — aber worauf ich nicht gefaßt bin, ist der Umstand, daß ich mit diesen ewig wiederkehren= den Martern zu kämpfen haben soll."

„Wir wollen hoffen, daß man wenigstens über sie Herr wird."

Julius betrachtete fortwährend und mit Beharr= lichkeit Viola, welche sich auf die Kissen zurücklehnte und die Augen schloß, als ob sie einige Minuten Ruhe suchen wollte.

„Wie steht's mit unserer gnädigen Frau?" fragte plötzlich eine der noch gegenwärtigen Damen, welche

bisher mit einander gezischelt hatten, und wandte sich
an Viola. Diese öffnete bei dieser Frage auf einmal
die Augen und sah mit einem abwesenden Blick auf.
„Die Frau Hofräthin hat einen schweren Husten=
anfall gehabt und bedarf jetzt ein wenig der Ruhe,"
erwiederte Julius, stand von seinem Platze auf und
verließ den Salon. Die Frauen setzten wieder ihr
Geflüster fort.

Viola blieb unbeweglich mit geschlossenen Augen
liegen. Ihr ganzer Gesichtsausdruck hatte etwas so
Ruhiges, daß man sah, die Leiden waren verschwunden.

Julius war in den Saal hinausgegangen, wo
man musicirte. Anna sang. Er trat näher und
stellte sich hinter ihren Stuhl.

Als der Gesang zu Ende war, näherte sich ihr
eine ihrer Freundinnen, Augufte Warden, und fragte
sie mit leiser Stimme:

„Ist es dir während des Gesangs nicht übel
geworden, Anna?"

„Nein; warum fragst Du so?"

„Deßhalb, weil Du unaufhörlich die Farbe wech=
seltest."

„Ja, ich fühlte das selbst, ohne daß ich mir die
Ursache erklären kann, warum das Blut mir so durch
die Adern wogte," erwiederte Anna lächelnd. — „Ich
möchte wissen, wie es mit Viola steht," setzte sie un=
ruhig hinzu und wollte hineingehen.

„Es ist besser," antwortete eine klare, metall=
reiche Stimme hinter Anna.

Sie drehte sich um und begegnete ein paar strah=
lenden Augen, welche ihr gleichsam in das Herz zu
bringen schienen und ihre eigenen gefesselt hielten.

„Verſuchen Sie, die Gäſte hier noch eine Weile aufzuhalten, Viola bedarf einige Augenblicke der Ruhe."

„Das iſt keine leichte Sache," meinte Anna, „da ſie ſchon im Begriffe ſtehen, ſich in den Salon zu begeben."

„Soll ich Ihnen ein wenig helfen, Fräulein Anna?" fragte Julius lächelnd.

„Ach ja!"

Er trat auf das Piano zu, ſetzte ſich an das Inſtrument und ſchlug einige Akkorde an. Unwill= kürlich wandten ſich Alle um, zu ſehen, wer der Spielende wäre, und als man erkannte, daß es der junge, ſchöne Doktor war, nahm Jedermann ſeinen Platz wieder ein und blieb in dem Saale.

Julius ſang eine Hymne, deren Melodie etwas Magiſches hatte und welche durch die volle und reiche Stimme, womit ſie vorgetragen wurde, noch größere Bedeutung erhielt. — Als er damit fertig war, ſtand er auf und entfernte ſich von dem Inſtrument, ohne daß er ſich durch die wiederholten Bitten der Anwe= ſenden beſtimmen ließ, noch mehr zu ſingen.

„Ich bin kein Sänger," entgegnete er lächelnd, „und würde auch nicht geſungen haben, wenn es nicht um Fräulein Anna's willen geſchehen wäre."

Sein Blick fiel auf ſie, welche mit einem gleich= zeitig furchtſamen und bewundernden Ausdruck ihn betrachtete; aber als ob ihm dieß nicht angenehm wäre, warf er mit einer eigenthümlichen Bewegung den Kopf zurück und ſah ſie mit einem beſondern kalten Ausdruck an.

Augenblicklich änderte ſich Anna's Miene, und

als sie in den Salon trat, war sie sich vollkommen gleich und schien kaum darauf Acht zu geben, daß Julius sich im Zimmer befand. Er näherte sich Viola, welche vollkommen still da lag; aber beim Eintritt der Gäste sah sie auf.

„Wie steht es, Viola?" fragte Julius in einem Tone, so theilnehmend, daß er dem einer Mutter glich, welche sich nach dem Befinden ihres Kindes erkundigt.

„Viel besser," antwortete sie und streckte unwillkürlich die Hand nach ihm aus. Er faßte dieselbe mit einem freundlichen Lächeln, indem er sagte:

„Wir wollen hoffen, daß es hinfort besser bleiben wird."

Viola lächelte traurig.

Einige Augenblicke darauf wurde das Souper servirt, und nach demselben trennte man sich.

III.

Ein paar Wochen vergingen, während welcher Julius beinahe jeden Abend eine Weile bei dem Hofrath verweilte.

Der junge Arzt besaß eine ungewöhnliche Fähigkeit, das Interesse anzuregen und, wenn man sich so ausdrücken darf, Alle zu beherrschen, mit welchen er in Berührung kam. So war es auch mit dem Hofrath, welchen er durch das Ansprechende, das er in seine Unterhaltung zu legen wußte, ganz und gar für sich eingenommen hatte. Der Hofrath fand großes Wohlgefallen an seiner Gesellschaft, und die Folge davon war, daß Julius eifrig und wiederholt in sein Haus eingeladen wurde.

Nimmt man hinzu, daß der Doktor ein reicher und somit vollkommen unabhängiger Mann war, so wird man es leicht erklärlich finden, daß er auch eine Person vorstellte, welche ganz dazu geeignet schien, dem Hofrath Achtung einzuflößen.

Kurze Zeit nach dem oben beschriebenen Abend war wieder ein Kreis von Freunden um Viola versammelt. Sie sah, wie sie so mit den rabenschwarzen, von dem marmorgleichen, abgezehrten, beinahe durchsichtig bleichen Antlitz herabwallenden Locken da lag, wie ein Geist aus.

Auch jetzt waren die Doktoren Vinsconti und Lindburg anwesend.

Man hatte an diesem Abend kleine Gruppen gebildet, innerhalb welcher ganz verschiedene Gesprächsgegenstände abgehandelt wurden. In einer der Fenstervertiefungen standen Vinsconti und Julius; beide hatten die Augen anf Viola geheftet.

„Du bist somit der Ansicht, bei Frau Berner sey die Lungenkrankheit so weit vorgeschritten, daß ihr nicht mehr zu helfen ist?" fragte Julius.

„Hast Du nach der Konsultation, welche wir heute Vormittag mit einander hielten, eine andere Ueberzeugung?" erwiederte Vinsconti, indem er einen erstaunten Blick auf seinen jungen Kollegen richtete.

„Allerdings, und dieß kommt daher, daß ich die Möglichkeit der Hebung der Krankheit von einem ganz andern Gesichtspunkte aus, als Du, betrachte; aber würde ich sie nach deinen Gründen beurtheilen, so würde ich sie als unrettbar dem Tode verfallen ansehen."

„Nun, so laß mich hören, wie Du dir nur eine
Möglichkeit denken kannst, eine so weit entwickelte Lun=
genkrankheit in ihrem Fortschritt zu hemmen."

„Mein bester Vinsconti, das ist Etwas, wovon
ich bis auf Weiteres keine Rechenschaft geben will. Du
hast selbst gewünscht, ich sollte konsultirt werden, und
der Hofrath ist sehr in mich gedrungen, ich möchte
Frau Berner zugleich mit dir behandeln. Nun wohl,
ich bin darauf eingegangen und werde es dir allein
überlassen, die Heilmittel zu bestimmen, ohne daß ich
mich in deine Anordnungen auf andere Weise mische,
als um von dem Gebrauche gewisser Medikamente ab=
zurathen. So zum Beispiel würde ich alsbald mich
gegen die Anwendung von Opium erklären."

„Dasselbe würde auch ich thun, wenn Du mir
irgend ein anderes Mittel angeben könntest, welches
den gefährlichen Husten stillt und ihr einige Erleich=
terung verschafft. Ich für meinen Theil weiß Nichts
als Opium."

„Nichts desto weniger wäre es mir lieb, wenn
Du eben jetzt verbötest, ihr von den Tropfen zu geben,
welche Anna ihr zu reichen im Begriffe steht."

„Aber dann sieh' zu, wie der Husten sie an=
strengt und plagt," wandte Vinsconti ein; „es ist ja
ein reiner Gewinn, durch ein Betäubungsmittel sie
von dieser Tortur zn befreien.

„Ich verspreche dir, daß der Husten sich legen
und in einer Viertelstunde ganz aufhören wird, wenn
Du ihr nur untersagst von den Tropfen zu nehmen."

„Lindburg, treibe keine Gaukeleien mit den
Qualen der armen Frau," sprach Vinsconti mit Ernst.

„Thue mir nur meinen Willen," fiel Julius mit
einem leichten Stirnrunzeln ein, welches bewies, daß
er ungedulbig wurde. „Du begreifst doch wohl, daß
ich nicht mit diesem herzzerreißenden Husten in den
Ohren dastehen und scherzen kann."

Vinsconti blickte eine Sekunde in Lindburgs schönes,
ernstes Angesicht; da trat er auf Anna zu, gerade als
das junge Mädchen im Begriff stand, der Schwester
den Theelöffel mit den Tropfen zu reichen.

„Frau Berner soll heute Abend nicht von den
Tropfen nehmen," sagte er.

„Aber sie hustet so schrecklich," wandte Anna ein
und sah den Doktor ängstlich an.

„Ach, ich halte es nicht aus," stammelte Viola,
von dem Husten beinahe erstickt.

„Es hilft Nichts, die Tropfen sollen heute Abend
nicht genommen werden," lautete des Doktors Ant=
wort, und er entfernte sich von ihr, weil es ihm an
Muth gebrach, sie so leiden zu sehen und doch darauf
zu bestehen, daß sie die Tropfen nicht erhalte.

Er nahm in der Nähe Platz und ließ sich, wäh=
rend er genau darauf Acht gab, was Julius vornehmen
würde, mit dem Assessor in ein Gespräch ein.

Julius setzte sich vor den Sopha, auf welchem
Viola lag, auf einen der Fauteuils, ihr gerade gegen=
über. Viola's Augen fielen sogleich ganz unfreiwillig
auf ihn, und er heftete die seinigen auf sie. Sein
Blick weilte mit einem steten, beharrlichen und ernsten
Ausbruck auf ihr, während er gleichgültig mit einigen
Kleinigkeiten spielte, welche auf dem Tische herum zer=
streut lagen.

Einige Minuten vergingen, während welcher Viola noch immer gleich heftig hustete.

„Beste Anna," sagte Julius mit leiser Stimme, ohne den Blick von Viola abzuwenden, „suchen Sie die Gäste eine Weile zu beschäftigen, denn ihre Fragen und unaufhörlichen Klagen müssen Viola nur ermatten und quälen."

Anna schlug sogleich Musik vor, und die Gäste, welche es allmälig etwas peinlich fanden, unaufhörlich ihre Theilnahme und ihr Bedauern auf irgend eine Weise äußern zu müssen, nahmen den Vorschlag bereitwillig an, und die meisten verließen den Salon.

Alle, welche um Viola herum saßen, standen von ihren Plätzen auf und diejenigen, welche nicht hingingen, um auf die Musik zu hören, ließen sich in einiger Entfernung nieder. Vinsconti und Runge blieben unbeweglich an ihrem Orte vor einem kleinen, mit Büchern belegten Tische, welcher vor einem Sopha auf der andern Seite des Salons stand.

Nach Verfluß von fünf Minuten legte sich der Husten, und nach weiteren fünf Minuten hatte er aufgehört.

„Jetzt ist der Anfall vorüber, nicht wahr?" sagte Julius.

„Ja, unerklärlich genug," antwortete Viola mit matter Stimme und großer Anstrengung; denn ihr Athem ging sehr kurz.

„Es fällt Ihnen sehr schwer, Athem zu holen, Viola?"

Sie nickte bejahend mit dem Kopfe.

„Aber wir wollen hoffen, daß es sich auch damit schnell geben wird."

Der Blick von Julius blieb wie festgewachsen auf ihrem Angesicht, so unbeweglich, daß er beinahe nicht zum Aushalten war.

„Sie dürfen eine Weile sich gar nicht rühren," sagte er. Viola lag still da, ihre Augen waren gesenkt.

Wiederum entstand eine Pause, welche fünf Minuten dauerte.

„Wie befinden Sie sich jetzt?" fragte Julius.

Viola sah mit einer träumerischen, beinahe geistes= abwesenden Miene auf und antwortete:

„Jetzt ist es gut."

Julius stand auf, machte mit dem Kopf eine eigenthümliche Bewegung, als ob er denselben zurück= würfe, und wandte jetzt erst seine Augen von Viola's Angesicht ab. Darauf näherte er sich Binsconti und sagte, indem er seine Uhr zog:

„Jetzt sind zwanzig Minuten vorüber."

„Ja, ich habe die ganze Zeit auf die Uhr ge= sehen," antwortete dieser.

„Der Husten hat aufgehört und der schwere Athem gleichfalls."

„Das habe ich auch bemerkt; aber womit hast Du dem Uebel Einhalt gethan? Ich habe doch nicht gesehen, daß Du ihr Etwas eingegeben."

„Sie hat auch keine Medicin erhalten."

„Aber erkläre mir das."

„Jetzt nicht, weil Du mit allem Grund dann sagen könntest, der Anfall habe möglicher Weise von selbst aufgehört, das Einzige, was ich wünsche, ist, daß Du den Gebrauch von Opium verbietest."

„Das ist ein Verbot, welches ich nur allzu gern bewerkstellige."

Julius nahm seinen Platz bei Viola wieder ein; Doktor Vinsconti und Runge traten gleichfalls zu ihr hin.

„Es ist meine volle Ueberzeugung, wenn die gnädige Frau sich dazu hergäbe, Kreide in einem Säckchen sich auf die Brust legen zu lassen, so würde deren Husten nachlassen," äußerte der Assessor.

„Kreide!" rief Julius mit einem gutmüthigen, aber zweifelnden Lächeln.

„Ja, denn es ist jetzt von Reichenbach nach=gewiesen, daß jegliche Krankheit von einem Uebermaaße gelben Ob's herrührt, und....."

„Ach, ach, Herr Assessor, sind wir wieder daran," fiel Doktor Vinsconti lachend ein, „mischen Sie um Alles in der Welt nicht das Ob in die Medicin ein; sondern beschäftigen Sie sich damit wie mit allen an=dern Narrenpossen, ohne dieselben in der Wirklichkeit anwenden zu wollen. Das wäre ungefähr gerade so, wie wenn ich die gnädige Frau mit Magnetismus kuriren wollte; man würde dann mit Grund fragen, ob ich auch ein Narr geworden sey."

„Und warum?" fragte Julius und sah seinen Amtsbruder an.

„Darum, weil der Magnetismus eine Charlata=nerie ist."

„Eine solche Aeußerung von dir möchte davon herrühren, daß Du von demselben noch gar keine Kenntniß hast."

„Du willst somit behaupten, daß man Krank=heiten durch Magnetismus heilen kann?" rief Vin=

sconti, warf sich in seinen Sessel zurück und setzte
lachend hinzu: „wenn es sich so verhielte, wäre ja
alle Medicin überflüssig und jeder von uns Aerzten
gleichfalls, denn der eine Mensch dürfte dem andern
nur die Hände auflegen und sagen: werde gesund! —
bequem wäre es allerdings, sowohl für Patienten, als
Doktoren. Siehst Du nicht ein, mein lieber Lindburg,
daß es rein verrückt ist, dem einen Geschöpfe eine
solche Macht über den Körper des andern zutheilen
zu wollen, daß es mit seinen Händen oder Augen im
Stande seyn soll, dieses nicht allein leb= und gefühllos
zu machen, sondern auch eine heilende Wirkung auf
dessen Organismus auszuüben. Man müßte nicht
Arzt und mit der Materie bekannt seyn, um sich von
seinen Phantasien dermaßen irre leiten zu lassen."

„Dein ganzes Raisonnement beweist nur eine
vollständige Unbekanntschaft mit dem Magnetismus,
denn sonst müßtest Du wissen, daß bei ungleichen
Menschen eine Fähigkeit sich findet, auf andere ungleiche
einzuwirken, ebenso verhält es sich auch mit der Re=
ceptivität. Gewisse Personen sind so empfindlich, daß
jedes Individuum ungleich auf sie einwirkt. Hier aber
eine vollständige Rechenschaft von dem Magnetismus
zu geben, würde allzu weitläufig seyn. Willst Du
aber von der Sache einen vollständigen Begriff er=
langen, so lies Deputé's und Lafontaine's Werke oder
laß dich durch Thatsachen überweisen."

„Sie gehören also, Herr Doktor, zu denen, welche
an den Magnetismus glauben," fiel der Assessor mit
funkelnden Augen ein.

„Ich bin nicht allein überzeugt, daß es eine große,
obwohl unerklärte Naturkraft ist, sondern auch ebenso

verfichert, daß derfelbe für die Zukunft eine große Rolle in der Gefundheitspflege fpielen wird."

Während dieses Gefprächs war ein Theil von der Gefellfchaft aus dem Saale zurüdgekehrt, und die meiften hörten mit Intereffe demfelben zu.

„Aber, mein Bruder, eine folche Ueberzeugung muß fich auf Etwas ftüßen, und es wäre fehr inter= effant zu vernehmen, welchen Grund Du für diefelbe haft," bemerkte Vinfconti mit feinem fpottenden Lächeln und betrachtete Anna, welche nun gleichfalls wieder in das Zimmer getreten war.

„Das hier wiffenfchaftlich zu erörtern, ift nicht der rechte Augenblid," antwortete Julius beftimmt; „das muß einmal gefchehen, wenn wir allein find, denn die übrige Gefellfchaft kann unmöglich an einer folchen Ab= handlung Gefallen finden."

„Ach!" rief Madame T., „es wäre höchft inter= effant, wenn man einen Begriff davon bekäme, was eigentlich mit dem Magnetismus gemeint ift, was er für ein Element ift."

Julius lächelte auf eine eigenthümliche Weife und betrachtete die junge Frau mit einem Blid, wie man ein hübfches Kind anzufehen pflegt.

„Befter Herr Doktor," fiel eine andere Dame ein, „fagen Sie uns, was Magnetismus ift."

„Es ift beinahe eine Unmöglichkeit, fo hier mit einigen Worten einen Auffchluß darüber zu geben," entgegnete Julius mit feinem frifchen freundlichen Lächeln. „Sonft könnte man fagen, es fey das Ver= mögen, wodurch der eine Menfch eine Anziehungskraft auf den andern ausübt. Wir können ja nicht beftrei=

ten, daß wir Empfindungen von Sympathie oder Anti=
pathie gegen einander haben, nicht wahr?"

„Das ist vollkommen richtig," gaben sämmtliche
Zuhörer zu.

„Nun wohl, gewisse Menschen sind für diesen
instinktiven Eindruck mehr, andere weniger empfäng=
lich, das ist auch eine unbestreitbare Thatsache. —
Etwas Anderes ist minder klar, daß es Menschen gibt,
welche auf eine uns unerklärliche Weise uns mittelst
ihres bloßen Blickes gleichsam beherrschen, ja in
deren Nähe wir Etwas wie Furcht empfinden und zu
denen wir uns doch gleichsam durch eine unwidersteh=
liche Macht hingezogen fühlen. Sie bemächtigen sich
auf einmal unseres ganzen geistigen Wesens und be=
herrschen dasselbe, ohne daß wir uns von dieser uner=
klärlichen Uebermacht los machen können."

„Dieß sind somit Personen, welche man Mag=
netiseure nennt," bemerkte Professor D., welcher Julius
aufmerksam zuhörte.

Eine Weile drehte sich das Gespräch noch um den
Magnetismus als eine Naturkraft, und Jedermann
sprach seine Ansicht darüber aus. Endlich ging man zu
den einzelnen Wirkungen über.

„Ich für meinen Theil glaube nicht an alle die
Wunderlichkeiten," äußerte Madame T. und warf einen
koketten und herausfordernden Blick auf den schönen
Doktor. — „Für's Erste bezweifle ich den magnetischen
Schlaf; für's Zweite halte ich es für ganz unmöglich,
daß der eine Mensch so durch seinen bloßen Willen
den andern zu kommandiren vermag, und es müßte
denn seyn, daß ich selbst der willenlose Sclave in

eines andern Hand würde, sonst könnte ich mich nie=
mals von dem Magnetismus überzeugen."

„Nehmen Sie sich in Acht, gnädige Frau," fiel
der Assessor ein, „ich könnte mit meinem Blick Sie
bestimmen, mir Gehorsam zu leisten."

Die Andern lachten, und die kleine gefallsüchtige
Frau am meisten.

„Sie haben schon magnetisiren sehen?" fragte
Professor D. den Doktor Lindburg.

„Ja, mehrmals, und das Gefühl, welches ich
dabei empfand, war ein Erstaunen über das Große
und Unergründliche in der Natur."

„Erzählen Sie uns Etwas davon," bat man
rings herum.

„Heute Abend nicht."

„Warum?"

„Deßhalb, weil ich eine so hohe Meinung von
dem Magnetismus habe, daß ich ihn niemals mit der
Gleichgiltigkeit, wie man gewöhnlich thut, betrachten
oder behandeln könnte. Für mich ist er eine heilige
Sache, und darum widerstrebt es mir, davon wie von
einem Gegenstand zu sprechen, mit welchem man spielt,
oder welchen man als eine Art Unterhaltung ansieht;
und im Fall ich jetzt Etwas von jenen Erscheinungen
erzählte, würde die Mehrzahl der Herrschaften hier
darin Nichts als eine Betrügerei oder ein Thema,
worüber man lacht erblicken."

Julius sprach mit so viel Ernst, daß Jedermann
einsah, er sey nicht geneigt, in weitere Details einzu=
gehen oder einige magnetische Anekdoten preiszugeben.

„Der Doktor hat Recht," bemerkte der Professor;
„aber nichts desto weniger will ich den Herrschaften

einen Vorfall erzählen, welchen ich selbst mitangesehen habe."

Die allgemeine Aufmerksamkeit wandte sich nun dem Professor zu.

Julius lehnte sich jetzt in seinen Sessel zurück und richtete seine Blicke zuerst auf Anna, welche mit einem unverschleierten Ausdruck von Bewunderung ihn betrachtete. Der tiefe ernste Ausdruck, welcher auf seinem ganzen Angesichte geruht hatte, als er von dem Magnetismus redete, verschwand, und etwas wie ein hervorbrechender Lichtstrahl legte sich jetzt darüber. Seine Augen nahmen einen mildlächelnden Ausdruck an, während sie ein paar Sekunden auf ihrem reinen blühenden und schönen Angesicht weilten; aber plötzlich wandte er seine Augen auf Binsconti und bemerkte, wie derselbe Anna auf eine Weise ansah, welche über die Art seiner Gefühle keinen Zweifel übrig ließ.

Bei dieser Wahrnehmung flog eine Wolke über Lindburgs klare Stirne, und er heftete wieder seine Augen auf Anna, aber dießmal mit einem so kalten Blicke, daß Anna's Antlitz sich in demselben Momente veränderte, und der warme Blick des jungen Mädchens auch kalt wurde. Sie stand auf und ging hinweg, um sich unter eine Gruppe junger Mädchen zu setzen, welche etwas weiter entfernt ihren Platz hatten.

Julius sah jetzt Viola an, welche während der ganzen Unterredung unbeweglich dagelegen war und nicht mit einem Wort sich in dieselbe gemischt hatte. Sie glich mehr einem Bilde als einem lebenden Wesen, und hätte nicht der Athemzug verrathen, daß sie noch lebte, so wäre man versucht gewesen, sie für todt zu halten.

„Wie befinden Sie sich, Viola?" fragte Julius mit sehr leiser Stimme. — Viola fuhr zusammen. Eine feine Röthe verbreitete sich über die weißen Wangen, und das Auge nahm auf einen Moment wieder Glanz und Leben an.

Mit einem milden Lächeln antwortete sie: „Ich fühle mich ungewöhnlich wohl."

IV.

Am nächstfolgenden Abend, als Julius seinen gewöhnlichen Besuch bei dem Hofrathe abstattete, waren keine weitern Gäste, als drei Herren von einer Spielparthie da. Im Salon fand er Viola und Anna allein.

„Wie ist die Nacht gewesen?" fragte er Viola.

„Viel ruhiger, als sonst, wiewohl vollkommen schlaflos," antwortete Viola und reichte ihm die Hand.

„Da wird es wohl nothwendig seyn, daß Sie auch bei Nacht schlafen können, Viola," bemerkte er lächelnd und drückte ihr die Hand.

„Wissen Sie, Julius, daß ich mich ordentlich darnach gesehnt habe, mit Ihnen sprechen zu können," begann Viola nach einem Stillschweigen von einigen Augenblicken; „Ich wollte eine Frage an Sie richten."

„Nun, lassen Sie hören, beste Viola, ich verspreche, alle Fragen, welche Ihnen zu stellen beliebt, zu beantworten. Diejenige, welche Sie jetzt aufzuwer=

fen im Begriff sind, glaube ich zum Voraus errathen zu können."

„O nein, das können Sie nicht," erwiederte Viola lächelnd. „Sie ist so eigenthümlicher Natur und, um mich so auszudrücken, so phantastisch, daß ich fürchte, Sie werden darüber lächeln."

„Gut!"

Viola legte ihre kleine, abgezehrte Hand auf die seinige und heftete ihre großen, schwarzen Augen mit einem forschenden Ausdruck auf ihn, während sie bei= nahe flüsternd sagte:

„Was ist es für ein wunderbarer Irrthum bei mir, welcher bewirkt, daß ich mir einbilde, in Ihrer Anwesenheit mich besser zu befinden? Wenn ich wäh= rend eines schweren Anfalls von meinem Husten Ihrem Auge begegne, ist es mir, als ob Sie mein Leiden bezwängen und es mir leichter machten, Athem zu holen. Ist es eine Einbildung bei mir, daß ich so denke, oder was ist es?"

„Ich habe mich auf diese Frage gefaßt gemacht, Viola," antwortete Julius mit seinem ruhigen Ernste. „Es ist kein Irrthum bei Ihnen, sondern etwas ganz Wirkliches, denn die Macht, welche Ihre Qualen be= zwingt, heißt Magnetismus."

„Ah!" war Alles, was Viola sagte. Darauf ließ sie den Kopf auf das Kissen niedersinken.

Anna war bleich geworden und heftete ihre großen Augen auf Julius mit einem gemischten Aus= druck von Erstaunen, Furcht und Interesse.

„Ich hatte heute Abend, abgesehen von Ihrer Frage, den Entschluß gefaßt, mit Ihnen über dieses Thema zu sprechen und Ihnen ein klares Bild von

der Kur zu geben, welcher Sie nach meinem Wunsche
sich unterwerfen sollten."

„Julius, ich fürchte mich vor dieser Macht,"
sagte Viola mit leiser Stimme. Darauf wandte sie
sich zu Anna und sagte:

„Verlaß uns, ich will mit Julius allein reden."

Anna kam dem Wunsche ihrer Schwester nach.
Als Julius und Viola allein waren, richtete sie sich
auf und sagte, seine beiden Hände fassend:

„Und wenn ich Ihre Gattin oder Schwester
wäre, würden Sie dann als Arzt auch zu dem
Magnetismus rathen, auch zugeben, daß ein anderer
Mann als Sie der Magnetiseur wäre?"

„Ja, bei Gott, im Fall ich überzeugt wäre, daß
der Magnetiseur ein ebenso ehrlicher Mann ist, als
ich mir zu seyn bewußt bin, und von dem Magne=
tismus ebenso genaue Kenntniß wie ich hätte."

„Aber man hat mir von den Magnetisirten so
viel erzählt, und ich habe so manche wunderliche Dinge
davon gelesen."

„Daß Sie sich fürchten, Viola," ergänzte Julius
lächelnd. „Im Fall Alles wahr wäre, was darüber
gesagt und geschrieben worden ist, so hätten Sie Grund
genug, sich der Furcht hinzugeben. Sie glauben zum
Beispiel, der Magnetisirte komme in eine solche Ab=
hängigkeit von dem Magnetiseur, daß das Herz
mitfolgt; nicht wahr?"

„So hat man mir gesagt."

„Kindereien. Sie sind nicht verliebt in den
Arzt, welcher Ihnen Opium gibt; aber dieß hindert
nicht, daß das Opium Ihre Qualen betäubt und
Ihnen ein Scheinleben von Ruhe gibt. Betrachten

Sie den Magnetismus als ein Opium, nur mit dem Unterschied, daß das wirkliche Opium Ihren Tod beschleunigt, während jener Ihr Leben verlängert."

„Meine Macht als Magnetiseur beschränkt sich darauf, Sie in eine Betäubung oder einen vollkommenen Schlaf zu versetzen, während dessen Ihr Körper durchaus unthätig ist, und ebenso die Seele. Während dieser absoluten Ruhe hat die Natur eine größere Kraft, sich zu reproduciren und heilend auf die angegriffenen Organe zu wirken; dadurch bringt der Magnetismus für solche Patienten wie Sie die Möglichkeit hervor, wieder Genesung zu finden."

„Aber während ich schlafe, ist Ihre Macht über mich und meinen Willen unbegrenzt."

„Sie ist groß, aber durchaus nicht unbegrenzt. Ich kann Sie bestimmen, zu thun, was ich will, so weit mein Wille nicht in Widerstreit mit irgend einem Ihrer herrschenden Gefühle kommt; denn sehen Sie, Viola, um Ihnen mit einigen Worten den somnambülen Zustand klar zu machen, will ich Ihnen blos sagen, daß der Mensch in magnetischem Zustande nur den wahren Charakter aller seiner Seelenkräfte präsentirt, aber durchaus keinen absoluten Eindruck von dem Magnetiseur entlehnt. Wenn Sie von Natur gut sind, wird diese Güte noch deutlicher im magnetischen Schlafe hervortreten, im Fall ich dieselbe in Bewegung setzen will; aber vergebens werde ich während des Schlafes Sie dahin zu bringen suchen, daß Sie irgend eine Grausamkeit begehen. Mein Kommando über Ihre Seele erstreckt sich nur so weit, als es mit den Hauptneigungen in Ihrem Charakter übereinstimmt oder in Widerspruch geräth. Es ist vollkommen falſch, daß der Magnetiſirte in den Magnetiſeur verliebt wird; denn wird er das, ſo läßt ſich annehmen, daß er es auch ohne Magnetismus geworden wäre; und vergebens würde ein Magneti= ſeur alle ſeine Kraft aufbieten, um blos durch magne= tiſchen Einfluß ſich geliebt zu machen."

„Ich danke Ihnen, Julius, für dieſe Erklärung. Ich bin jetzt ruhig und unterwerfe mich der Kur, welche Sie für nothwendig halten; denn ich weiß, daß niemals ein unwahres Wort über Ihre Lippen gegangen iſt; aber wenn ich, ſo weit es mich ſelbſt betrifft, ruhig bin, ſo iſt es nicht ebenſo in Bezug auf Anna. Du übſt auf ſie einen mächtigen Ein= fluß aus."

„Ich weiß es."

„Und dieſer kann einen Charakter annehmen, welcher . . . . ."

„In Liebe übergehen möchte, willſt Du ſagen?"

„Ja!"

Eine lange Weile ſaß Julius ſchweigend da. Dann fuhr er ſich mit der Hand über die Stirne und ſagte mit einem wehmüthigen Lächeln:

„Ich fürchte, ſie wirkt noch in höherem Grade auf mich ein durch ihren reinen und edlen Charakter, ihre entzückende Unſchuld und ihre bezaubernde Erſcheinung; aber das darf nicht ſo ſein, und die Macht, welche ich über ſie habe, werde ich niemals benützen, um ihr Herz zu gewinnen; ſie ſoll mich nicht lieben, ich ſie nicht."

„Warum?" flüſterte Viola.

„Darum, weil ich nicht recht handelte."

Julius erhob ſich ſchnell und ſetzte hinzu:

„Jetzt ſollſt Du wirklich in einen tiefen magnetiſchen

Schlaf verfallen, und hernach will ich mit deinem Mann reden."

Er ging hinaus, um Anna zu rufen.

"Viola ist darauf eingegangen, mich ihr die Ge= sundheit zurückgeben zu lassen," sagte er mit seinem freundlichen, aber beinahe kalten Lächeln. Er sah nach der Zeit und setzte hinzu: „jetzt haben wir acht Uhr, laß sehen, sie kann bis morgen früh um dieselbe Stunde schlafen."

„Und der Husten dann?" fragte Anna.

„Den verabschieden wir," antwortete er lachend und legte seine Hand auf Viola's Kopf, während sein Auge mit seinem energischen und doch strahlenden Aus= druck auf ihr haftete.

Eine grabesähnliche Stimme erfolgte fünf Minuten lang; darauf stieß sie einen tiefen Seufzer aus. Er zog seine Hand zurück. Viola lag völlig wie todt da, mit einem kaum merkbaren Athemzuge.

Julius wandte sich zu Anna und sagte:

„Ich gehe zum Hofrath hinein."

V.

Drinnen bei dem Hofrathe saßen die Herren und spielten. Jener hatte eben seinen Platz am Spieltische an Assessor Runge abgetreten und stand jetzt als Zu= schauer hinter dessen Stuhl, als Julius eintrat.

„Willkommen, lieber Lindburg," sagte der Hofrath und reichte Julius die Hand. „Wie steht es mit Viola?"

„Sie schläft," lautete die Antwort. „Haben Sie frei, Onkel?" setzte er hinzu; „ich möchte einige Worte mit Ihnen reden.

„Ich stehe zu Diensten, so lang der Robber gespielt wird."

In diesem Augenblick erschien auch Doktor Vinsconti.

„Ich warte gerade auf dich," sagte Lindburg und schüttelte ihm die Hand, „um mit dem Onkel in deiner Gegenwart von Frau Berner zu sprechen.

Die beiden Doktoren und der Hofrath gingen in ein anstoßendes Cabinet. Da sämmtliche Zimmer des Stockwerks in einer Linie lagen und jeden Abend beleuchtet und alle Thüren geöffnet wurden, so hatte man immer die ganze Reihe derselben vor Augen, in welchem man sich auch aufhalten mochte.

Von dem obenerwähnten Kabinete sah man also auch in den Salon, wo Viola ruhte, obwohl man durch vier Zimmer von ihr getrennt war.

Auf Begehren von Julius erklärte Vinsconti, er betrachte Viola's Zustand als von der Art, daß die gewöhnliche Heilkunst nichts ausrichten könne, um dem Fortschritt der Krankheit Einhalt zu thun; im Fall Lindburg eine andere Ansicht von der Sache habe, so wäre er bereit, auf dessen Vorschlag einzugehen."

„Ich habe nur ein Mittel, worauf ich hoffe," antwortete Julius, „und dieß ist der Magnetismus." Er sprach dieses Wort mit einer eigenthümlich tiefen Betonung aus.

Doktor Vinsconti machte eine beinahe verächtliche Bewegung mit dem Kopfe und sah seinen Amtsbruder mit einem ganz besondern mitleidigen Blick an.

Der Hofrath bemerkte mit einem ironischen Ausdruck:

„Ich hatte eine viel höhere Meinung von deiner

gefunden Vernunft, als daß ich dachte, du würdeſt mir mit einem ſolchen Narrenſpiel kommen, wenn es ſich um Leben oder Tod handelt. Der Magnetismus iſt ein ſol= ches Gaukelwerk, welches Charlatane mit darauf ein= ſtubirten Frauen treiben, um Thoren an der Naſe herum= zuführen. Aber davon zu ſprechen, wenn Jemand im Sterben liegt, das iſt — entſchuldige mich, unverzeihlich.

„Ja, wenn der Magnetismus ein Narrenſpiel wäre, Onkel," fiel Julius mit unerſchütterlicher Ruhe ein, „dann würde es mir nicht einen Augenblick in den Sinn kom= men, in einem ſo traurigen Falle, wie der vorliegende, dieſen Vorſchlag zu machen; aber nun iſt das Verhältniß ein anderes, und jener das einzige noch übrig bleibende Mittel, wodurch Viola's Leben gerettet werden kann."

„Was ſagen Sie dazu, Doktor?" fragte der Hof= rath mit ſeinem ironiſchen Lächeln.

„Es iſt wenigſtens ein im höchſten Grade unſchäd= liches Heilmittel," äußerte Vinſconti gleichfalls lächelnd.

„Ja, Waſſertrinken iſt auch unſchädlich. — Nein, mein lieber Lindburg, dergleichen Narrenſtückchen laſſen wir bei Seite, und haſt Du nichts anderes vorzuſchlagen, ſo wird meine arme Viola wohl ſterben müſſen."

„Erlaube, beſter Onkel, daß ich dieſe Auffaſſung nicht theile, und die Herren mögen von der Sache denken, was ſie ſonſt wollen, ſo iſt es mein beſtimmter Vorſatz, den Magnetismus bei Viola in Anwendung zu bringen," entgegnete Julius mit Feſtigkeit. — „Du, Vinſconti, dürfteſt dich des Abends erinnern, da ich dich bat, das Opium zu verbieten, und ich in zwanzig Minuten ſowohl dem Huſten als der Beklemmung ein Ziel ſetzte."

„Allerdings."

„Nun wohl, war es auch ein Narrenſpiel?"

„Nein, aber es konnte eine Laune des Zufalls seyn?"

„Gut! Du haſt deinen Glauben, ich den meini= gen, wir wollen darüber nicht ſtreiten. — Antworten Sie mir, bezweifeln die Herren den magnetiſchen Schlaf?"

„Ja," antworteten beide, der Hofrath und der Doktor.

„Wenn ich Sie davon überzeugen kann, werden Sie dann Viola meiner Behandlung überlaſſen?"

„Ja, ich für meinen Theil allerdings," erwiederte der Doktor, „unter dem Vorbehalt jedoch, daß wir dann der Frau zuſammen unſere Pflege widmen. Sie iſt mir eine allzu theuere Patientin, als daß ich Je= mand das traurige Vergnügen, ihr Arzt zu ſeyn, ab= treten möchte."

Es lag Etwas von wirklichem Gefühl in Vin= ſconti's ſonſt klarer und kalter Stimme.

„Was mich angeht," bemerkte der Hofrath, „ſo will ich blos das ſagen: beweiſen Sie mir, daß Viola wirklich in einem magnetiſchen Schlafe ſich befindet, und daß derſelbe nicht durch irgend eine Medicin her= vorgebracht oder nur Verſtellung iſt, ſo überlaſſe ich das Uebrige Ihnen beiden zur Ausführung."

„Viola liegt gegenwärtig in einem magnetiſchen Schlafe," erklärte Julius.

„Glaube es, wer will, ich nicht," entgegnete der Hofrath mit gerunzelter Stirne; „das iſt blos Ko= mödie."

„Onkel," rief Julius mit einer gewiſſen Un= geduld, „wie iſt es möglich, einer ſolchen Vermuthung in Bezug auf ſie Raum zu geben?"

„Sie ist eine Frau, und diese verleugnen niemals ihre Schlangennatur."

„Lassen Sie uns diesem Streit ein Ende ma= chen," sagte Vinsconti etwas herb und sah Julius mit einem Blicke an, der gerade nicht sehr freundlich war. „Ist der magnetische Schlaf eine Wahrheit, so ist es auch wahr, daß der Magnesiteur über den Magneti= sirten gebieten kann. Frau Berner mag uns deßhalb den Beweis geben, daß sie sich in einem solchen Zu= stande befindet, welcher sie nöthigt, deinem Willen Gehorsam zu leisten, und wir beide, der Hofrath und ich, wo'len dir Recht geben."

„Obwohl ich ungern experimentire, so gebe ich doch darauf ein, nicht um meinet=, sondern um Viola's willen."

Auf die Wangen von Julius trat eine lebhaftere Röthe, und man sah in dem scharf strahlenden Auge, daß er, obwohl sich durch kein äußeres Zeichen sein Verdruß zu erkennen gab, doch nicht in so ganz ruhiger Stimmung war.

„Aber um diesen Beweis zuverlässig zu machen," bemerkte der Hofrath, „werden wir, der Doktor oder ich, bestimmen, was sie thun soll, und Du darfst dieses Zimmer nicht verlassen, oder auf irgend eine Weise ihr mittheilen, was wir vorschlagen."

„Das ist klar."

Julius warf sich auf einen Fauteuil, welcher ge= rade der Thüre gegenüber stand, die in das zwi= schen dem Salon und dem Kabinet befindliche Zimmer führte. Er strich mit etwas ärgerlicher Miene das Haar aus der Stirne.

„Du magst selbst, Onkel, die Probe aufgeben;

ich verspreche, meine Rolle auf die eines Werkzeugs zu beschränken."

Es entstand eine Pause. Vinsconti hatte sich auch gesetzt, und in seinem energischen und sonst kalten Angesicht ließ sich erkennen, daß die Empfindungen, welche ihn beherrschten, nicht sehr angenehmer Natur waren.

Der Hofrath betrachtete Julius mit einem Blick, welcher deutlich verrieth, daß er sich durch die Sicherheit, womit der junge Doktor redete, überrascht fühlte. Endlich sagte er in bedeutend freundlicherem Tone:

„Versuche Viola zu bestimmen, daß sie mit dem Licht, welches auf dem Tische vor dem Sopha steht, hieher kommt und mir dasselbe übergibt."

„Ihr Begehren, Hofrath, ist eine Unmöglichkeit," fiel Vinsconti mit einem spöttischen Lächeln ein; „wenigstens müssen Sie gestatten, daß Lindburg hingeht und mit Frau Berner sich in Kommunikation setzt."

„Warum sagst Du, es sey eine Unmöglichkeit?" fragte Julius, den Kopf zurückwerfend. Der klare, strahlende Blick fiel mit einem tiefen Ernst auf den Doktor.

„Darum, weil ich es dafür halte." ·

Julius gab keine Antwort, sondern lächelte kalt. Darauf streckte er bloß seine Hand gegen den Salon aus, blieb übrigens unbeweglich sitzen.

Einige Minuten verflossen, während welcher ein vollkommenes Stillschweigen im Zimmer herrschte, nur unterbrochen durch einzelne auf das Spiel bezügliche Aeußerungen aus dem anstoßenden Zimmer. Der Blick von Julius war der Richtung seines Armes gefolgt. Die Augen des Hofraths nahmen dieselbe Richtung; aber Vinsconti betrachtete seinen jungen Kollegen.

Nach einer Weile ließ Julius den Arm sinken und kreuzte nun beide auf der Brust, während gleichzeitig dem Hofrath ein „Hm" entschlüpfte; und nun sah auch Vinsconti in das Zimmer hin.

Auch ihm entfuhr ein unwillkürlicher Ausruf, denn dort auf der Schwelle des Salons stand Viola mit einem Licht in der Hand. Mit unsicherem Schritt ging sie langsam durch das Zimmer in das Kabinet und, ohne rechts oder links zu weichen, obwohl mit geschlossenen Augen, gerade auf ihren Mann zu.

Die junge todesbleiche Frau in ihrem dunkelseidenen Kleide, mit ihren üppigen, rabenschwarzen, rings um den alabasterweißen Hals wogenden Haaren, glich nicht einem lebenden Wesen, sondern einem Gespenste, besonders da der Gesichtsausdruck vollkommen leblos war, und man kaum bemerkte, daß die Brust von einem Athemzug gehoben wurde.

Vinsconti fixirte sie mit einer Miene der Ueberraschung. Der Hofrath starrte ganz bestürzt Viola an und vergaß, das Licht aus ihrer Hand zu nehmen, bis Julius sagte:

„Nun, Onkel, wie lang wollen Sie Viola warten lassen?"

Bei diesen Worten ergriff der Hofrath das Licht und nahm es ihr aus der Hand. Sobald sie davon befreit war, schritt sie auf einen Fauteuil zu, welcher zwischen den beiden Doktoren stand, und sank langsam in denselben nieder.

„Das geht mit dem Teufel zu," sagte der Hofrath.

„Ich gestehe, mein lieber Lindburg, daß ich überzeugt bin."

„Das ist wirklich wunderbar; aber . . . ."
Vinsconti hielt an.

„Rede aus," sagte Julius, „hast Du einen Zwei-fel, so laß' ihn hören."

„Ich wünsche nur noch einen Beweis."

„Mag geschehen, obwohl ich ungern weitere Ex-perimente mit Viola mache, so lang sie so schwach ist, wie gegenwärtig. — Im Allgemeinen verabscheue ich jede andere Anwendung des Magnetismus, außer zu Heilzwecken. — Was begehrst Du?"

„Frage Frau Berner, was heute zwischen mir und Professor T. vorfiel. Das ist Etwas, das Nie-mand außer mir und dem Professor weiß.

Julius stand auf und stellte sich vor Viola hin, faßte ihre beiden Hände und sagte in einem eigen-thümlich magischen, leisen Thon:

„Viola!"

Ein Ausdruck von unbeschreiblicher Zufriedenheit, man könnte sagen, von etwas Himmlischem belebte die todten Züge. Es war etwas Unschuldvolles und Engelreines in ihrer Miene, als Julius ihren Namen nannte; es war ein Lächeln himmlischen Friedens.

„Willst Du einen meiner Wünsche erfüllen?" fragte Julius mit derselben leisen und melodischen Stimme.

„Ja, ich will," antwortete Viola beinahe tonlos.

„So sage mir, was zwischen Doktor Vinsconti und Professor T. heute morgen vorfiel."

Bei Vinsconti's Namen fuhr Viola zusammen und ein Purpurschein zog über die todesbleichen Wan-

gen. Beide, Julius und der Doktor hatten diese Bewegung, welche augenblicklich kam und verschwand,
bemerkt, worauf sie mit derselben klanglosen Stimme sagte:
„Es gab einen heftigen Zank zwischen ihnen."

„Beschreibe die nähern Umstände bei diesem
Zank," bat Julius, welcher noch immer ihre Hände
in den seinigen hielt.

Als der Professor kam, verriegelte der Doktor
die Thüre hinter ihm und zog einen Brief hervor,
welchen der Professor an den Medicinalrath X. gerichtet
hatte, und worin Doktor Vinsconti beschuldigt wurde, er
habe durch eine Unvorsichtigkeit bei der Operation an
Baron A. dessen Tod verschuldet.

Nun beschrieb Viola wortgetreu die Unterredung
zwischen dem Professor und dem Doktor, wie der letztere jenen zwang, schriftlich zu bekennen, daß er auf
eine infame Weise ihn verleumdet habe. Dann schil-
derte Viola, wie Vinsconti, nachdem er dieses schrift-
liche Zeugniß von der gemeinen Handlung des Pro-
fessors erhalten hatte, dasselbe zerriß und die Papier-
stücke unter die Füße trat, indem er sagte:

„Ich hätte dich jetzt auf immer als einen elenden
Verleumder brandmarken können, aber ich bedarf dieses Zeugnisses von dir nicht, denn ich habe, was Du
nie haben wirst, das Bewußtseyn, daß ich ein gewis-
senhafter Arzt und ein ehrlicher Mann bin."

Bei dieser getreuen Wiederholung seiner Worte
erbleichte der Doktor und sagte aufspringend:

„Ich bin vollkommen überzeugt. Ich danke dir
Lindburg."

„Und ich habe dir diese Ueberzeugung auf Kosten
der allzu schwachen Kräfte dieses armen Engels ver-

schafft," sagte Julius und blickte traurig Viola ar,
welche, als er ihre Hände fahren ließ, in den Sessel
zurücksank, als ob sie todt wäre.

Julius nahm sie in seine Arme, trug sie in den
Salon zurück und legte sie auf den Sopha nieder.
Dann ließ er einige Minuten lang seine Hand auf
ihrem Kopf ruhen.

Als Viola's Athemzüge wieder allmälig merk=
barer wurden und sie wie eine gewöhnliche Schlafende
athmete, zog er seine Hand zurück und sagte zu Anna:

„Jetzt, Fräulein Anna, können sie Viola in
ihr Schlafzimmer tragen und auskleiden lassen. Sie
wird vor Morgens acht Uhr nicht erwachen, und um
Zehn' werden wir, Vinsconti und ich, kommen und
nach ihr sehen."

VI.

Einige Wochen verfloßen, und in dieser Zeit
schritt Viola auf erstaunliche Weise einer Genesung
entgegen. Der Husten kam seltener und war minder
peinlich. Die endlos langen und qualvollen Nächte,
welche vorher ihres Lebens größte Plage ausgemacht
hatten, brachte sie jetzt in tiefen, magnetischen Schlaf
versenkt zu. Der müde, matte Blick hatte Leben er=
halten, und die blassen Wangen zeigten eine durch=
sichtige Röthe. Auf ihrem ganzen Angesicht weilte
ein wunderbar friedlicher Ausdruck, welcher zu beweisen
schien, daß das Schmerzhafte des Uebels gewichen war.

Sie wagte sogar kleine Ausflüge zu machen, so be=
deutend stärker war sie geworden.

Doktor Vinsconti setzte seine täglichen Besuche fort,
aber ohne seiner Patientin eine eigentliche Medicin zu
verschreiben. Er war mit Lindburg übereingekommen,
so lange Viola einer magnetischen Behandlung unter=
worfen wäre, wollte man so wenig als möglich Me=
dikamente anwenden. Unbegreiflicher Weise sah es
jedoch aus, als ob Viola's fortschreitende Genesung bei
Vinsconti mehr Mißvergnügen, als Freude erregte.
Er war einsilbig und sah düster aus.

Oft wenn sie mit unbeschreiblich einnehmender
Freundlichkeit seine Erkundigung nach ihrem Befinden
mit einem „Ich fühle mich ganz wohl, bester Doktor,“
beantwortete, zog ein bitteres Lächeln über Vinsconti's
Lippen, und er sagte:

„Ich beginne, an Zauberei zu glauben, wenn es
so fortgeht.“

Eines Abends, in der siebenten Woche, nachdem
Julius seine Absicht, Viola durch Magnetismus wie=
der herzustellen erklärt hatte, war eine große Anzahl
von Bekannten im Salon des Hofraths versammelt.
Viola ruhte nicht mehr wie früher, auf dem Sopha,
sondern in einem großen, tiefen Fauteuil.

Es war eine Einladung zu Ehren der geistreichen
Gräfin Brandtenskjöld, welche mit besonderer Neu=
gierde darnach trachtete, den jungen schönen und so
viel besprochenen Doktor Lindburg zu Gesicht zu be=
kommen. Die Gräfin war erst kürzlich von einer
Reise in's Ausland zurückgekommen und hatte zuletzt
sich in Paris aufgehalten. Sie sprach mit großer

Lebhaftigkeit von Frankreich, und Viola schien an ihrem
Gespräch besonderes Interesse zu finden.

Anna sah an diesem Abend ungewöhnlich ge=
dankenvoll aus, und in den großen blauen Augen
las man e nen Ausdruck von Schwermuth. Sie war
von einigen jungen Mädchen umgeben.

Eine derselben, Auguste W., sprach unaufhörlich
von dem schönen Doktor, seufzte und warf ihre aus=
drucksvollen Blicke nach der Thüre. — Metella Kron,
eine kleine, hübsche Brünette von siebzehn Jahren,
sagte Nichts, sondern saß ganz still in einer Ecke, gab
auf Alles Acht, was passirte, und machte ihre Schluß=
folgerungen. Auch ihre Augen flogen oft und viel
nach der Thüre, und man konnte sehen, daß sie gleich=
falls ihre Gedanken bei Julius hatte. — Alba Blixt,
ein Mädchen von etlichen dreißig Jahren, eine Ver=
wandte von Viola und wegen ihres Witzes bekannt,
saß hinter deren Fauteuil und stellte Vergleichungen
über die versammelte Gesellschaft an. Sie behauptete,
die Gräfin gleiche einem Feuerwerke, Viola einem im
Wasser stehenden Cypressenzweige, Anna einer Pfirsiche
und die übrigen jungen Mädchen nannte sie kleine
Kartoffeln. Gerade als sie dieß Viola in die Ohren
flüsterte, wurde Doktor Lindburg angemeldet.

Der Name wirkte elektrisch.

Die Gräfin strich mit ihrer bildschönen Hand
über das prächtig frisirte Haar, um sich zu überzeugen,
daß es nicht in Unordnung gekommen war. Viola's
Angesicht klärte sich auf und nahm einen milderen
Ausdruck an. Doktor Visconti warf einen nicht sehr
freundlichen Blick auf seine Patientin. Anna wechselte
die Farbe und fuhr schnell mit der Hand nach dem

Herzen. Augusta seufzte und sah schmachtend aus, Metella kaute an ihrer Sticknadel und überschaute in der Eile sämmtliche Personen, welche nach ihrer Meinung dabei interessirt waren. Alba seufzte:

„Jetzt kommt der gefährliche Mensch, um tausend Herzen in Flammen zu setzen. Da haben wir ihn. Er ist so schön, daß er gar nicht losbrennen sollte."

Auf der Schwelle stand Julius, „hoch und schlank, wie die Fichte im schwedischen Walde", und schön war er, wie eine verkörperte Versuchung. Aller Blicke waren auf den jungen Mann gerichtet, und auf Aller Angesicht las man einen unverkennbaren Ausdruck der Bewunderung, welche sein Anblick unwillkürlich erregen mußte.

„Ein verteufelt schöner Kerl ist er," flüsterte Assessor Runge dem Doktor Visconti zu, dessen Gesicht bei diesen Worten einen noch strengern Ausdruck annahm.

In wie weit Julius seiner persönlichen Schönheit sich bewußt war, lassen wir dahingestellt; was wir wissen, ist nur, daß man vergeblich nach einem Zeichen spähte, woraus zu entnehmen gewesen wäre, er habe von dieser individuellen Eigenschaft einige Kunde. Im Gegentheil schien er für den Eindruck, den seine Person machte, ganz blind zu seyn, oder denselben nicht entfernt zu ahnen.

Mit einfacher und anmuthiger Haltung begrüßte er Viola, hielt ihre Hand einige Minuten in der seinigen, während er sich von ihrem Befinden unterrichtete, worauf er sich dann gegen die übrige Gesellschaft verbeugte.

„Die Gräfin Brandtenskjöld, Doktor Lindburg,“ präsentirte Viola.

Julius heftete nun seine klaren, strahlenden Augen auf die Gräfin, welche mit der graziösesten Miene von der Welt sein Kompliment erwiederte. Den Augenblick darauf war das Gespräch zwischen ihnen in vollem Gang.

Schweigend und bleich folgte Anna mit gespannter Aufmerksamkeit allen Bewegungen von Julius, und je mehr sie interessirt schien, desto wehmüthiger wurde der Ausdruck in ihrem Auge.

Ein paar Mal flog sein Blick zu ihr hinüber; aber wenn er dem ihrigen, der so beredt in seiner Trauer war, begegnete, zog es über die klare und hohe Stirne wie eine Wolke, welche den Glanz in diesem allmächtigen Auge milderte.

„Man hat mir gesagt, daß Sie Magnetiseur sind, Herr Doktor,“ bemerkte die Gräfin im Laufe der Unterredung; „ist es wahr?“

„Ich bin es so viel als jeder Arzt es seyn kann.“ antwortete Julius.

„Aber ich glaube nicht an Magnetismus.“

„Nicht!“ erwiederte Julius lächelnd und betrachtete sie mit einem eigenthümlichen Ausdruck. „Das ist für den Magnetismus sehr unglücklich.“

„Warum?“ fragte die Gräfin erröthend, denn es lag eine gewisse Ironie in dem Ton.

„Darum, weil Sie, Frau Gräfin, für denselben gerade wie geschaffen erscheinen.“

„Sie wollen doch wohl nicht behaupten, daß ich ein magnetisches Subjekt sey!“

„Doch, ich bin wirklich so kühn.“

„Ein vollkommener Irrthum," versicherte die
Gräfin lächelnd. „B— B— hat ohne Erfolg mich zu
magnetisiren gesucht."

„Das beweist nichts weiter, als daß er ein für
Sie nicht passender Magnetiseur war."

„Ich fürchte, das verhält sich mit allen Magnetiseuren so, und meine Zweifel sind so stark, daß ich
mich nicht eher von dem Magnetismus als einer Wahrheit überzeugen lasse, als bis es Jemand gelingt,
mich einzuschläfern. Dann erst werde ich glauben, daß
es etwas mehr als bloße Charlatanerie ist."

„Sie sind scharf, Frau Gräfin," fiel Vinsconti
ein; „bedenken Sie, daß Frau Berner eine magnetische Patientin ist und ihre Aeußerung schließt einen
Zweifel in sich, welcher ....."

„Wie verletzend lautet, wollen Sie sagen," entgegnete die Gräfin lachend. „Aber, mein Gott, ich
rede nur von meinem Zweifel, ohne Jemand zu nahe
treten zu wollen. — Du, beste Viola," setzte die Gräfin
mit einem eigenthümlichen Anflug feinen Bedenkens
hinzu, „gehörst übrigens zu den Ausnahmen, und
darum glaube ich an dich, ohne darum an Jemand
anders zu glauben."

„Bekümmere dich nicht um mich," sagte Viola
mit einem matten Lächeln, „sondern nimm an, als
existire ich nicht."

„Mit deiner Erlaubniß erkläre ich also, daß der
magnetische Schlaf eine Selbsttäuschung, und der Magnetiseur entweder ein irregeführter oder irreführender
Schauspieler ist."

Die Gräfin sah Julius scharf an, als ob sie
sehen wollte, welche Wirkung diese kecke Behauptung

hervorbrächte; aber sein Blick war nicht auf sie, son=
bern auf Viola gerichtet, welche sichtbar unter dieser
offenen Andeutung, daß sie eine Rolle spielte, litt.
Sie, die beinahe sterbende.

Das Angesicht von Julius war unverändert ge=
blieben. Langsam wandte er seine Augen von Viola
und sagte mit einem eigenthümlichen, tiefen Ernst:

„Haben Sie nicht Lust, Frau Gräfin, sich selbst
Unrecht zu geben?"

„Wie sollte das zugehen?"

„Auf ganz natürliche Weise, dadurch daß Sie
sich magnetisiren lassen."

„Wie, Herr Doktor, ich habe ja erklärt, ich glaube
weder daran, daß man schlafe, noch daran, daß Je=
mand mich in Schlaf zu bringen im Stande sey."

„Gestatten Sie mir, daß ich es versuche?"

Julius sah sie mit einem so ruhigen Ernst an,
daß seine Miene ihr gleichsam zu sagen schien: „Sie
haben durch Ihre Worte Viola verwundet; ich wünsche
nun, daß Sie derselben Satisfaction geben."

„Unendlich gern; aber Sie müssen entschuldigen,
wenn der Versuch fehl schlägt."

„Das habe ich nicht zu besorgen."

„Ah! Sie sprechen mit sehr großer Zuversicht."

„Frau Gräfin, ich lasse mich niemals in einen
Streit ein, wo ich nicht zum Voraus des Sieges ge=
wiß bin."

„Sie sind somit vollkommen gewiß, daß Sie mich
in magnetischen Schlaf bringen können?"

„Vollkommen."

„Versuchen Sie es; aber bedenken Sie, daß ich
Ihnen nicht glaube und folglich die ganze Stärke

meines Willens gebrauche, um Ihnen Unrecht zu geben."

Die Augen der Gräfin blitzten. Man sah, daß der Streit sie zugleich unterhielt und reizte.

„Das, Frau Gräfin, ist ganz gut; aber da Sie mir erlauben, meine Macht über Sie zu benützen, so werden Sie mir auch vergeben, wenn ich mich zum Herrn über Ihren Willen mache."

„Nun wohl, die Gesellschaft hier hat unsern Streit gehört, und ich wünsche, sie möge auch finden, daß ich nicht als Thörin gesprochen, sondern daß ich Recht habe, wenn ich den Magnetismus als eine Selbsttäuschung betrachte. — Versuchen Sie es sogleich."

„Das war es, was ich wünschte; aber wenn es mir gelingt, Sie einzuschläfern, dann geben Sie auch zu, daß Ihre Worte ungerecht und unbedacht waren."

„Ja, hier haben Sie meine Hand darauf. Sollte ich dagegen nicht einschlafen, so erkennen Sie an, daß Ihre magnetische Macht eine Täuschung ist."

„Das verspreche ich. — Sind Sie bereit?" sagte er und stand auf.

„Im Fall die Gesellschaft bei dem Streit ebenso interessirt ist, so bin ich gefaßt, zu siegen oder zu sterben," erwiederte sie lachend.

Nun 'erklärten sämmtlich: Anwesende in allen Tonarten, sie empfänden die lebhafteste Theilnahme dabei.

Anna schwieg und sah so bleich und kalt aus, wie wenn sie in Marmor gehauen wäre. Auguste flüsterte:

„Herr Gott, wenn er mich magnetisiren wollte;

ich fühle, welche große Macht er über mein ganzes Wesen ausübt."

„Still, liebe Auguste," fiel Metella ein, „Du schwatzest lauter Dummheiten."

„Mein Gott, Viola, Du wirst doch nicht auch mit in Schlaf verfallen, Du siehst so himmlisch aus, wenn er nur dich anblickt," flüsterte Alva. „Denke, wenn wir alle in Betäubung versänken, welches göttliche Schauspiel. Bedenke nur, wie der dicke Assessor Runge sich so schön ausnehmen würde, und hernach dein Mann, und Cousin B., welcher niemals ordentlich wach ist. Möget ihr Andern immerhin einschlafen, wenn nur ich die Augen offen behalte und die ganze Gesellschaft betrachten kann. Nun gehe ich zu Cousin B. und frage ihn, was er für eine Ansicht hat, ob er munter oder schläfrig ist."

Mit diesen Worten trat Alba zu einem jungen Herrn, welcher mit schläfrigem Aussehen schweigend dasaß und an den Nägeln kaute.

In demselben Augenblick äußerte Julius:

„Nun, gnädige Frau, und damit legte er seine rechte Hand auf den entzückenden Kopf der Gräfin und heftete zugleich einen so scharfen und energischen Blick auf sie, daß er beinahe elektrisch wirkte; denn sie zitterte gelinde. Der, welcher an den sonst milden Ausdruck in seiner Miene gewöhnt war, würde dieses Angesicht nicht wieder erkannt haben, so verändert erschien es jetzt. Das Ernstbestimmte, aber doch Seelenvollgute, welches in jedem Zuge zu lesen war, wenn er Viola in Schlaf versetzte, fand sich jetzt nicht wieder, sondern es lag etwas beinahe Hartes und

Unbeugsames in dem scharfen und glänzenden Blick und um den festgeschlossenen Mund, welches einen unwillkürlichen Glauben an seine Macht einflößte.

Es war ein hübsches Gemälde, die junge, schöne, kühne und trotzige Frau zu sehen, wie sie mit ein wenig zurückgebeugtem Haupte da saß und mit einem herausfordernden Ausdruck die Augen auf ihn heftete. Er dagegen stand so hoch und aufrecht da, die Hand ihr auf den Kopf haltend, und seine ganze Erscheinung glich der eines Herrschers, welcher seine Macht kennt und jeden, der sie zu bezweifeln wagt, sich unterwirft.

Im Salon war eine Grabesstille eingetreten. Assessor Runge stand auf den Zehen, und Doktor Vinsconti hatte sich in einen Fauteuil geworfen und betrachtete Julius mit einem finstern Blick. Aller Augen waren auf die Gräfin gerichtet.

Dieses so bewegliche Gesicht, mit seinem frischen Kolorit, wechselte nach einigen Minuten die Farbe und wurde immer bleicher, bis es am Ende um Wangen und Lippen so schneeweiß wurde, daß es dem einer Sterbenden glich. Noch hielt die Gräfin die Augen offen, aber allmälig wurde der Blick matt, und es war, als ob sich ein Häutchen über dieselben legte; man sah deutlich, daß in der nächsten Minute die Augenlider sich schließen würden. Die Gräfin, welche sich von einer unerklärlichen Betäubung beherrscht fühlte und besiegt zu werden fürchtete, da sie niemals eine so seltsame Empfindung gehabt hatte, wollte mit einer gewaltsamen Bewegung sich aufraffen. In dieser Ansicht machte sie einen Versuch, die Hand aufzuheben und mit derselben nach der Stirne zu fahren, aber sie vermochte dieselbe nicht von der Stuhllehne wegzubringen, worauf sie ruhte; im nächsten Momente sauste es ihr vor den Ohren; es kam ihr vor, als schwebe sie in einem Lichtmeere; darauf wurde Alles dunkel, und die schöne Gräfin sank mit einem schweren Seufzer in den Stuhl zurück.

Julius nahm seine Hand von ihrem Kopfe weg und holte selbst tief Athem; darauf wandte er sich zu der Gesellschaft und sagte ohne jegliches Zeichen von Triumph oder befriedigter Eitelkeit:

„Die Frau Gräfin ist wirklich gegen ihren eigenen Willen eingeschlafen."

„Ja, das war ein schöner Kasus, Herr Doktor," fiel Assessor Runge ein und näherte sich der Gräfin; „sie ist ja so kalt und blaß, wie der Tod; das beweist, daß Sie eine allzu große Quantität von Od angewendet haben."

„Die Blässe wird schnell vergehen und ebenso die Kälte," erwiederte Julius, faßte beide Hände der Gräfin und hielt sie eine Weile in den seinigen. Allmälig verbreitete sich eine feine Röthe über die bleichen Wangen, und als er die Hände losließ, waren sie warm.

„Recht artig, wenn man machen kann, daß Einem das Blut, so wie hier, in die Wangen steigt," bemerkte Professor S., welcher gleichfalls mit gespanntem Interesse allen Bewegungen Doktor Lindburgs gefolgt war.

Die ganze Gesellschaft begann nun ihr Erstaunen auszudrücken. Man näherte sich der Gräfin und betrachtete die junge Frau, welche aussah, als ob sie in einem ruhigen Schlummer läge. Nur der Athem war so schwach, daß man kaum Etwas davon merken konnte.

Nachdem Jedermann seine Neugier befriedigt hatte, bat Julius Alle, sich zurückzuziehen, denn er habe im Sinne, die Frau Gräfin zu wecken.

„Fragen Sie dieselbe Etwas," hieß es rings herum.

„Meine Herrschaften, es handelte sich nur darum, ob die Frau Gräfin zum Schlafen gebracht werden könnte, oder nicht, ob der magnetische Schlaf wirklich ein Betrug sey, oder nicht. Alle magnetischen Experimente halte ich für ungehörig, und darum wünsche ich die Frau Gräfin zu wecken."

„Einen Augenblick," sagte Binsconti, welcher auf Julius zugetreten war; „frage die Frau Gräfin, ob sie mir gestattet, eine auf mich bezügliche Frage zu machen."

„Mag geschehen."

Julius faßte wiederum eine ihrer Hände und sagte:

„Erlauben Sie, daß Doktor Binsconti eine Frage an Sie richtet?"

„Gern," flüsterte die Gräfin.

Julius legte die Hand der Gräfin in die des Doktors und sagte:

„Stelle nun selbst jede Frage, welche dir beliebt."

„Können Sie mir sagen, wovon Professor H. und Graf X. im Kabinete drinnen reden?"

„Sie überlegen, wie sie es dahin bringen können, Sie aus der Sanitäts-Direktion hinaus zu intriguiren," antwortete die Gräfin.

„Sie sind mir also nicht holb?"

„Nein, und Sie bezahlen dieselben mit der gleichen Münze."

„Sagen Sie mir, was meine Gedanken gegen= wärtig am meisten beschäftigt."

„Der Widerwille gegen den Magnetismus und die Liebe zu einer jungen, schönen Frau."

„Ich danke."

Der Doktor verließ sie und ging direkt in das Kabinet, wo man wirklich sich mit der Berathung be= schäftigte, wie man seiner auf eine schnelle Weise in der genannten Direktion los werden könnte.

Der Gemahl der Gräfin flüsterte Julius jetzt etwas in's Ohr.

„Ist es der Wunsch des Herrn Grafen, so habe ich nichts dagegen einzuwenden."

„Sie werden mich verpflichten," antwortete der Graf lächelnd. „Glauben Sie mir, sie bedarf einer Strafe für ihren Uebermuth." -

„Gut."

Julius kreuzte die Arme über der Brust und stellte sich vor die Gräfin hin. Nach einigen Augen= blicken erhob sie sich und ging langsamen Schrittes durch das Zimmer gegen die Thüre, welche in den angrenzenden Salon führte. Als sie an die Thüre kam, streckte Julius nur seine rechte Hand über sie aus, und sie begab sich in das nächste Zimmer.

Der Graf und die meisten von den Anwesenden folgten nach; aber Julius blieb zurück und setzte sich neben Viola, den Blick nach der Thüre zu dem an= stoßenden Zimmer gerichtet.

Jetzt hörte man ein paar schwache Akkorde auf dem Piano, und darauf sang die Gräfin eine bre=

tagnische Volksweise, aber sie sang dieselbe mit einer eigenthümlich magischen Stimme, deren Tonfall ungewöhnlich weich war. Es glich einem Flüstern von Gesang, voll wunderbarer Melodie.

Viola saß unbeweglich da, wie ein Geist, und Anna, welche auch zurückgeblieben war, schien von dem Gesang wie versteinert.

„Hu, wie grausig!" flüsterte Auguste. „Ich möchte wissen, ob ich singen würde, wenn er mich magnetisirte; sonst weißt Du wohl, daß ich es nicht zu thun pflege."

„Still, liebe Auguste," brummte Metella, welche Julius betrachtete, als ob sie ihn gründlich zu durchschauen wünschte.

„Warum soll ich still seyn?"

„Weil Du auf den Gesang hören sollst."

Die Mädchen schwiegen alsbald, denn Julius streckte die Hand gegen die Thüre aus, und der Gesang hörte in demselben Augenblick auf.

Unmittelbar hernach erschien die Gräfin auf der Thürschwelle und schritt langsam durch das Zimmer auf Julius zu, welcher nun den Fauteuil, worin er saß, der Gräfin einräumte, die jetzt in denselben niedersank.

Nachdem sie sich gesetzt hatte, faßte er ihre beiden Hände und hielt sie eine Weile in den seinigen; nach Verfluß einiger Minuten öffnete sie langsam die Augen. Eine Weile starrte sie mit seelenlosem Blick vor sich hin; aber allmälig wurde es heller in denselben, und sie schaute mit einem Ausdruck zuerst der Ueberraschung, dann des Mißvergnügens rings herum.

„Wie befinden Sie sich, Frau Gräfin?" fragte

Julius, ohne daß in seiner Stimme nur das Mindeste von dem Triumph, den er eben gefeiert hatte, nach= klang.

„Ah! Sie sind es, Doktor," äußerte die Gräfin, indem sie mit der Hand über die Stirne fuhr, als ob sie ihre Gedanken sammeln wollte. Darauf rief sie halb lächelnd:

„Habe ich die Wette verloren?"

„Ja, das haben Sie," antwortete Julius.

„Ja, mein Engel, Du bist vollkommen besiegt," fiel der Graf ein, „und es ist jetzt deine Pflicht, dich wegen aller deiner Ausfälle gegen Magnetismus und Magnetiseure zu entschuldigen."

Das Angesicht der Gräfin drückte eine Mischung von verletzter Eigenliebe, Verdruß und Demüthigung aus. Julius, welcher alle diese Empfindungen in ihrer Miene las, faßte die kleine Hand und führte sie ehr= erbietig an seine Lippen, indem er sagte:

„Im Namen des Magnetismus danke ich Ihnen für den Sieg, welchen Sie demselben bereitet haben. Glauben Sie mir, es ist für die Medicin ein großes Unglück, daß Vorurtheil und unsere Unkunde dieser wunderbaren Heilkraft das Vertrauen, welches sie ver= dient, geraubt hat.

Darauf begann er von Deputé's magnetischen Experimenten zu reden, und in zehn Minuten war es ihm gelungen, die Theilnahme der Gesellschaft in sol= chem Grade zu erregen, daß die vorangegangene Scene fast gänzlich vergessen war.

Als man sich trennte, hatte die Gräfin denselben

Gedanken, wie die ganze übrige Gesellschaft, nämlich: daß sie niemals einem interessantern und geistvollern Mann, als Doktor Lindburg, begegnet war.

VII.

Die Zeit verging und mit Viola wurde es Tag für Tag besser. Sie hatte jetzt alle Medicin auf- gegeben und sich einer regelmäßigen magnetischen Kur unterworfen. — Nach Verfluß von einem Monat konnte sie sich in ihrem Zimmer hin und herbewegen, anstatt daß sie vorher von dem einen Sopha zum andern getragen werden mußte.

Es war wieder Abend. Der Hofrath war fort, und Viola und Anna saßen in dem kleinen Salon. Die erste hatte gegen ihre Gewohnheit einen gelinden Hustenanfall gehabt und ruhte auf dem Sopha. Anna las ihr vor, als man den Doktor Lindburg anmeldete.

Eine Weile darauf saß er an Viola's Seite.

„Heute Abend geht es nicht recht gut," sagte er, ihr den Puls fühlend. „Du bist verstimmt gewesen?"

Viola nickte bejahend. Julius legte ihr seine Hand auf den Kopf, ohne eine weitere Frage beizu- fügen. Einige Minuten darauf schlief Viola.

Anna, welche in einiger Entfernung von ihr saß, trat nun zum Sopha, ließ sich vor demselben auf die Knie nieder und lehnte ihren Kopf an der Schwester Brust. Julius saß neben dem Sopha, so daß das junge Mädchen so gut wie vor ihm auf den Knieen lag.

Sein Blick weilte auf diesem schönen und reinen

Antlitz, über welchem ein Schleier von Wehmuth lag. Das eigenthümlich Magische in seinem Auge bewirkte, daß Anna ganz unwillkürlich ihren Blick auf ihn heftete.

Es war ein sehr gefährlicher Moment für Julius. Die blauen Sterne, welche jetzt mit einem Ausdruck der innigsten Bewunderung auf ihn gerichtet waren, bewirkten, daß das Blut ihm in die hohe bleiche Stirne stieg und eine dunkle Flamme darüber warf, während es dem strahlenden Blick einen warmen und zärtlichen Charakter gab.

Ganz unwillkürlich hatte er seine Hand auf das schöne, blondlockige Haupt gelegt, zog sie aber wieder zurück und erhob sich, indem er in kaltem, beinahe befehlendem Tone sagte:

„Stehen Sie auf, Anna!"

Anna blieb unbeweglich, den Blick auf ihn geheftet. Mit dem Angesicht von Julius ging eine plötzliche Veränderung vor und es wurde kalt wie sein Ton.

Er warf mit einer bestimmten Bewegung den Kopf zurück und rief mit fester Stimme:

„Entfernen Sie sich, Anna, von Viola, ich will es."

Langsam, mit einem tiefen Seufzer, gehorchte das junge Mädchen dem Befehl. Julius beugte sich über Viola nieder, faßte ihre Hand und sagte mit so leiser Stimme, daß Anna seine Worte nicht hörte:

„Willst Du auf ein paar Fragen antworten, welche ich dir vorzulegen wünsche?"

„Ja!" flüsterte Viola lächelnd.

„Warum ist es heute mit dir etwas schlimmer gegangen?"

„Ich bin Anna's wegen unruhig gewesen."

„Und warum?"

„Weil sie dich liebt."

„Kannst Du in meinem Herzen lesen?"

„Ja!"

„Was siehst Du darin?"

„Daß Anna deiner Ruhe gefährlich werden kann."

„Ist sie es bereits?"

„Noch liebst Du sie nicht."

„Und ich darf sie nicht lieben?"

„Du willst nicht."

„Wie wird es mir gelingen, ihre keimende Liebe zu bezwingen?"

„Dadurch, daß Du ihr Interesse auf einen andern überleitest und durch dein ruhiges kaltes Wesen sie von dir entfernst."

„Ich danke dir! Kannst Du mir sagen, warum Vinsconti so düster ist?"

„Er liebt Anna."

„Sollte sie glücklich mit ihm werden können?"

„Ja, wenn sie ihn lieben könnte."

„Gut! Schlafe nun ruhig und erwache mit dem Frieden in der Seele, armer Engel!" flüsterte er und entfernte sich von ihr; dann drückte er schweigend Anna die Hand.

VIII.

Doktor Vinsconti, ein durchaus rechtschaffener und braver Mann, hatte gleichwohl einen sämmtlichen Adamssöhnen gemeinschaftlichen Fehler, nämlich, daß wenn er von einer Leidenschaft beherrscht wurde, diese Alles für ihn war. Jetzt brachten die Umstände es mit sich, daß unser ausgezeichneter Arzt unter dem Einfluß von zweien stand, welche für den Augenblick seine ganze Seele einnahmen.

Die eine war ein nimmer ruhender Ehrgeiz, eine Eitelkeit im Großen, wenn man sich so ausdrücken darf. Diese Eitelkeit bestand darin, daß er es unmöglich er= tragen konnte, wenn ein Patient, welchen er aufgab, von einem andern Arzt kurirt wurde. Selbst eifrig und unermüdlich in seinem Berufe, ließ er Nichts un= versucht, um seinen Patienten Leben und Gesundheit wieder zu verschaffen. Er war tief betrübt, wenn der Tod einen derselben abforderte; aber er war zugleich eifersüchtig darauf, daß sie keinem Andern als ihm ihre Wiedergenesung zu danken haben sollten.

Dieser Kardinalfehler, welcher auf einer Seite ihn zu einem so ausgezeichneten Arzt machte, rief auf der andern Seite einen gründlichen Neid gegen jeden seiner Amtsbrüder hervor, welcher ihm in den Weg trat.

Kein Wunder also, wenn unser Doktor mit Neid und endlich mit Erbitterung es mit ansah, wie es Lind= burg so allmälig durch den Magnetismus gelang, Viola auf den Weg der Besserung zurückzuführen.

Nimmt man hinzu, daß Vinsconti Anna liebte, daß er eifersüchtig auf sie war, so durfte leicht vorauszusehen

feyn, daß er sich nicht auf die Länge begnügen würde,
ein stummer Zuschauer dabei zu bleiben, daß Lindburg
die Ehre zu Theil wurde, eine Patientin wieder her=
zustellen, welcher er das Leben abgesprochen hatte, beson=
ders da er dieser Patientin ganz aufrichtig zugethan war
und Alles für ihre Heilung versuchte; wenn er zudem noch
mitanschauen mußte, wie das Mädchen, welches er liebte,
mit seiner Dankbarkeit und Zärtlichkeit sich Lindburg
zuwandte.

Die Folge von diesen beiden Gefühlen war, daß
der Magnetismus ihm verhaßt wurde, und obwohl er
Anfangs seine Abneigung für sich behielt, blieb es ihm
für die Länge nicht mehr möglich, sondern nach Verfluß
einiger Zeit, als es mit Viola so entschieden auf dem
Wege der Besserung vorwärts ging, daß sie selbst und
alle Andern mit voller Hoffnung an völlige Genesung
zu glauben begannen, besuchte Vinsconti eines Tages
Lindburg. Nachdem sie über verschiedene andere Gegen=
stände gesprochen hatten, sagte der erstere:

„Mein eigentliches Anliegen ist, daß ich dir sagen
wollte, Du müssest auf einige Zeit das Magnetisiren bei
Frau Berner einstellen und die Natur selbst wirken
lassen."

„Bester Vinsconti, das widerstreitet vollkommen
einer magnetischen Kur. Wenn ich jetzt abbräche, wäre
Viola im Laufe einiger Wochen des Todes."

„Leeres Geschwätz," fiel Vinsconti ein, „Du willst
doch nicht behaupten, daß der Magnetismus ihr Leben
fristet. Es würde ja dann eine natürliche Folge hiervon
seyn, daß sie ihr Leben lang unter einem magnetischen
Einfluß stehen müßte."

„Ganz und gar nicht; aber bis sie wiederhergestellt

ist, muß es geschehen, weil der Magnetismus ein Heil=
mittel ist, welches, sobald man mit dessen Anwendung,
bevor die Krankheit gehoben ist, aufhört, sie in ihren frü=
hern Zustand wieder versetzt. Du bittest mich übrigens, die
Natur wirken zu lassen. Was thue ich als Magnetiseur
Anderes; und worin besteht eigentlich die magnetische
Kur? Eben darin, daß ich sie in einen ruhigen und pas=
siven Zustand versetze, in welchem alle jene nervösen An=
fälle von Husten und Engbrüstigkeit einer natürlichen
Heilung nicht mehr hinderlich werden, und zugleich, daß
ich ihr durch den magnetischen Schlaf Kräfte gebe. Das
Uebrige stelle ich ganz der Natur anheim; denn Du darfst
nicht glauben, daß ich der Meinung bin, ich könne durch
Magnetismus eine Wunde heilen oder eine andere Kur
bewerkstelligen, als diejenige, welche durch die betäubende
und beruhigende Wirkung, welche durch ihn dem Organis=
mus sich mittheilt, zu Wege gebracht wird. Daduch
kommen alle magnetischen Kuren zu Stande. Der Mag=
netismus ist einzig und allein ein beruhigendes Mittel,
welches den Heilproceß der Natur erleichtert."

„Mag seyn. Ich für meinen Theil sehe den Mag=
netismus als Etwas an, das die Nerven schwächt und
eine Reizbarkeit im Nervensystem hervorruft, welche für
das ganze Leben unheilbar bleibt. Auf Grund davon
wünsche ich, daß Du einige Wochen lang damit aufhörest
und wir somit sehen können, ob nicht die Natur ohne
dieses erschlaffende Hilfsmittel das Uebel zu heilen
vermag.

„Vinsconti, man kann niemals ohne Gefahr für die
Gesundheit eine magnetische Kur abbrechen, und was
diese insbesondere betrifft, so würde ein solches Abbrechen
unglücklich enden. Laß uns darum nicht mehr von der

Sache reden. Ich werde den Magnetismus einstellen, wenn die Kur vollendet ist, und dann wird es allmälig geschehen."

Diese Aeußerung von Lindburg lautete so bestimmt, daß Binsconti einsah, alle weiteren Worte darüber seyen vergeblich.

IX.

Ein paar Tage darauf befanden sich die beiden Aerzte bei dem Hofrathe.

Viola war ungewöhnlich munter und betheiligte sich mit neuerwachtem Leben an der Unterhaltung der übrigen Gesellschaft. Anna dagegen saß schweigend über ihrer Arbeit, und wenn sie dann und wann die Augen von derselben erhob, so geschah es nur, um sie auf Julius zu heften, welcher an Viola's Seite saß und mit einem Lächeln der Zufriedenheit auf den ungewöhnlich frischen Tonfall in Viola's Stimme horchte.

Plötzlich wandte sich die Gräfin Brandtenstjöld, welche sich unter den Gästen befand, zu unserem jungen Doktor und bemerkte:

„Ich habe Ihnen eine Sünde abzubitten und statte Ihnen zugleich von ganzem Herzen meinen Glückwunsch zu der brillanten Kur ab, welche Sie bei dem jungen Grafen O. vollbracht haben."

„Ihren Glückwunsch, Frau Gräfin, nehme ich dankbar an. Dagegen weiß ich nicht, was Sie mir eigentlich abzubitten hätten."

„Haben Sie unser erstes Zusammentreffen und unsern ersten Streit vergessen?"

„Gewiß nicht."

„Nun wohl, ich sprach mich damals mit der ganzen Keckheit der Unkenntniß über den Magnetismus aus, und dennoch ist es Ihnen nur durch ihn gelungen, den von allen Aerzten aufgegebenen Grafen O. zu retten."

Jetzt sah Anna auf und heftete einen Blick der Bewunderung auf Julius. In demselben Momente stellte Assessor Runge die Frage an Vinsconti:

„War nicht Graf O. einer von Ihren Patienten, Herr Doktor?"

„Er war es, bevor Lindburg sein Arzt wurde," antwortete der Doktor, welcher in derselben Sekunde an den beiden empfindlichsten Punkten seiner Seele verwundet wurde. Von dem Assessor als Arzt, von Anna als Liebender, da er Ihren Blick auf Julius gerichtet sah. Seine Stirne umwölkte sich und wurde noch finsterer, als der Assessor fortfuhr:

„Und Sie gaben keine Hoffnung auf seine Genesung?"

„Er hatte die Schwindsucht," war die lakonische Antwort.

„Und ist nun wiederhergestellt?"

„Noch nicht," fiel Lindburg ein, „aber es hat sich so sehr mit ihm gebessert, daß weiter keine Gefahr mehr für sein Leben vorhanden ist."

Jetzt stand Julius auf und nahm neben Anna Platz. Vinsconti hörte mit innerer Wuth, wie Anna mit dem besondern milden, schmeichelnden Tone, welcher der Liebe so eigenthümlich ist, einige Worte gegen Lindburg darüber äußerte, wie glücklich er sich fühlen müßte, daß er eine so wunderbare Kraft, Kranken Linderung und Heilung zu bringen, besäße.

Julius beugte sich zu ihr über und sagte dem jungen Mädchen einige Worte, welche ein Erröthen auf ihre Wangen riefen, aber Binsconti hörte nicht was es war. Jetzt hielt er es nicht mehr länger aus.

Er ging hinweg, um den Hofrath aufzusuchen, und begann von Viola's Gesundheit zu reden, und sprach zugleich seine Ueberzeugung aus, daß die magnetische Kur abgebrochen werden müßte, sonst könnte sie schädl'ch wirken. Dabei ließ er Worte fallen, welche unwillkürlich unsern egoistischen Hofrath auf den Gedanken brachten, er könnte durch den Magnetismus möglicher Weise die Ergebenheit und Unterwürfigkeit seiner Gattin verlieren.

Die Folge von dieser Erwägung war, daß, da man jetzt Sommer hätte und Jedermann sich auf's Land zu begeben beabsichtigte, der Hofrath mit seiner Frau eine Reise in einen Brunnenkurort unternehmen wollte.

X.

Der Argwohn, welchen Binsconti's Worte hervorgerufen hatten, nahm in den nächsten paar Tagen zu, da er bei jeder Magnetisirung anwesend war und auf dem Angesicht seiner Frau jenen verklärten und glücklichen Ausdruck sah, welcher sich während des Schlafes abspiegelte und den Sonnambülen höherer Natur so eigenthümlich ist.

Genug, unſer Hofrath ſagte Lindburg am britten Tage, ber Magnetismus müſſe aufhören, und er be= abſichtige, an einen Brunnenort zu reiſen. Vergebens ſuchte Lindburg ihm bie unglücklichen Folgen einer plötzlichen Unterbrechung klar zu machen. Je eifriger Julius wurde, beſto beharrlicher hielt ber Hofrath baran feſt, baß er aufhören müſſe, denn in dem Eifer bes jungen Doktors ſah ber aller eblern Gefühle er= mangelnde Ehemann nur einen Beweis davon, baß zwiſchen Lindburg und ſeiner Frau ein zärtlicheres Verhältniß ſtattfände. Alle Vorſtellungen von Julius blieben daher fruchtlos und ſcheiterten an ber beſtimmten Weigerung des Hofraths.

Julius verließ tief betrübt Berner, denn er bachte mit wirklicher Verzweiflung baran, baß die ſchöne Kur, welche er machen konnte und welche eine liebenswürdige Frau von einem ſchweren Leiden befreit haben würde, an ber Laune eines Menſchen ſcheiterte, und baß dieſe Laune zur Folge hätte, ſie in einen Zuſtand unaus= ſprechlicher Qualen zurückzuwerfen und möglicher Weiſe einem frühen Grabe zuzuführen.

Während dergleichen ſchmerzliche Vorſtellungen den jungen Arzt plagten, rollte ſeine Droſchke ber Königin= ſtraße zu und hielt vor dem Hauſe bes Grafen O. Der junge Graf kam ihm mit einem friſchen Lächeln entgegen, reichte ihm die Hand und dankte ihm für ben Schlaf, ben er bie Nacht hindurch genoſſen hatte. Zugleich erzählte er ihm, Doktor Vinſconti ſey bei ihm geweſen und habe ſeine höchliche Ueberraſchung darüber bezeigt, ihn in ber Beſſerung ſo weit vorgeſchritten zu finden.

Als Lindburg den Grafen verließ, war sein Be=
schluß gefaßt. Er wollte wo möglich Vinsconti be=
stimmen, den Hofrath dahin zu überreden, daß er ihm
die fernere Magnetisirung von Viola gestatte.

Am Nachmittag besuchte er Vinsconti und begann
mit den Worten:

„Du liebst Anna und siehst mit Mißvergnügen
das Interesse, welches sie mir bezeigt?"

„Wer sagt Dir das?" fragte Vinsconti ganz
verblüfft durch diese direkte Frage.

Viola hat es während ihres Schlafes gesagt und
meine eigenen Augen haben die Bestätigung davon
erhalten. — Antworte mir darum ehrlich, wie es einem
Mann geziemt: Willst Du Anna's Liebe gewinnen?"

„Ja!"

„Nun wohl, hier hast Du meine Hand darauf,
daß ich niemals Etwas thun will, um mich ihr zu
nähern, oder zwischen dich und deine Wünsche zu treten,
aber dieses Versprechen gebe ich dir nur unter der
Bedingung, daß Du, der in Berners Seele die Idee,
die Anwendung des Magnetismus solle bei Viola auf=
hören, erregt hat, diese nicht sehr edle Handlungsweise
von dir wieder gut machst, wofern Du nicht den Tod
der jungen Frau auf deinem Gewissen haben willst."

Lindburg sprach ehrlich und wußte nichts von
den finstern Gefühlen, welchen der Neid Nahrung
gibt. Er glaubte darum, Vinsconti würde sein Be=
nehmen nach dessen ganzem Werthe schätzen, aber er
vergaß, daß ein eitler und hochmüthiger Charakter kei=
nem Andern für seine Erfolge zu danken haben will.

Ueberdieß, was nützte es Vinsconti in seiner
Eigenliebe, daß er Anna gewann, wenn seine Eitel=

keit als Arzt eine vollkommene Niederlage erleiden
sollte; zudem daß sein Selbstgefühl durch die Vorstellung verwundet wurde, Julius könnte möglicher
Weise denken, er sey ihm für den Besitz von Anna
zu Dank verpflichtet.

Er antwortete also:

„Ich kann auf deinen Vorschlag nicht eingehen,
weil ich dann für meine Liebe meine Pflicht als Arzt
aufopferte, welche letztere auch bestimmt, ernstlich von
dem Magnetismus abzurathen."

„Und Du nimmst die Verantwortung für eine
so plötzliche Unterbrechung mitten in der magnetischen
Kur auf dich?"

„Ja!"

„Nun wohl, so vernimm, was ich vorhersage:
schon in einigen Tagen wird es mit Viola schlimmer
werden, und ehe sie zur Abreise bereit sind, ist sie so
schwach, daß aus derselben nichts werden kann, und
in einigen Wochen ist sie todt.

„Erlaube mir das zu bezweifeln. Hilft man
jetzt der Natur durch eine passende Medicin nach, so
wird es mit Viola wenigstens nicht schlimmer werden."

„Ich habe dir gesagt, wie es gehen wird; dein
ist die Verantwortung," entgegnete Julius und ging.

XI.

Eine Woche darauf war wirklich Viola so schwach,
daß eine Reise für sie unmöglich wurde. Nachdem
die Kräfte im Laufe von zwei Wochen beständig ab-

genommen und Doktor Vinsconti Alles, was die Medicin
an die Hand gab, um dieser schnellen Abnahme entgegenzuarbeiten, angewendet hatte, begann er allmälig
zu fürchten, Julius möchte Recht haben; aber allzu
stolz, um diesen, welchem von dem Hofrathe jeder Besuch bei Viola untersagt worden war, wissen zu lassen,
wie sehr sich ihr Zustand verschlimmert hatte, wollte
er noch einen äußersten Versuch machen, um auf me-
dicinischem Wege es bei ihr wenigstens bis zu dem
Grade der Besserung wieder zu bringen, wie zu der
Zeit, da der Magnetismus so plötzlich bei ihr unterbrochen worden war; aber dieser sein letzter Versuch
konnte nicht in's Werk gesetzt werden, denn Viola verfiel von selbst in einen somnambülen Schlaf, welcher
drei ganze Tage andauerte. Am vierten Tag gerieth
Vinsconti, da in seiner ganzen Praxis niemals ein
solcher Fall vorgekommen war, in ernstlichen Schrecken
und ließ Doktor Lindburg rufen.

Als derselbe zu Viola eintrat, wurde er todesbleich und sagte, zu dem Hofrath und Vinsconti gewendet, mit Bitterkeit:

„Ihr Werk ist vollbracht.“

Darauf legte er seine Hand auf ihr Herz und
setzte hinzu:

„In einigen Stunden ist sie todt.“

Anna stürzte mit einem lauten Schrei an ihrer
Schwester Bett. Vinsconti wurde blaß wie eine Leiche.

Julius blieb unbeweglich, den Blick auf die Schlafende geheftet, stehen. Ueber den schönen Zügen hatte
sich ein Ausdruck gedämpften und bittern Schmerzes
gelagert. Er hatte die Arme über der Brust gekreuzt,
wie um denselben in dieser einzuschließen.

Plötzlich richtete sich Viola mit jener langsamen und zögernden Bewegung auf, welche Somnambülen eigenthümlich ist. Ihr Antlitz war mit einer bläulichen Bläsie überzogen, und obwohl die Lider über den Augen geschlossen erschienen, glaubte man doch zu erkennen, daß diese gebrochen waren.

Mit einer matten Bewegung reichte sie Julius die Hand und flüsterte:

„Ich danke dir, daß Du kommst; — mache Anna glücklich und bete zu Gott für mich. Lebet wohl, mein Geist wird euch folgen."

Sie sank zurück. Julius hatte sie in seine Arme aufgefaßt. Sie war todt.

XII.

Einige Tage darauf hatte sich in der ganzen Stadt das Gerücht verbreitet, Doktor Lindburg habe durch den Magnetismus Frau Berner um's Leben gebracht; Doktor Vinsconti würde es sicherlich gelungen seyn, sie zu retten, wenn sie in seiner Behandlung verblieben wäre.

Vinsconti's Ansehen stieg, Lindburg's sank. Obwohl Graf O., welcher von dem erstern aufgegeben worden war, durch den Magnetismus Leben und Gesundheit wieder erhalten hatte, wandte sich die öffentliche Meinung doch so sehr gegen Lindburg, daß er im Verlaufe einiger Jahre fast seine ganze Praxis einbüßte. Da er eigenes Vermögen besaß, so war dieß für ihn

nicht gerade ein ökonomisches, wohl aber ein sehr
schmerzliches moralisches Mißgeschick.

Am tiefsten ging ihm jedoch Viola's Tod zu Herzen,
und obwohl Graf O. zu völliger Genesung gelangt
war, entsagte er doch ganz und gar der Anwendung
von Magnetismus, und man hörte ihn nicht einmal
davon reden.

Zwei Jahre nach Viola's Tod verheirathete er sich
mit Anna. Einige Wochen nach der Hochzeit fragte
sie ihn einmal:

„Aber sage mir, Julius, warum bist Du mir zu
Anfang deines Auftretens bei Viola gleichsam ausgewichen?"

„Darum, weil ich gleich bei unserer ersten Begeg-
nung sah, welchen Einfluß ich auf dich ausübte; und
da ich noch an demselben Abend, wo ich meinen ersten
Besuch bei euch machte, zu entdecken glaubte, daß Vinsconti dich liebte, so wollte ich von ihm, der mein Freund
war, dein Interesse nicht abziehen."

„Und durch seinen Neid wurde er dein Feind und
Viola's Mörder," flüsterte Anna. „Ich verabscheue
ihn beinahe."

„Nicht so, Anna; er hat ja seinen Fehler mit dem
Verlust seines Glücks bezahlen müssen."

„Und dadurch an Ruf als Arzt gewonnen."

„Der Ruf ist vergänglich und gibt keinen Ersatz
für den Verlust der innern Zufriedenheit."

Ja, der Ruf ist vergänglich. Zehn Jahre hernach war Doktor Lindburg einer der berühmtesten
Chirurgen der Hauptstadt, und Vinsconti ein Arzt
zweiten oder dritten Ranges.

Sechzehn Jahre nach Viola's Tod traf Lindburg in einer Gesellschaft mit der Gräfin zusammen. Im Verlauf des Gesprächs fragte sie ihn:

„Nun, Herr Doktor, magnetisiren Sie noch?"

„Niemals, gnädige Frau," war die lakonische Antwort.

„Und der Grund?"

„Weil der Magnetismus in der Medicin keine Anwendung finden kann und darf, so lang man diese wunderbare Kraft nicht völlig kennt, und so lang der größere Theil der Aerzte sie mit Geringschätzung betrachtet. Man kann unter solchen Verhältnissen mehr Schlimmes als Gutes damit anrichten."

„Graf O. ist aber dadurch ja gesund geworden."

„Wahr; aber Frau Berner gestorben."

„Vom Magnetismus?"

„Davon, daß er auf Andringen ihres Arztes plötzlich unterbrochen wurde, und da habe ich ein heiliges Gelübde gethan, niemals mehr zu magnetisiren."

Ende des ersten Bandes.